題名の喩楽

はんざわかんいち

明治書院

題名の喩楽　目次

巡題

村上春樹長編小説

「騎士団長殺し」って言葉が突然頭に浮かんだんです、ある日ふと。「『騎士団長殺し』というタイトルの小説を書かなくちゃ」と。

――『みみずくは黄昏に飛びたつ』――

1

村上春樹の最新長編小説『騎士団長殺し』（新潮社、二〇一七年）について、まず結論を述べておこう。

この作品は、タイトルをめぐる冒険の物語である。

この「タイトル」には、「騎士団長殺し」という作品名はもとより、「顕れるイデア」と「遷ろうメタファー」という二つの編名、さらには六四個の章名も含む。そのどれをとっても、村上作品の中では、異例づくめの試みなのである。

そして、最終章のほぼ最後にある「その子の父親はイデアとしての私であり、あるいはメタファーとしての私なのだ」（2・539〜540頁）という表現に倣って、この作品のテーマを示せば、

タイトルは、イデアとしてのテクストであり、あるいはメタファーとしてのテクストである。

このようなタイトルに対するこだわりの根源を、村上はこう語る。「名前というのはなんといっても大事なものなのだから。」（2・532頁）。

2

『騎士団長殺し』が出版されて二ヶ月後に早くも、川上未映子・村上春樹『みみずくは黄昏に飛びたつ』（新潮社、二〇一七年）というインタビュー本が出された。帯には「『騎士団長殺し』誕生秘話」と銘打たれている。その中で、川上の「まず、何といってもこの素晴らしいタイトル、『騎士団長殺し』。最初にぜひ伺っておきたいんですけれど、このタイトルはどのようにして？」という問いに対して、村上は次の

ように答える。

「騎士団長殺し」って言葉が突然頭に浮かんだんです、ある日ふと。『騎士団長殺し』というタイトルの小説を書かなくちゃ」と。なんでそんなこと思ったのか全然思い出せないんだけど、そういうのって突然浮かぶんです。どこか見えないところで雲が生まれるみたいに。(74頁)

さらに続けて、「一度聞いたら忘れられない不思議な強さもあって」という川上の感想に対し、「でもそういうある種の不思議さって、タイトルには大事なんです。ちょっとした違和感みたいなものが」(75頁)と述べる。

ということは、村上自身、ふと頭に浮かんだという、この「騎士団長殺し」ということばに「ある種の不思議さ」や「ちょっとした違和感」を感じたということであり、だからこそタイトルに選んだということに他ならない。

「騎士団長殺し」というタイトルは、「騎士団長」と「殺し」という二語の複合による造語である。ただし、村上のオリジナルというわけではなく、テクストでは、この語が、作品の中心的なモティーフとなる謎の絵のタイトルであり、それがモーツァルトのオペラ曲の一シーンに由来することが示されている。このタイトルに「ある種の不思議さ」や「ちょっとした違和感」があるとすれば、それは耳慣れない造語だからであり、まずは書き手の村上にとっての創作の動機付けとして大事であったという面と、もう一方で川上のような読み手の関心を引くためのものとして大事という面の、両方があったのであろう。

村上春樹の長編小説のタイトルがいつもこのような形を取ってきたとは言えない。彼の以前の中長編小説一三作のうち、同様に造語から成る単語タイトルとしては、「ねじまき鳥クロニクル」（一九九四年）の一つしかない。

タイトルの表現構成としては、デビュー作の「風の歌を聴け」（一九七九年）という一文によるものを除いて、あとはすべて名詞止めである。その中には、「アフターダーク」や「1Q84」のような一語の他に、「1973年のピンボール」「ノルウェーの森」「スプートニクの恋人」「海辺のカフカ」のような修飾句、「世界の終りとハードボイルド・ワンダーランド」「色彩を持たない多崎つくると、彼の巡礼の年」「ダンス・ダンス・ダンス」「国境の南、太陽の西」のような並列句のパターンが見られる。これらのうち固有名を除き、新たな造語とみなせそうな語を含むのは、「ハードボイルド・ワンダーランド」くらいである。

もとより、句や文によるタイトルであっても、「ある種の不思議さ」とか「ちょっとした違和感」とかはありえるが、単語に比べれば、ましてとくに目新しくない語による構成であれば、タイトルとしてのインパクトは減じるであろう。その意味で、「騎士団長殺し」という一語の、しかも造語によるタイトルは、異例に属するのである。

3

「騎士団長殺し」という語がテクストに最初に現れるのは、第1部第5章である。

その包みをそっと注意深く持ち上げてみた。重くはない。簡単な額におさめられた絵の重さだ。包装紙にはうっすらほこりが溜まっていた。かなり前から、誰の目に触れることもなくここに置かれていたのだろう。紐には一枚の名札が針金でしっかりととめられ、そこには青いボールペンで『騎士団長殺し』と記されていた。いかにも律儀そうな書体だった。おそらくそれが絵のタイトルなのだろう。（1・94頁）

そして、「私は自分の内に湧き起こってくる好奇心を抑えることができなかった。とくにその絵のタイトルである（らしい）『騎士団長殺し』という言葉が私の心を惹きつけた。それはいったいどんな絵なのだろう？」（1・94頁）と思う。

このあたりからは、村上が「騎士団長殺し」というタイトルを、自らの小説のタイトルとしてだけではなく、テクスト内でも何かのタイトルにしようとしたことがうかがえる。そして選ばれたのが絵であった。このようなタイトルの二重化つまり同一の語が当該テクストのタイトルであり、かつテクスト内のモティーフのタイトルでもあるというのは、以前の村上作品には見られなかった。

テクストの語り手でもある「私」は、ためらいの後、包みを開けて絵を見たうえで、「だいたい、この作品になぜ『騎士団長殺し』というタイトルがつけられたのだろう？　たしかにこの絵の中では、身分の高そうな人物が剣で殺害されている。しかし古代の衣裳をまとった老人の姿は、どのように見ても「騎士団長」という呼び名には相応しくない。「騎士団長」という肩書きは明らかにヨーロッパ中世あるいは近世のものだ。日本の歴史にはそんな役職は存在しない。それでも雨田具彦はあえて『騎士団長殺し』という、不思議なタイトルをこの作品につけた。そこには何かの理由があるはずだ」（1・100〜101頁）のように、そのタイトルにますます興味を募らせてゆくことになる。それからしばらくして、モーツァルトのオペラ『ドン・ジョバンニ』の冒頭に「騎士団長殺し」のシーンがあることに思い至り、件んの絵がそのシーンを描いたものであることに気付く。

　ここにおいて、「騎士団長殺し」ということばに対する「私」の好奇心は複雑化する。初めは、このことばそのものに対してだったのが、このことばから成るタイトルと絵の関係に移り、そして、このタイトルと絵と、さらに『ドン・ジョバンニ』という物語との関連に対して、という具合に。

　このようにして、『騎士団長殺し』という物語は、「騎士団長殺し」ということばをきっかけとして始まり、それをめぐって深化・展開して、火事による絵の焼失をもって終末を迎える。

4

物語の最後で、語り手の「私」は次のような感慨を抱く。

『騎士団長殺し』は未明の火事によって永遠に失われてしまったが、その見事な芸術作品は私の心の中に今もなお実在している。私は騎士団長や、ドンナ・アンナや、顔ながの姿を、そのまま目の前に鮮やかに浮かび上がらせることができる。手を伸ばせば彼らに触れることができそうなくらい具体的に、ありありと。彼らのことを思うとき、私は貯水池の広い水面に降りしきる雨を眺めているときのような、どこまでもひっそりとした気持ちになることができる。私の心の中で、その雨が降り止むことはない。

私はおそらく彼らと共に、これからの人生を生きていくことだろう。（2・549頁）

これは、当該の絵そのものに関する感慨のように受け取れる。が、はたしてそうか。村上自身においてもテクストにおいても、そもそものきっかけが「騎士団長殺し」ということば＝タイトルそのものにあったのは、すでに確認したとおりである。そして、それがことばであるかぎり、何かを意味するのであり、タイトルであるかぎり、何かを指示するのである。その「何か」が、それを描いた絵であった。

では、その絵の実物が「永遠に失われてしまっ」ても、「私の心の中に今もなお実在している」のはなぜか。それは、「騎士団長殺し」ということば＝タイトルは残っているからである。「騎士団長や、ドンナ・アンナや、顔ながの姿を、そのまま目の前に鮮やかに浮かび上がらせることができる」のも、それぞれの名前がそれぞれのイメージを同定する契機あるいは根拠としてあるからである。つまり、テクストにおいて、絵の実物が「永遠に失われてしまった」とすることによって、この物語の冒険が終始、じつは「騎士団長殺し」ということば＝タイトルをめぐるものであったということが顕在化するのである。

さらに極論すれば、あくまでも小説というフィクションであるとしても、テクスト内では、絵のことが描写されていれば、その存在を信じるのがお約束ではあるけれど、もしかしたらその絵は、語り手の「私」の心の中にのみ、「騎士団長殺し」というタイトルをとおして存在するものだったのかもしれない。

副題とも言える「顕れるイデア」と「遷ろうメタファー」という二つの編名も、件んの絵自体には関与していない。その絵にイデアが顕れるわけでも、その絵がメタファーとなって遷ろうわけでもないからである。イデアにせよメタファーにせよ、関与するのは「騎士団長殺し」ということばであり、それがタイトルとして関わるかぎりにおいて、件んの絵が取沙汰されるのである。

すなわち、「騎士団長殺し」という小説は、その作品名がテクストにおいて絵の作品名にもなることによって、ことばとしてのイデアとメタファーのありようを可視化して示そうとしたということである。

それにしても、村上あるいは「私」は、なぜそんなにもこの「騎士団長殺し」ということばに惹かれてしまったのだろうか。単に日本語として馴染みが薄いというだけでは理由として弱い。ふと頭に浮かんだ「騎士団長殺し」というタイトルに対して、「なんでそんなこと思ったのか全然思い出せないんだけど」と語る村上は、自らの深層に潜む、その理由が何なのかを見出すために、この物語を書いたのではあるまいか。

うがち過ぎという批判を恐れずに記せば、このタイトルのアナグラムの一つに、「きごうしょちしろんだ（記号処置試論だ）」がある。この物語はまさに、ことばという記号をどのように処置するかに関する試論として読めるのである。

5

村上春樹が、二部構成の編名に「イデア」と「メタファー」という語を初めて用いた点も注目される。とりわけメタファーは村上文体の核と見なされてきた表現技法であるから、それをあえてタイトルとして表に出したことは、当然ながら、自身のメタファーに対する問い直しを宣言したとも受け取れる。

認知言語学者の瀬戸賢一は、『よくわかるメタファー』（筑摩書房、二〇一七年）で、文庫化するにあたり、わざわざ「補章　村上春樹とメタファーの世界」を付け加え、次のように、研究者ならではの見解を述べる。

村上春樹の久々の長編『騎士団長殺し』（二〇一七年、新潮社）の第2部は、「遷ろうメタファー編」の副題をもつ。用語としてのメタファーがようやく定着したな、とひとり合点した。この小説の中では、隠喩と暗喩も導入的に使用されるが、これはメタファーにまだ馴染みのない読者サービスだろう。大半はカタカナ表記のメタファーで通される。

同小説の中の用語を整理すると、傍線を付したものが実際に使われたもので、縦列は同じ意味を表す。

メタファー、隠喩、暗喩
シミリー、直喩、明喩

頻度的にはメタファーが確かに群を抜く――初めて出るのは第2部の後半――が、村上作品を特徴づけるのはむしろシミリー（直喩、明喩）の方ではないか。用語そのものではなく、その個々の実例である。

また、近代文学研究者の西田谷洋が、『村上春樹のフィクション』（ひつじ書房、二〇一七年）の、本論ではなく「はじめに」であるにもかかわらず、いきなり「『騎士団長殺し』におけるメタファー」を取り上げたのも、フィクションを論じるうえで欠かせないメタファーが編名としても用いられたことから、急遽、一言言及しないではいられなかったからであろう。

ただ、どちらにせよ問題なのは、村上はメタファーをイデアとの対として取り上げている点に触れていないところである。その対のポイントは、イデアは「顕れる」ものとして、メタファーは「遷ろう」ものとして示されているところにある。

しかも、イデアあるいはメタファーに関する表現は、ともにテクストの前後半を問わず出てくるにもかかわらず、その前半三二章分を第1部「顕れるイデア編」とし、後半三二章分を第2部「遷ろうメタファー編」としたことの意味も考えなければならない。

なお、どちらの編名もテクストに、「顕れるイデア」「遷ろうメタファー」という表現形そのとおりでは見られない。当初から二部構成にする予定だったか否かは不明であるものの、この二つのタイトルは作品名の場合とは異なり、事後的に、対のタイトルらしい形に整えられ付けられたと考えられる。

6

まずは、第1部の「顕れるイデア」というタイトルのほうから、確認してみる。「イデア」ということばがテクストに初めて登場するのは、第1部後半の第21章である。「あなたは霊のようなものなのですか？」という「私」の質問に対して、謎の相手は次のように答える。

「で、諸君のさっきの質問にたち戻るわけだが、あたしは霊なのか？　いやいや、ちがうね、諸君。あたしは霊ではあらない。あたしはただのイデアだ。霊というのは基本的に神通自在なものであるが、あたしはそうじゃない。いろんな制限を受けて存在している」（1・352頁）

これに先立って、件んの絵に描かれた騎士団長の姿をしていることについて、こう語る。

「あたしは何も絵の中から抜け出してきたわけではあらないよ」と騎士団長はまた私の心を読んで言った。「あの絵は――なかなか興味深い絵だが――今でもあの絵のままになっている。騎士団長はしっかりあの絵の中で殺されかけておるよ。心の臓から盛大に血を流してな。あたしはただあの人物の姿かたちをとりあえず借用しただけだ。こうして諸君と向かい合うためには、何かしらの姿かたちは必要だからね。だからあの騎士団長の形体を便宜上拝借したのだ。それくらいかまわんだろうね」

（1・350頁）

この語りから単純に考えるならば、「顕れるイデア」とは、「騎士団長の形体を便宜上拝借し」た「ただのイデア」のことになろう。ただし、これには留意すべきことが四点ある。

一つは、「顕れるイデア」における「顕れる」という連体修飾語は制限的用法であるという点である。つまり、イデアには顕れるもの・場合もあれば、顕れないもの・場合もあるということであって、このテクストではたまたま顕れるほうのイデアであったということである。もっとも、どちらであれ、イデアそのものとしては顕れえない。

二つめは、「あらわれる」という語に、「現」や「表」という一般的な漢字ではなく、わざわざ「顕」という漢字を当てている点である。「顕」字は、「顕著・顕示」などの語があるように、はっきりする、明らかになるという点を強調する。それは何よりもイデアが可視化するということを示している。

三つめは、「ただのイデア」の「ただ」には価値評価が伴っていないという点である。つまり、イデア相互に優劣があるということではなく、またそれを成り立たせる複数のイデアを想定しているわけでもなく、イデアそのものということである。

四つめは、したがって、そのイデアは「何か」のイデア、たとえば「騎士団長」の霊に相当するようなものではないという点である。「騎士団長」はあくまでも「便宜上拝借」したにすぎず、その形体で顕れても、イデアが「騎士団長殺し」という絵あるいはその素材としての「騎士団長」とは必然的な関係を持っていないことを意味する。

それでは、イデアとは何か。物語の終わり近く、第2部第59章で、「私」は中学生の秋川まりえに、次のように説明する。

「イデアというのは、要するに観念のことなんだ。でもすべての観念がイデアというわけじゃない。たとえば愛そのものはイデアではないかもしれない。しかし愛を成り立たせているものは間違いなくイデアだ。イデアなくしては愛は存在しない。でも、そんな話を始めるときりがなくなる。そして正直言って、ぼくにも正確な定義みたいなものはわからない。でもとにかくイデアは観念であり、観念は姿かたちを持たない。ただの抽象的なものだ。でもそれでは人の目に見えないから、そのイデアはこの絵の騎士団長の姿かたちをとって、いわば借用して、ぼくの前にあらわれたんだよ、そこまではわかるかな?」(2・441頁)

が、結局はイデアを観念と言い換えただけのことであって、ついにその本質が分明にされることはない。そして、この物語はそれを明らかにすることを目的としたわけでもない。ただ、ひとえにメタファーとの関わりにおいてのみ、設定されたのである。

この点に関して注目されるのは、第2部第38章での、「私」と「騎士団長」とのやりとりである。「つまり、何かの拍子に記憶喪失にでもかからない限り、あるいはどこまでも自然に完全にイデアに対する興味を失ってしまわない限り、人はイデアからは逃げることができない」と述べる「私」に対して、「騎士団長」が「人間はイルカとは違って、ひと続きの脳しか持っておらんからね。いったんぽこっとイデアが生じると、それをうまく振り落とすことができないのだ。そのようにしてイデアは人間からエネルギーを受け取り、その存在を維持し続けることができたのだ」（2・120〜121頁）と返すところである。

これは、デカルトではないが、イデアを持つからこそ人間である、ということであろう。そして、イデア＝観念とは、鶏か卵かは別にして、否応なく、ことばつまり人類言語と結び付いているのである。二人のやりとりでは、とりあえずイデアはそれ自体として存在するかのようになっているが。

7

雨田具彦の絵に描かれた騎士団長そのままの姿を最初に発見した時、それを「騎士団長だ、と私は思った。」（1・347頁）というのは、自然の成り行きである。そんな「私」に対し、「あの騎士団長の形体を便宜上拝借したのだ」と、自らの正体を暴露するイデアは、その前に「もし呼び名が必要であるなら、騎士団長と呼んでくれてかまわない」（1・349頁）と断っている。つまり、イデアにとって、形体も便宜ならば呼び名も便宜にすぎない、ということである。とすれば、「顕れるイデア」というのも、あくまでも便宜として「顕れる」ということになる。

このような見方がどこへ導くかと言えば、ことばがイデア＝観念を顕す、あるいはイデア＝観念がことばに顕れる、としたら、両者つまりことばとイデア＝観念の関係は便宜にすぎないということである。この「便宜」は「恣意」に置き換えられる。あの、F・ソシュールが言語の本質とした恣意性である。

もっとも、便宜あるいは恣意であるから、何でもかまわないというわけではなく、「いろんな制限を受けて存在している」というのも、社会的共有物としての言語に通じる。「騎士団長」の言う「形体化していないあとの時間は、無形のイデアとしてそこかしこに休んでおる。屋根裏のみみずくのようにな。それから、あたしは招かれないところには行けない体質になっている」（1・352頁）というのも、F・ソシュールの主張するラングとランガージュの関係に比定できよう。

形体化あるいは言語化しえないイデアがあるとしても、それは人間にとって無いに等しい。実際、「私」がそうであった。騎士団長の形体を借り、言語を用いることによって、イデアは「私」に意識され理解されることになっている。ただし、「騎士団長」という、視覚的・言語的な記号表現によって表わされるイデアという記号内容は、「イデア」ということばによってしか表わされざるをえないのであるが、その「イデア」という記号表現に対応する記号内容が何かを説明することになればまた、「観念」との置き換えのように、堂々巡りに終わる。

その意味で、イデアは人間にとって、記号という関係性においてしか成り立ちえない。しかも、記号関係はあくまでも便宜的・恣意的なものであるから、その記号表現のありようからは記号内容としてのイデアの内実は知りえない。しかし、何らかの存在をそれ自体としてだけではなく、記号表現と意識し、それに囚われてしまった時点で、その定かならぬ記号内容、つまりイデアを求めることになるのである。

何よりも、この作品において、「私」が「とくにその絵のタイトルである（らしい）『騎士団長殺し』という言葉が私の心を惹きつけた。それはいったいどんな絵なのだろう？」と思い、さらに「だいたい、この作品になぜ『騎士団長殺し』というタイトルがつけられたのだろう？」と疑うところに、それが端的に示されている。

このような、何に対してであれ、記号としてその内容＝イデアを求めようとする、あてどない記号活動（言語活動）は、それゆえに人間のみが有する習性として還元される。そのあてどなさは、「騎士団長殺し」という物語にも当てはまる。答えや助けを求める「私」に対して、イデアはいつも、その核心ではなくヒントをほのめかすばかりである。それは逆から考えれば、イデア＝記号内容はそのようなものとしてしか説明しえない、ということである。

先に、この作品において、イデアは「ひとえにメタファーとの関わりにおいてのみ、設定された」と記したが、それはメタファーという記号表現を取り上げるためには、対応すべき記号内容たるもの、すなわちイデアが必要だったということに他ならない。そして、第1部の編名に「イデア」を持って来たのは、内容→表現という、一般に想定される創作プロセスに即そうとしたものと考えられる。

8

今度は、第2部の「遷ろうメタファー」というタイトルを取り上げる。とはいえ、このテクストにもふんだんに見られる比喩表現の実例については特には触れず、その捉え方のほうについて問題にしたい。

それはまず、「騎士団長殺し」というタイトルの絵に関して論じられる。絵とタイトルとの関係は、後の「非題」の章で詳しく論じるが、同じく言語表現である小説とそのタイトルとの関係に比べれば、表現の位相・媒体を異にする分だけ、厄介である。

「私」は、「騎士団長殺し」というタイトルとその絵の関係について、激しい戸惑いを覚え、「騎士団長」に問いかける、「あの絵は見るものに何か強く訴えかけてきます。雨田具彦は、彼が知っているとても大事な、しかし公に明らかにはできないものごとを、個人的に暗号化することを目的として、あの絵を描いたのではないかという気がするのです。人物と舞台設定を別の時代に置き換え、彼が新しく身につけた日本画という手法《メチエ》を用いることによって、彼はいわば隠喩として告白を行っているように感じられます」（1・449頁）のように。

ここに、「いわば隠喩として」という表現が用いられている。この「隠喩」とは、「騎士団長殺し」というタイトルとその絵との関係において設定されたものであり、喩えられるのがタイトル、喩えるのが絵のほうであって、その逆ではない。つまり、まずタイトルありき、ということである。

この両者に対する隠喩という関係設定は、絵とタイトルの関係一般としてではなく、件んの絵とタイトルだからであり、その理由を、「私」は「見るものに何か強く訴えかけて」くる、描き手の雨田具彦にとって「とても大事な、しかし公に明らかにはできないものごと」が描かれていると感じるところに見出す。

おそらく、「騎士団長殺し」というタイトルの付いた絵が、いかにも騎士団長らしき格好をした、当時の西洋人が刺殺される場面を描いた油絵であったならば、当たり前の、作品とタイトルの関係としか考えられず、それ以上に、なぜそういう絵を描いたのかとか、あるいはなぜそのようなタイトルなのかとかいう疑問を抱かれることはなかったであろう。それは、「ドン・ジョバンニ」という物語の一シーンであることを知っていても知らなくても、変わりあるまい。

件んの絵とタイトルは、そのような当たり前の関係ではないことから、隠喩としての解釈が求められたわけである。この過程自体は、言語表現における隠喩の解釈の場合とまったく同じであって、タイトル（言語）と絵画の関係に限ったことではない。ただ、隠喩としての関係は、両者を結び付ける解釈ができてこそである。「私」はそれができないゆえにもどかしく思い、「騎士団長」に答えを求める。ということは、隠喩らしいという可能性は認められても、通常の隠喩としてはまだ成り立っていないのである。

「騎士団長」は「私」の期待する答えにはならない答えを繰り返す。すなわち、「もしその絵が何かを語りたがっておるのであれば、絵にそのまま語らせておけばよろしい。隠喩は隠喩のままに、暗号は暗号のままに、ザルはザルのままにしておけばよろしい。それで何の不都合があるだろうか？」（1・450頁）、また「雨田具彦の『騎士団長殺し』について、あたしが諸君に説いてあげられることはとても少ない。なぜならその本質は寓意にあり、比喩にあるからだ。寓意や比喩は言葉で説明されるべきものではない。呑み込まれるべきものだ」（1・451～452頁）。

「隠喩・暗号・寓意・比喩」のように、さまざまに言い換えられてはいるが、「私」同様、「騎士団長」もまたその絵を、正確にはタイトルと絵の関係を、隠喩として一応認めていることになる。ただ、「私」

と異なるのは、「言葉で説明されるべきものではない。呑み込まれるべきものだ」とする点である。これは、比喩とはことばにして対象化されるものではなく、自らの一回的な体験として受け止めるものである、の謂いと考えられ、それを「生きた隠喩」とした、P・リクールの存在論的な考えに近い。そして、別のことばで言い換えることができる比喩は、他ならぬ比喩であることの必然性に乏しい、「死んだ比喩」いわゆる単なるレトリックということになる。

　とはいえ、やはり厄介なのは、絵という視覚芸術作品が関わるという点である。記号の典型としてのことばとは違い、それが具象画ならば、宗教的なイコンは別にして、描かれた対象それ自体としての認知さらには鑑賞が可能である。つまり、そのままの認知・鑑賞という体験もありえるのである。「騎士団長」の「絵にそのまま語らせておけばよろしい」や「呑み込まれるべきものだ」などの発言は、そのような体験について言っていると取ることもできる。その場合、当然ながら、置換関係はあっても、隠喩関係は存在しない。

　にもかかわらず、「私」に限らず、記号する人間としては、その体験の衝撃をことばとして、つまりは比喩として説明せずにはいられないのである。それ自体はほぼ習性であるから、目的も意義もない。上記の「騎士団長」とのやりとりの後、そのことを自覚した「私」は自ら使ってしまっていた比喩をわざわざ傍点付きで示し、やや自嘲ぎみに、こう述懐するのである。

　　今までこれが自分の道だと思って普通に歩いてきたのに、急にその道が足元からすとんと消えてなくなって、何もない空間を方角もわからないまま、手応えもないまま、ただてくてく進んでいるみたいな、そんな感じだよ。

行方の知れない海流だろうが、道なき道だろうが、どちらだってかまわない。同じようなものだ。いずれにしてもただの比喩に過ぎない。私はなにしろこうして実物を手にしているのだ。その実物の中に現実に呑み込まれてしまっているのだ。その上どうして比喩なんてものが必要とされるだろう？

（1・498〜499頁）

9

メタファーに関する議論が本格的に展開されるのは、第2部後半、「私」が「騎士団長」というイデアを殺した後、「騎士団長殺し」の絵に描かれた「顔なが」が登場してからである。

「私」が「顔なが」に対して、「おまえはいったい何ものなのだ？　やはりイデアの一種なのか？」と尋ねると、「顔なが」は「いいえ、わたくしどもはイデアなぞではありません。ただのメタファーであります」、「ただのつつましい暗喩《あんゆ》であります。ものとものをつなげるだけのものであります」、「わたくしはただのしがない下級のメタファーです。上等な暗喩なぞ言えません」、「わたくしはまだ見習いのようなものです。気の利いた比喩は思いつけないのです。許しておくれ。でも偽りなく、正真正銘のメタファーであります」、「わたくしはただ、事象と表現の関連性の命ずるがままに動いているだけであります。波に揺られるつたないクラゲのようなものです」（2・335〜336頁）のように繰り返す。

さらに、「おまえが本物のメタファーなら、縄抜けくらい簡単にできるんじゃないのか。要するに概念とか観念とかそういうものの一種なのだから、空間移動くらいできるだろう」という「私」のことばに、「いいえ、それは買いかぶりであります。わたくしにはそんな立派な力は具わっておりません。概念とか観念とか呼べるのは、もっと上等なメタファーのことです」(2・338頁)と切り返す。

「騎士団長」の言う「ただのイデア」の「ただ」とは異なり、「顔なが」の言う「ただのメタファー」というのは、「しがない下級のメタファー」や「見習いのようなもの」あるいは「もっと上等なメタファー」などの表現と照らし合わせれば、あきらかに価値評価を示している。つまり、イデアには優劣がなく、メタファーには優劣がある、ということである。

また、イデアのほうはそれ自体としては目に見えないものなので、「騎士団長」という姿を借りたということになっているが、「顔なが」として姿を現したメタファーについては、その素性が問われることはない。

なぜか。目に見える姿こそがメタファーだからである。ゆえに、その「顔なが」と名付けられた異形やみすぼらしい身なりがそのままメタファーとしての下級性を示す。そして、メタファーの上等と下級を分けるのは、何を喩えるかにあり、上等なメタファーは「概念とか観念とか」を喩えたものであるのに対して、下級のメタファーは、「起こったことを見届けて、記録するのがわたくしの職務《つとめ》なのだ。」(2・334頁)と言うとおり、個々の事象を喩えたものである。この後者であっても、「偽りなく、正真正銘のメタファーであります」と「顔なが」が断言できるのは、それ単独としてではなく、「ものとものをつなげる」あるいは「事象と表現の関連性の命ずるがままに動」くという関係性において、その存在が認められるからである。

後に登場する、「騎士団長殺し」の絵に描かれた一人「ドンナ・アンナ」が、メタファー世界について、「目に見えるすべては結局のところ関連性の産物です。ここにある光は影の比喩であり、ここにある影は光の比喩です」（2・371頁）と語るのは、まさにメタファーがそのようにして成り立つものであることを示している。

10

先の「私」と「顔なが」のやりとりを経たうえで、このテクストの、あるいはこのメタファー論の要とも言える「メタファー通路」や「二重メタファー」という語が出てくる。

「メタファー通路」について、「顔なが」は「個々人によって道筋は異なってきます。ひとつとして同じ通路はありません。ですからわたくしがあなた様の道案内をすることはできないのだ」（2・336頁）と言い、「あなた様がメタファー通路に入ることはあまりにも危険であります。生身の人間がそこに入って、順路をひとつあやまてば、とんでもないところに行き着くことになる。そして二重メタファーがあちこちに身を潜めております」（2・336頁）と言う。

「メタファー通路」が「メタファー世界」に通じるということは想像しやすいが、「個々人によって道筋は異な」り、「生身の人間がそこに入って、順路をひとつあやまてば、とんでもないところに行き着くことになる」とは、どういうことか。

前掲の西田谷洋『村上春樹のフィクション』は、「写像の一般性を見ずに個人性・独創性に価値を置く点で、『騎士団長殺し』のメタファー観は、ステレオタイプ的な芸術の独創性、芸術の天才性と親和性がある」（3頁）と評する。もし「芸術の独創性、芸術の天才性」の顕れとしてのメタファーということならば、「生身の人間」つまり普通人がその方法を模倣しようとしても、ひどい失敗に終わるということを意味しているのかもしれない。

「ドンナ・アンナ」も唐突に、

> 「そして優れたメタファーはすべてのものごとの中に、隠された可能性の川筋を浮かび上がらせることができます。優れた詩人がひとつの光景の中に、もうひとつの別の新たな光景を鮮やかに浮かび上がらせるのと同じように、言うまでもないことですが、最良のメタファーは最良の詩になります。あなたはその別の新たな光景から目を逸らさないようにしなくてはなりません」（2・373頁）

のように説明し、「私」も、
雨田具彦の描いた『騎士団長殺し』もその「もうひとつの別の光景」だったのかもしれないと私は思った。その絵画はおそらく、優れた詩人の言葉がそうするのと同じように、最良のメタファーとな

って、この世界にもうひとつの別の新たな現実を立ち上げていったのだ。(2・373〜374頁)

のように納得する。ここにも、たしかにメタファーにおける「芸術の独創性、芸術の天才性」についての「ステレオタイプ的」な見方が示されているように受け取られる。

しかし、そもそもメタファー世界は、その優劣に関係なく設定されたはずであるから(そうでなければ「顔なが」は存在しえない)、優れた、上等のメタファーばかりに当てはまるものではない。メタファー世界が対極としての現実世界と異なるのは、「ドンナ・アンナ」が説明するごとく、どんな存在であれ、それ自体としてのみでは成り立たないという一点である。じつは、これはすなわち言語記号の世界のありようとそのまま重なる。

それでは、「二重メタファー」とは何か。これに関しても、「ドンナ・アンナ」がこう説明する。

「あなたの中にありながら、あなたにとっての正しい思いをつかまえて、次々に貪り食べてしまうもの、そのようにして肥え太ってゆくもの。それが二重メタファー。それはあなたの内側にある深い暗闇に、昔からずっと住まっているものなの」(2・375〜376頁)

この説明そのものが「二重メタファー」のようであって、なぜメタファーなのか、なぜ二重なのかが判然しない。西田谷洋『村上春樹のフィクション』の、「メタファーが個人の主体的な写像設定によって成立するのに対し、二重メタファーとはメタファーの「正しい思い」、プラス方向へのベクトルとは正反対、マイナスの方向へと作用するベクトルを持つものである」という説明もまた判然としない。単に喩え方如何の問題ならば、陳腐に過ぎよう。

件んの説明に先立つ、「心をしっかりと繋ぎとめなさい」「心を勝手に動かせてはだめ。心をふらふらさせたら、二重メタファーの餌食になってしまう」(2・375頁)という「ドンナ・アンナ」のことばから推測するならば、「二重メタファー」とは、何を、何のために、何に喩えるかという、メタファーの目的・意図に関わっていると考えられる。これらが「ふらふら」していると、その創作であれ受容であれ、メタファーはメタファーとしての役割つまり適切に関連付ける役割を果たさないということである。

「二重」というのはしたがって、二つという意味ではなく、目的・意図が一定化かつ明確化されず、曖昧・漠然としているということである。すでに述べたように、メタファーはその関連付けのありようが理解されて、あるいは受け入れられてはじめて成り立つのであるから、それが曖昧・漠然としていたのでは、あくまでもその可能性のまま留保された状態にあって、「正真正銘」の「本物」のメタファー世界たりえないのである。

さて、それではなぜ『騎士団長殺し』の第2部の編名として、「遷ろうメタファー」という表現が選ばれたのか。「イデア」と「メタファー」は対置されているのであるから、ポイントは、「遷ろう」のほうにある。

「遷ろう」は、空間的・瞬時的・意図的な移動ではなく、時間的・漸次的・自然的な変化を意味する語である。その点で、第2部において展開されるメタファー世界の冒険それ自体は、それを終えた後の「私」の「私はメタファーの世界から現実の世界に戻ってきた。言い換えるなら、まっとうな時間と気温を持つ世界に復帰したということだ」(2・389頁)という確認から言えば、「まっとうな時間」を持たないものであったから、「遷ろう」はなじまない。なじむとすれば、メタファー世界をはさんだ前後における現実の世界においてであり、この物語において、「騎士団長殺し」という絵のメタファーは、「私」にとって確実に「遷ろう」ものとなったのである。

その遷ろいとは、メタファー世界の冒険を通して、謎として対象化されていたメタファーが事後的に気付けば、体験化・血肉化されたということである。つまり、「遷ろうメタファー」という第2部の編名は、「騎士団長殺し」という物語における、また「騎士団長殺し」というタイトルと絵に関する、このような「私」と「メタファー」との関わり方の変化を物語っているのである。

11

『騎士団長殺し』という小説は、第1部に三二章、第2部に三二章の、計六四章から成る。加えて、作品冒頭には「プロローグ」がある。また第1部最後の第32章は約一頁分の引用文のみである。この六四章の全部にタイトルが付されているが、村上作品の章のタイトルとして、際立った特徴が三点ある。

第一に、単語のみから成るものはなく、すべて句あるいは一文のタイトルであるという点、第二に、すべてのタイトルが当該章のテクストの中から抜き出されているという点、そして第三に、第一・第二点から、章のタイトルは各テクストが出来上ってから付けられたことが明白であるという点である。

第一点について具体的に見てみると、章タイトルの表現形式として、一文が三九例と全体の約六割を占め、他に名詞句が一〇例、連用修飾句が八例、述句が七例、ある。

一文の最長例は、「スペイン人たちはアイルランドの沖合を航海する方法を知らず」（第48章）の二八字、最短例は、「今が時だ」（第51章）の四字であるが、その範囲で一文タイトルの長さはさまざまである。

一文構成の大方は単文であるものの、中には「息もこときれ、手足も冷たい」（第5章）のような重文、「遠くから見ればおおかたのものごとは美しく見える」（第4章）、「床に落として割れたら、それは卵だ」（第42章）、「小さくはあるが、切ればちゃんと血が出る」（第21章）のような複文も見られる。

また、文末表現は平叙文の現在形が多いが、疑問文が「真実がどれほど深い孤独を人にもたらすものか」（第25章）、「今日は金曜日だったかな？」（第47章）など四例、タ止めが「フランツ・カフカは坂道を愛していた」（第28章）、「その顔に見違えようはなかった」（第40章）など、六例ある。

さらに、「しかしここまで奇妙な出来事は初めてだ」（第14章）、「でもそれはあなたが考えているようなことじゃない」（第63章）のような、前文がないにもかかわらず、接続詞から始まる一文タイトルもあり、テクストからの抜き出し感が強い。

名詞句の章タイトル一〇例のうち、形式名詞が三例（「試合のルールについてぜんぜん語り合わないこと」〈第36章〉、「人がその人であることの特徴みたいなもの」〈第44章〉など）、実質名詞が七例（「比較的良い一日」〈第16章〉、「特定の目的を持って作られた、偽装された容れ物」〈第39章〉、「オレンジ色のとんがり帽をかぶった男」〈第52

章〉など）ある。名詞あるいは名詞句はタイトルとしてはもっとも一般的であるが、これらで注意すべきはほとんどがタイトルにするためにその形式に整えられたのではなく、あくまでもテクストから抜き出された表現のままということである。しかも、章タイトルの全体数から見れば、けっして大勢を占めるものではないから、たまたま選ばれた表現が名詞句だったということになる。

連用修飾句の章タイトルの八例のうち、「もし〜ば」という仮定条件句が二例ある以外は、それぞれ異なる句形式であり、「あの名もなき郵便配達夫のように」（第12章）や「恩寵のひとつのかたちとして」（第64章）のような比喩的な表現が目に付くくらいである。また、述句の章タイトルの七例はいずれも主句が省略された表現であり、タイトル単独ではその主句を想定しえない。たとえば、「今のところは顔のない依頼人です」（第6章）や「勇気のある賢い女の子にならなくてはならない」（第61章）というタイトルならば、それが誰か登場人物であろうことくらいは見当が付くが、「ただの物理的な反射にすぎない」（第3章）や「火掻き棒だったのかもしれない」（第53章）などというタイトルになると、何がそうなのか、見当さえ付かない。このような述句のみの章タイトルも当該テクストからの抜き出しだからこそである。

12

次に、第二点について。各章タイトル当該章のテクストの中から抜き出されるというのは、村上作品において、この『騎士団長殺し』が初めてではない。抜き出し方式が用いられた最初は、彼のノンフィクション長編作品『アンダーグラウンド』（講談社、一九九七年）である。この作品は、インタビューの相手ごとに構成されていて、そのそれぞれの冒頭に、インタビューに答える発話の中の、おそらくはもっとも印象的と村上が判断した一節が引かれている。ただし、目次にそれは示されていないので、タイトルというよりは、見出し程度の扱いである。しかし、それがきっかけになったのか、以前の作品では数字のみで章を表すことが多かったのが、『1Q84』（新潮社、二〇〇九・二〇一〇年）では、章タイトルがそれぞれ当該テクストから抜き出された表現となり、劇的に変化する。ただし、「青豆」や「天吾」「牛河」という、その章の主要人物名が付され、その関係が示されている。『騎士団長殺し』になると、それも省かれ、しかも登場人物自身には関わりのないような表現さえも抜き出され、章タイトルになっている。

各章のタイトルが当該テクストのどういうところから抜き出されているかを、その位相ごとに見てみると、地の文からが二五例、会話文からが三七例、引用文からが二例となる。地の文よりも会話文のほうがやや多いが、特定の位相に偏っていない。また、村上自身の表現ではない引用文からもタイトルが抜き出されている。

引用文からのタイトルは、第1部の第5章と第32章である。第32章は、サムエル・ヴィレンベルク『トレブリンカの反乱』という本からの引用だけから成るから、タイトルをテクストから抜き出そうとすれば、当然、引用文となる。その「彼の専門的技能は重宝された」という一文のタイトルは、テクストでは「彼の職業的地位が高いこと（収容所にあって彼の専門的技能は大いに重宝された）は実に明白だった。」（1・506頁）という一文に挿入された注釈部分から採られたものである。

第5章の「息もこときれ、手足も冷たい」というタイトルは、その章末に引用された歌劇『ドン・ジョバンニ』の第一幕・第三場、まさに父の騎士団長が殺された場面で、娘のドンナ・アンナが歌う歌詞の一節「ああ、あの人殺しが、私のお父様を殺したのよ。／この血……、この傷……、／顔は既に死の色を浮かべ、／息もことされ、／手足も冷たい／お父様、優しいお父様！／気が遠くなり、／このまま死んでしまいそう」（1・104〜105頁）から抜き出されている。

タイトルが抜き出されている会話文の発話者を整理すると、最多が「免色」の一一例、次に「私」の七例、「騎士団長」の五例、「政彦」が三例、以下、「ユズ・人妻・まりえ」が各二例、「コミチ・女・似顔絵業者・顔なが・渡し守」が各一例となる。「私」や「免色」「騎士団長」など、物語の中で発話機会の多い登場人物の会話文から、その分だけ数多く抜き出されるのは自然であるが、登場人物一二人もの発話からタイトルが採られているのには、会話文と地の文における配分も含め、タイトル選択のバラエティに関する意図が感じられる。

章タイトルが語り手でもある「私」よりも「免色」のほうから多く抜き出されているのは、「免色」が結果的に物語の展開を促す役割を担っているということを示していると見られる。タイトルとされた「免色」の発話は、第1部で八例、第2部で三例であるから、とくに前半でのその役割の大きさがうかがえる。

テクストからの抜き出しという観点から見ると、六四タイトルのうち、テクストの表現の通りが五三例にも及ぶ。残り一一タイトルに改変が見られるが、次に示すように、おおむねは、一部の語の入れ替えなどの、小さな改変である（矢印の上がタイトル、下がテクストで、波線部が該当部分）。

第7章「良くも悪くも覚えやすい名前」↑「「そのとおりです。覚えやすい名前です。良くも悪くも」と男は言って微笑んだ。」（1・118頁）

第9章「お互いのかけらを交換し合う」↑「「お互いの一部を交換し合うことです」と免色は説明した。「私は私の何かを差し出し、あなたはあなたの何かを差し出す。もちろんそれが大事なものである必要はありません。簡単なもの、しるしみたいなものでいいんです」」（1・150頁）

第17章「どうしてそんな大事なことを見逃していたのか」↑「免色にあって、私のこの免色のポートレートにないもの。それはとてもはっきりしている。彼の白髪だ。降りたての雪のように純白の、あの見事な白髪だ。それを抜きにして免色を語ることはできない。どうしてそんな大事なことを私は見逃していたのだろう。」（1・280頁）

第18章「好奇心が殺すのは猫だけじゃない」↑「「好奇心というのは常にリスクを含んでいるものです。リスクをまったく引き受けずに好奇心を満たすことはできません。好奇心が殺すのは何も猫だけじゃありません」」（1・288頁）

第29章「そこに含まれているかもしれない不自然な要素」↑「「ということは」と免色は言った。彼の声が少しだけ堅くなったようだった。「私が今回、秋川まりえの肖像画を描くことをあなたにお願いしたことに、何かしら不自然な要素が含まれていると感じておられるのでしょうか？」（1・459～460頁）

第33章「目に見えないものと同じくらい、目に見えるものが好きだ」↑「まりえは肯いた。「目に見え

るものが好きなの。目に見えないものと同じくらい」（2・12頁）

第40章「その顔に見違えようはなかった」↑「これまで何枚かの写真でしか目にしたことがなかったけれど、その顔に見違えようはない。（略）／老人は、その絵の作者である雨田具彦だった。雨田具彦がこのスタジオに戻ってきたのだ。」（2・151〜152頁）

第43章「それがただの夢として終わってしまうわけはない」↑「そんな生々しい出来事がただの夢として終わってしまうわけはない——それが私の抱いた実感だった。その夢はきっと何かに結びついているはずだ。それは現実に何かしらの影響を及ぼしているはずだ。」（2・194頁）

第50章「それは犠牲と試練を要求する」↑「騎士団長は言った。「諸君が諸君自身に出会うことができる場所に、諸君を今から送り出すことがあたしはできる。しかしそれは簡単なことではあらない。そこには少なからざる犠牲と、厳しい試練とが伴うことになる。」」（2・307頁）

第57章「私がいつかはやらなくてはならないこと」↑「それでもいつか私は彼の姿をそこにしっかり描き上げることだろう。その男をその闇の中から引きずり出すだろう。相手がどれほど激しく抵抗しようと、今はまだ無理かもしれない。しかしそれは私がいつかは成し遂げなくてはならないことなのだ。」（2・409頁）

第62章「それは深い迷路のような趣を帯びてくる」↑「モーツァルトのソナタの多くは、一般的に言えば決して難曲ではないが、納得がいくように弾こうとすると、往々にして深い迷路のような趣を帯びてくる。」（2・500頁）

全体として、改変の方向は、タイトルの文体の統一化と表現の簡潔化あるいは整序化にあると説明できよう。ただ、やや気になる改変は、第9章・第29章・第40章の三例である。

第9章のテクストでは「一部」となっているのが、タイトルでは「かけら」に言い換えられている。「一部」と「かけら」は関係しなくもないが、「お互い」が人間同士であるから、「かけら」という語には違和が感じられる。あるいは、免色の説明を受けて「私」が問い直す「子供がきれいな貝殻を交換するみたいに？」の中の「貝殻」からの連想かもしれない。

第29章の「①そこに②含まれているかもしれない③不自然な要素」というタイトルは、テクストにおいて①が「私が今回、秋川まりえの肖像画を描くことをあなたにお願いしたことに」、②が「含まれている」、③が「不自然な要素」にそれぞれ対応している。気になるのは、なぜわざわざ語順を変えて名詞句の形にしたか、という点である。章タイトルを一般にならって名詞句にするということなら了解できるが、この作品における名詞句の章タイトルは一部にすぎず、たとえばその語順のまま「そこに何かしら不自然な要素が含まれている」としたほうが他の章タイトルにも見合ったと考えられるのである。

第40章のタイトルとテクストでは、文末の「なかった」と「ない」の違いだけである。これもあえてタ止めに変えなければならなかったのか。他の章タイトルの文末表現やテクストの当該部分から見ても、その積極的な理由は見出しがたい。

13

『騎士団長殺し』という作品の章タイトルの第三の特徴として指摘したのは、「各テクストが出来上ってから付けられた」という点であった。ここまで見てきたように、章タイトルのほぼすべての表現が当該章のテクストにそのまま認められるという事実は、それらが多様な形式になっていることからも、あらかじめ準備されたタイトルとは到底考えられない。はじめに示したように、作品タイトルはテクストに先だって決まっていたのに対して、章タイトルはテクストの後に、しかも各章から抜き出すという方針で選ばれ付けられたにちがいない。

では、抜き出す基準は何だったのか。形式ではなく、内容として、各章のテクストにおいて重要な意味を持つ、そして物語の展開や主題に関わる表現が選ばれそうであるが、どうもそのようにはなっていない。たとえば、各章の冒頭や結末という部分は当該テクストの中でそれなりに重要な位置であるが、64章のタイトルのうち、結末部分から採られているのはわずか三例（第5・8・64章）で、冒頭部分からはまったく採られていない。

このうち、第64章は最終章であるから、その結末部分からタイトルが抜き出されているのは、他の章とは違った特別の重きがあると言えなくもない。そのタイトルは「恩寵のひとつのかたちとして」であり、当該テクストは次のようになっている。

私はおそらく彼らと共に、これからの人生を生きていくことだろう。そしてむろんは、その私の小さな娘は、彼らから私に手渡された贈りものなのだ。恩寵のひとつのかたちとして。そんな気がしてならない。

「騎士団長はほんとうにいたんだよ」と私はそばでぐっすり眠っているむろに向かって話しかけた。

「きみはそれを信じた方がいい」（2・340～341頁）

この「恩寵のひとつのかたちとして」の娘のことが出てくるのは第63章になってからであり、物語全体からすれば、また他の章タイトルに倣えば、文字通り最後の「きみはそれを信じた方がいい」の一文がタイトルでもよかったように思える。

テクストにおける位置だけでなく、当該章のテクスト中での反復表現も内容的に重要な要素として注目されるが、タイトルに用いられている表現が反復されるのは九例（第8・10・14・15・16・29・45・54・61章）程度しかなく、全体に及ぶとは言いがたい。

選択基準の手掛かりになりそうなのが、タイトルに用いられた指示語である。次のように、二〇タイトル、全体の三分の一近くに用いられている（指示語には傍線、改変の結果なのは＊で示す）。

「月光がそこにあるすべてをきれいに照らしていた」（第11章）

「あの名もなき郵便配達夫のように」（第12章）

「それは今のところただの仮説にすぎません」（第13章）

「しかしここまで奇妙な出来事は初めてだ」（第14章）
「どうしてそんな大事なことを見逃していたのか」（第17章）
「みんなほんとにこの世界にいるんだよ」（第23章）
「これ以上の構図はありえない」（第26章）
「＊そこに含まれているかもしれない不自然な要素」（第29章）
「そういうのにはたぶんかなりの個人差がある」（第30章）
「あるいはそれは完璧すぎたのかもしれない」（第31章）
「あの場所はそのままにしておく方がよかった」（第35章）
「あれではとてもイルカにはなれない」（第38章）
「その顔に見違えようはなかった」（第40章）
「床に落として割れたら、それは卵だ」（第42章）
「＊それがただの夢として終わってしまうわけはない」（第43章）
「それと同じ数だけの死が満ちている」（第49章）
「＊それは犠牲と試練を要求する」（第50章）
「それは明らかに原理に反したことだ」（第55章）
「もしその人物がかなり長い手を持っていれば」（第60章）
「でもそれはあなたが考えているようなことじゃない」（第63章）

指示語は、場を共有しないと理解されない。テクストに描かれた現場であれ、文脈であれ、観念であれ、テクストに先立つ章タイトルに、当該章のテクストに関わると見られる指示語が用いられた場合、読み手はその内容を特定しえないのである。つまり、テクストの事前情報としては不完全であり、さらに言えば、肝腎なところが欠けているということである。そういう指示語が章タイトルに多用されているのは、あえて情報を欠如させることによって、当該章のテクストへの興味を喚起するためという理由以外には想定できない。

このことは、指示語を用いていない章タイトルにも当てはまるのであって、たとえば、「みんな月に行ってしまうかもしれない」（第2章）、「好奇心が殺すのは猫だけじゃない」（第18章）、「フランツ・カフカは坂道を愛していた」（第28章）、「そういえば最近、空気圧を測ったことがなかった」（第34章）、「オレンジ色のとんがり帽をかぶった男」（第52章）、「火掻き棒だったのかもしれない」（第53章）などなど、『騎士団長殺し』という物語を読み進めてゆくにあたって、その物語の世界や展開とどのように関わるのかが分かりづらいタイトルをあえて付けた節が見られる。実際、当該テクストから抜き出したことは、読めば気付くのではあるが、それゆえにその章の内容のタイトルとして、いかにもふさわしいと感じられるということにもならないはずである。

つまり、『騎士団長殺し』における章タイトルは、各章のテクストから抜き出すことによってテクストに寄り添いつつも、その一方で、読みの興味を喚起し続けるために、テクスト内容の中心を予想させないように意図して、任意に、しかし何かに偏ることなく選ばれたのではないかということである。これは、「騎士団長殺し」という作品名、「顕れるイデア」と「遷ろうメタファー」という編名の、物語・主題に密接につながるタイトルとは対極的な命名であって、それによって、各レベル相互のタイトルのありようのバランスを図ったと考えられる。

14

本論冒頭で、「この作品は、タイトルをめぐる冒険の物語であ」り、その「タイトルは、イデアとしてのテクストであり、あるいはメタファーとしてのテクストである」とした根拠は、以上述べきたったとおりである。

ふと思い浮かんだ「騎士団長殺し」ということばをタイトルとした物語を創作しようとした時、村上がまず試みたのは、物語的に、そのことば・タイトルが意味・指示するものとして何を取り上げるかを考えることであったろう。このような創作過程は、すでに村上が、特に長編小説において何度も繰り返し体験してきたことであるが、『騎士団長殺し』に至って、その過程そのものを問い直すことになった。つまりそれは必然的に、ことばとは何か、タイトルとは何か、そしてそれによる芸術とは何かという問題に及び、そういう問題意識を強く抱きながら、自らが小説という作品を書くならば、絵画に置き換えながらも、自己言及的にならざるをえない。その意味で、「タイトルをめぐる」というメタレベルの「冒険の物語」になったのである。

『騎士団長殺し』における各レベルのタイトルにおいて、「騎士団長殺し」という作品名が所与的にテクスト以前に設定されたのに対して、「顕れるイデア」「遷ろうメタファー」という編名および六四の章名は、テクスト以後に付けられたものである。また、「騎士団長殺し」という作品タイトルは、この作品内の物語を起動させるもっとも重要なモティーフを表し、編の二タイトルは、その作品タイトルをめぐる物語の二本柱としての重要性を持つのに対して、章のタイトルは、対するテクスト側にあって、物語の展開をあえて予想させないエピソードの暗示になっている。

『騎士団長殺し』において、「タイトルがイデアとしてのテクストである」というのは、そのテクスト全体のイデアが作品タイトルとして「顕れる」ということであり、「タイトルがメタファーとしてのテクストである」というのは、作品タイトルとテクスト全体がメタファー関係としてあり、その関係が相互に作用して「遷ろう」ということである。

このように、タイトルに対する一貫した、強烈なこだわりによって生み出された『騎士団長殺し』という作品は、村上春樹文学においてはもとより、広く日本の近現代文学においても、きわめて稀有な存在であると言えよう。

先題

村上春樹短編小説1

そうだ、言い忘れました。僕はこの手紙を「カンガルー通信」と名付けました。
だって、どんなものにも名前は必要だからです。

――「カンガルー通信」――

1

『中国行きのスロウ・ボート』（中央公論社、一九八三年）は、村上春樹の最初の短編小説集である。収められた作品は七編で、「中国行きのスロウ・ボート」（『海』一九八〇年四月号）、「貧乏な叔母さんの話」（『新潮』一九八〇年一二月号）、「ニューヨーク炭鉱の悲劇」（『ブルータス』一九八一年三月一五日号）、「カンガルー通信」（『新潮』一九八一年一〇月号）、「午後の最後の芝生」（『宝島』一九八二年一一月号）、「土の中の彼女の小さな犬」（『すばる』一九八二年一一月号）、「シドニーのグリーン・ストリート」（『海』一九八二年一二月号）の順に配列されている。それぞれの初出誌の掲載時期から明らかなように、発表順どおりの配列であり、とくに連作としての意図はなく、各雑誌の求めに応じて書かれたものがまとめられている。

『中国行きのスロウ・ボート』は、村上自身にとって、『風の歌を聴け』や『１９７３年のピンボール』の後ではあるが、「僕という人間、つまり村上春樹という作家のおおかたの像は、この作品集の中に既に提出され」、「スタイルなり、モチーフなり、語法なり、そういうものの原型はここに一応出揃っていると言っていいのではないかと思う」ものという（「「自作を語る」短篇小説への試み」『村上春樹全作品１９７９～１９８９③　短編集Ⅰ』講談社、一九九〇年、付録）。

とはいえ、村上は「自分自身を、基本的には長編小説作家であると見なしてい」て、短編小説は「多くの場合、純粋な個人的楽しみに近いもので」あり、「ひとつの実験の場として、あるいは可能性を試すための場として、使うことがあ」るとしている（「僕にとっての短編小説―文庫本のための序文」『若い読者のための短編小説案内』文芸春秋、二〇〇四年）。その理由の一つを次のように述べる。

とくに準備もいらないし、覚悟みたいな大げさなものも不要です。アイデアひとつ、風景ひとつ、あるいは台詞の一行が頭に浮かぶと、それを抱えて机の前に座り、物語を書き始めます。プロットも構成も、とくに必要ありません。頭の中にあるひとつの断片からどんな物語が立ち上がっていくのか、その成り行きを眺め、それをそのまま文章に移し替えていけばいいわけです。（「僕にとっての短編小説
――文庫本のための序文」）

『中国行きのスロウ・ボート』の場合に顕著なのは、「アイデアひとつ」から生み出された作品が多いということである。そのアイデアとはすなわち題名のことに他ならない。村上は「僕の短編小説の多くのものは題から始まっている。内容は決めないで、題名からまず考える。そしてファースト・シーンをとりあえず書く。そこからやっとストーリーが展開していく――そういう方式である。（略）この方式はけっこう僕の性格にあっているように思う。いわゆる題材やテーマといったスタティックな枠に縛られずに済むからである」とし、書名にもなった「中国行きのスロウ・ボート」が、「僕が書いた記念すべき（略）とにかく初めての短編小説で、そのタイトル先行式書き方の先駆的な作品でもある」ことを明らかにしている（「『自作を語る』短篇小説への試み」）。

『中国行きのスロウ・ボート』に収められた七作品のうち、この「タイトル先行式書き方」に当たるのは、「中国行きのスロウ・ボート」をはじめとして、「貧乏な叔母さんの話」「ニューヨーク炭鉱の悲劇」

「カンガルー通信」「シドニーのグリーン・ストリート」の五作品に及ぶ。残る二つ、「午後の最後の芝生」については、「この小説は庭の芝生を刈りながら思いついた。とにかく芝を刈る話を書こうと思ったのだ。僕としては筋よりもむしろ芝を刈るという作業そのものを描きたかった」、「土の中の彼女の小さな犬」については、「これは幾つかの情景から始まった作品である。この題はあとからつけた。まずだいいちにホテルの情景が描きたかった。雨が降っているシーズン・オフのリゾート・ホテルの情景。それから犬の死体を庭に埋める情景。最後に夜中に占いのようなものをする情景。三つともその当時の僕自身に関わりのある情景だった」と述べている（「「自作を語る」短篇小説への試み」）。

以上のような記述からは、村上が短編小説創作の動機付けとして題名にいかにこだわりを持っているか、またその作品において題名がいかに重要な意味を持っているかが知られる。もとより、これを文字どおりに受け取るわけにはいかないかもしれないが、このことをふまえたうえで、それ以後の村上の作品への展開として、次のように評するものがある。

たとえば、畑中佳樹「村上春樹の名前をめぐる冒険」（『ユリイカ』第二一巻八号、一九八九年）は、題名を含む固有名詞の使用に関して、次のように述べる。

（略）小説を書くという行為は、ほとんど絶望的に名付けるという行為である。なにかをことばにしてみるとは、要するに名前を付けることである。ことばというのは名前なのだ。だから、名前を口にしないという村上春樹の生活の技術は、小説を書くという行為の中で、必然的に崩壊していく。書けば書くほど、ことばを連ねれば連ねるほど、名前は生命のリアリティーを帯びてうごきはじめる。お伽話の約束事のように、名前を口にしないというたった一つの禁制さえ守っていれば、村上春樹はいつまでも幸福に隠れていることができたはずだろう。だが、その禁を破ってしまった。（略）その瞬間から、ひとつのミステイクから、歴史が始まった。ドラマが始まった。お伽噺の冒険が始まった。村上春樹の小説が始まった。

また、平野芳信「「貧乏な叔母さんの話」物語のかたちをした里程標《マイルストーン》」（『国文学』第四三巻三号、一九九八年）は、次のように述べる。

（略）つまり書くべきことがなかったために、春樹は「タイトル」にこだわり、その「リファインメント作業」をおこなっていたのだということが、物語のかたちをかりて表出されているというわけである。（略）『貧乏な叔母さんの話』は、春樹の方法論が意識的には言葉の先鋭化から「ストーリー・テリング」の方向に転換を遂げたことが、無意識にパターンとしての型にスライドし依存していくことであったことを、はからずも物語のかたちをかりて、我々の前に指し示した里程標《マイルストーン》であったのだ。

2

そもそも、なぜ作品に名前つまり題名（タイトル）が必要なのか。他の作品と区別するためだけならば、数字でも記号でもよいはずである。実際、音楽や美術の作品にはそのようなものが多い。文学作品はことばの芸術であるから、タイトルもことばでなければならないということでもないだろう。他と区別する以外の理由があるとすれば、タイトルがその作品テクストそのものを表すということである。「表す」というのは、タイトルとテクストとの関係において、「代表する」（提喩）、「関与する」（換喩）、「象徴する」（隠喩）のいずれかの比喩関係が成り立つということである。

村上春樹の短編小説の場合、前に引いた「僕の短編小説の多くのものは題から始まっている。内容は決めないで、題名からまず考える。そしてファースト・シーンをとりあえず書く。そこからやっとストーリーが展開していく—そういう方式である」という説明からは、少なくとも二つのことが確認できる。一つは、タイトルはテクスト全体から帰納されたものではなく、テクストに先行してあること、もう一つは、タイトルとテクストがどのような関係として成り立つか自体は明らかではないこと、である。後者について、村上はその関係の偶然性をことさらに強調する。

「カンガルー通信」について、村上は「これもやはりタイトルから始まっている。『カンガルー通信』というタイトルからどんな話が書けるものか楽しみだったのだが、まさかこんな奇妙に屈折した話になるとは思わなかった。こういうのも意外な展開の面白さである。自分ではもっとのどかな話になるだろうと思って書き出したのだが……」と語っている（「『自作を語る』短篇小説への試み」）。そして、「カンガルー通信」のテクストの中でも、同様のことを次のように表現している（テクストは『村上春樹全作品1979〜1989③ 短編集I』による。以下も同様）。

カンガルーとあなたに手紙を書くことのあいだには36の微妙な工程があって、それをしかるべき順序でひとつひとつ辿っているうちに、僕はあなたに手紙を書くところに行きついたと、それだけのことなんです。その工程をいちいち説明してみてもきっとあなたはよくわからないだろうし、だいいち僕だってよく覚えてない。だって36の工程ですよ！

そのうちのひとつでも手順が狂っていたら、僕はあなたにこんな手紙を出してはいなかったでしょう。あるいは僕はふと思いたって南氷洋でマッコウクジラの背中に跳び乗っていたかもしれない。あるいは僕は近所の煙草屋に放火していたかもしれない。しかしこの36の偶然の集積の導くところによって、僕はこのようにあなたに手紙を送る。（92頁）

また、「貧乏な叔母さんの話」においては、「僕」に次のように語らせている。

「貧乏な叔母さんは幽霊じゃないんです。どこにもひそんじゃいないし、誰にもとりついたりはしない。それはいわばただのことばなんです」僕はうんざりしながらそう説明した。「ただのことばです」

誰もひとことも口をきかなかった。

「つまりことばというのは意識に接続された電極のようなものだから、それを通して同じ刺激を継続的に送っていればそこに必ず何かしらの反応が生じるわけです。もちろん個人によってその反応の種類はまったく違うわけだけれど、僕の場合のそれは独立した存在感のようなものなんです。（略）僕の背中に貼りついているのも、結局は貧乏な叔母さんということばなんです。そこには意味もなきゃ形もない。あえて言うなら、それは概念的な記号のようなものです」（55頁）

「意味」も「形」もなければ、はたして「記号」しかも「概念的な記号」と言えるか、という疑問もなくはないが、それはともかくとして、タイトルとテクストの関係に置き換えてみるならば、タイトルとなることばが「意識に接続された電極のようなもの」として、書き手あるいは読み手の意識に刺激を与え、それに対する意識の反応のあり方がテクストとなって表れるということになろう。

それでは、『中国行きのスロウ・ボート』の各作品において、タイトルという刺激とテクストという反応はどのような関係になっているのだろうか。

3

『中国行きのスロウ・ボート』においてタイトルが先行する作品は、先にも示したように、「中国行きのスロウ・ボート」「貧乏な叔母さんの話」「ニューヨーク炭鉱の悲劇」「カンガルー通信」「シドニーのグリーン・ストリート」の五編であるが、そのタイトルのテクストの中での現れ方によって、三種のタイプに分けることができる。

第一のタイプは、タイトルそのものがテクスト内に頻繁に現れるもので、「シドニーのグリーン・ストリート」が該当する。第二のタイプは、第一のタイプに準じるもので、タイトルそのままではほとんど現れないが、その中に含まれる語がよく現れるもので、「中国行きのスロウ・ボート」と「貧乏な叔母さんの話」と「カンガルー通信」の三作品。そして、第三に、タイトルもそれに含まれる語もほとんど現れないタイプで、「ニューヨーク炭鉱の悲劇」の一作品がそれである。

第一のタイプの「シドニーのグリーン・ストリート」のテクストにおいては、「シドニーのグリーン・ストリート」あるいは「グリーン・ストリート」が二五頁中、一九回用いられ、そのうちの一例は「緑通り」の振り仮名に当てられている。

第二のタイプの「中国行きのスロウ・ボート」は、テクストの前のエピグラフとして「中国行きの貨物船《スロウ・ボート》に／なんとかあなたを／乗せたいな、／船は貸しきり、二人きり……／――古い唄」（10頁）が示される以外は、テクストのほぼ終わりの部分に、次のように一回現れるだけである。

それでも僕はかつての忠実な外野手としてのささやかな誇りをトランクの底につめ、港の石段に腰をおろし、空白の水平線上にいつか姿を現すかもしれない中国行きのスロウ・ボートを待とう。そして中国の街の光輝く屋根を想い、その緑なす草原を想おう。（39頁）

ただし、テクスト全体にわたり、「中国」や「中国人」「中国語」などの語は六〇回以上、用いられている。

「貧乏な叔母さんの話」のテクストには、「〜の話」という形では一度も出てこないが、「貧乏な叔母さん」は二五頁の全体にわたって七二回も登場する。一頁あたり平均約三回である。『中国行きのスロウ・ボート』の中で改稿がもっとも目立つ作品であるが、初出でも六二回見られ、それから一四例の追加と四例の削除があり、結局一〇例分の追加になるとともに、元からの一例が太ゴチック体に変更されている。同じく、「カンガルー通信」も、タイトルそのままでテクストに現れるのは三回だけであるが、「カンガルー」は一九頁に三八回も見られる。

第三のタイプの「ニューヨーク炭鉱の悲劇」の場合は、「中国行きのスロウ・ボート」と同じくエピグラフがあり、そこに、「地下では救助作業が、／続いているかもしれない。／それともみんなあきらめて、／もう引きあげてしまったのかな。／『ニューヨーク炭鉱の悲劇』／（作詞・歌／ザ・ビージーズ）」（70頁）のように、曲名として示されているが、テクスト中には一度も現れていない。タイトルの構成要素「ニューヨーク」「炭坑」「悲劇」に分けても見当たらず、「坑夫」と「悲劇的」という関連語が一回ずつ見られるのみである。

この三つのタイプの、テクストにおけるタイトルの現れ方の違いは、結果として、タイトルそのものに対する読み手の意識のしかたや、タイトルとテクストとの関係の捉え方の差となって現れることが予想される。第一のタイプなら、タイトルの度重なる反復がそのことば自体を強く印象付けるテクストになるであろうし、第二のタイプでは、タイトルに含まれる語をめぐるイメージが内容上、重要な役割を果たすテクストとなり、第三のタイプにおいては、タイトルとの関係が示されないため、暗示的なテクストになるであろう。

4

「シドニーのグリーン・ストリート」というタイトルについて、村上は「この作品もタイトルから始まった。シドニー・グリーンストリートは言うまでもなく『マルタの鷹』に出てきた名優の名前である。僕は『マルタの鷹』を見たときからいつか『シドニーのグリーン・ストリート』という題の小説を書きたいと思っていたのだ」と言う（「「自作を語る」短篇小説への試み」）。

なぜその名前に興味が引かれたのかは不明であるが、人名を地名に置き換えることができるということがきっかけだったのかもしれない。そのうえで、村上は「シドニー」という都市名および「グリーン・ストリート」という通り名から想像されるイメージを裏切って、テクストを次のように始め、意表を付く。

　シドニーのグリーン・ストリートはあなたがその名前から想像するほど――たぶん想像するんじゃないかと僕は想像するわけなのだけれど――素敵な通りじゃない。だいいちこの通りには木なんてただの一本も生えちゃいない。芝生も公園も水飲み場もない。なのにどうして「緑通り《グリーン・ストリート》」などというたいそうな名前が付くことになったのか、これはもう神様でもなくちゃわからない。神様だってわからないかもしれない。

ごく正直に言えば、グリーン・ストリートはシドニーでもいちばんしけた通りである。狭くて混み合っていて汚くて貧乏たらしくて嫌な匂いがして環境が悪くて古くさくて、おまけに気候が悪い。夏はひどく寒いし、冬はひどく暑い。（179頁）

「シドニー」はもとよりオーストラリアに実在する都市であるのに対して、「グリーン・ストリート」は虚構の通りである。この「グリーン・ストリート」を右のように、その名前からは逆転したイメージに設定したのには、あるいはもともとの俳優名のイメージと、実物の巨漢俳優の風貌や役柄とにギャップが感じられたからかもしれない。

テクストは、「でもまあ、そんなのはどうでもいいことだ。グリーン・ストリートの話をしよう」（180頁）と続くのであるが、作品全体の中心話題になっているのは「グリーン・ストリート」ではなく、その通り沿いのビルの一角に事務所を構える私立探偵の「僕」である。つまり「グリーン・ストリートの話」にはなっていない。「僕」と俳優の「グリーンストリート」を重ね合わせているようにも読み取れないし、『マルタの鷹』の設定や展開をなぞったりもじったりしているわけでもない。初出誌の「子どもの宇宙」という特集に合わせた、いたってシンプルで面白おかしいストーリーである。

この作品は二一の短い章から成り、「僕」が仕事に取り掛かり、物語が動き出すのが第7章からで、それ以前は「シドニーのグリーン・ストリート」がどういう所であり、そこに「僕」がなぜ事務所を置くことになったかを説明する、いわば前置きである。その前置きの6章（頁で言えば、二五頁のうちの八頁分で、全体の三分の一弱）に、「シドニーのグリーン・ストリート」あるいは「グリーン・ストリート」が一九回中の一五回、全体の用例数の四分の三も出て来ている。

このことから分かるのは、この作品は、タイトルに決めた「シドニーのグリーン・ストリート」から喚起された特定の架空の場所のイメージを、その語をしつこいまでに繰り返しながら、読み手に植えつけるところに、村上のねらいがあったのではないかということである。そして、はじめにそれがふまえられれば、その後に登場する「羊男」や「羊博士」という架空の人物たちも受け入れられやすくなると言えよう。その点において、「シドニーのグリーン・ストリート」という作品におけるタイトルとテクストとの関係は、換喩的関係、つまり場所によってそこにおける人物や出来事を表す関係として捉えることができる。

5

「中国行きのスロウ・ボート」というタイトルについて、村上は「もちろん例のソニー・ロリンズの演奏で有名な『オン・ナ・スロウ・ボート・トゥ・チャイナ』からタイトルを取った。僕はこの演奏が大好きだからである。それ以外にはあまり意味はない。『中国行きのスロウ・ボート』という言葉からどんな小説が書けるのか、自分でもすごく興味があった」と言う（「『自作を語る』短篇小説への試み」）。

先にも示したように、「中国行きのスロウ・ボート」という言葉は、エピグラフの歌詞の中に一回と、テクストのほぼ終わりの部分に一回現れるだけであるが、「中国」含みの語はテクスト全体にわたって用いられていて、中国人との出会いのエピソードがおもに語られる。いっぽう、「スロウ・ボート」のほうは、その歌詞に照らしても、テクストの中に呼応する表現・内容はとくに認められない。そのせいで、ほぼ終わりの部分に現れる「中国行きのスロウ・ボートを待とう」というフレーズがいささか唐突で、あえてタイトルに引き付けようとしたのではないかとさえ感じさせられる。

しかし、内容全体から推測するなら、「スロウ・ボート」は語り手の「僕」自身と捉えることができる。そして、三人の中国人とのそれぞれの出会いが、「僕」に中国に対するさまざまな想いを呼び起こさせる、その想いがまさにこの作品の主題になっていると考えられる。つまり、タイトルの「中国行きのスロウ・ボート」は、中国に対して時間をかけてゆっくりと形作られてきた想いを抱える「僕」の隠喩になっているということであり、このタイトルとテクストの関係は隠喩関係として見ることができる。テクスト最後の一文「友よ、中国はあまりにも遠い」は、「スロウ・ボート」の「僕」だからこそである。

6

「貧乏な叔母さんの話」について、村上は「これもタイトルから始まった話。それもタイトルから書き始めるという執筆作業自体をモチーフにした話である。『中国行きのスロウ・ボート』を書いた経験をもとにして、自分が小説を書く行為を文章的に検証してみたかったという意味あいもある。小説そのものも二重構造になっている。つまりこれは『貧乏な叔母さんの話』という小説でありながら、同時に「メイキング・オブ・『貧乏な叔母さんの話』」になっているわけだ」と言う（「「自作を語る」短篇小説への試み」）。その意味では、実験的な色合いの濃い短編小説であり、テクストにとってタイトルとは何かを、メタ・レベルで問うた作品と考えることもできる。

タイトルを単に「貧乏な叔母さん」ではなく、他の作品のタイトルには見られない「の話」という表現をわざわざ付け加えたのは、この「二重構造」そのものを表すためであり、「貧乏な叔母さんの話」というタイトルがテクスト内には一度も出てこないのもそのためであると考えられる。それに対して、「貧乏な叔母さん」という表現がテクストに七二回という、他から突出した回数現れるのは、この作品において、タイトルとしてのそのことばに対する村上のこだわりを、過剰なまでに示していると見られる。

そのこだわりとは、タイトルであることばそのものと、そのことばによって表される対象存在との関係に対してである。「僕」は「彼女には名前はない。ただの貧乏な叔母さん、それだけだ」また「死ぬ前から既に名前が消えてしまっているタイプ、つまりは貧乏な叔母さんたちだ」(48頁)と語る。これは、「貧乏な叔母さん」とはそのようなカテゴリー概念に当てはまる対象を一括りに表したことばであって、個々の存在を特定し、それと結び付く固有名詞ではないということである。だから「僕の背中に貼りついているのはひとつの形に固定された貧乏な叔母さんではなく、見る人のそれぞれの心象に従ってそれぞれに形作られる一種のエーテルの如きものであるらし」(51頁)いということにもなる。

ところが、「貧乏な叔母さん」がテクストに最初に登場するのは、次のような表現によってである。

そんな日曜日の午後に、なぜよりによって貧乏な叔母さんが僕の心を捉えたのか、僕には見当もつかない。まわりには貧乏な叔母さんの姿はなかったし、貧乏な叔母さんの存在を想像させる何かさえなかった。でもそれにもかかわらず、貧乏な叔母さんはやってきて、去っていった。わずか何百分の一秒かのあいだであるにせよ、彼女は心の中にいた。そして彼女はそのあとに不思議な人型の空白を残していった。(44頁)

ここで留意したいのは、あくまでも「貧乏な叔母さん」という存在であって、「貧乏な叔母さん」ということばではないという点である。その後の彼女とのやりとりの中で問題にされるのも、ことばとしてではなく、「本物の貧乏な叔母さん」のことであり、しかも、それについて書きたい「僕」は、彼女に次のように駄目出しをされる。

(略)「あなたは貧乏な叔母さんについて書こうとしている」と彼女は言った。「あなたはそれを引き受けようとしている。そして、私は思うんだけれど、それを引き受けるというのは、同時にそれを救うことでもあるのよ。でも今のあなたにはそれができるかしら。あなたには本物の貧乏な叔母さんさえいないのよ」(46〜47頁)

「貧乏な叔母さんが僕の背中を離れたのは秋の終わりだった」(61頁)に始まる、最後の第4章に取り上げられた、電車内での親子のエピソードは、この作品においてもっとも改稿の跡がいちじるしい部分である。そのエピソードが語られる三頁ほどの中には「貧乏な叔母さん」ということばがまったく登場しないばかりか、初出のテクストには見られた、貧富に関わる記述やその女の子の成長後に思いをめぐらす記述、つまり「貧乏な叔母さん」と関連付けられそうな表現はすべて削除されている。これには、その前後の「貧乏な叔母さん」をめぐる展開から切り離そうという意図が読み取れる。

その意図とは、「貧乏な叔母さん」ということばの表す一般的・抽象的・概念的な世界と、個別的・具体的・実在的な世界との違いを鮮明にすることであったと考えられる。「僕」が「貧乏な叔母さん」に「完璧さ」を認めるのは、現実の変化とは関わらない、そのようなことばの不変的な世界だからである。「貧乏な叔母さんの話」というタイトルが、そのテクストに展開される、ことばというものの世界を表しているとすれば、両者の関係は提喩、つまりことば一般を「貧乏な叔母さん」、そのことばによる小説を「貧乏な叔母さんの話」によって代表させる関係にあると言える。

7

「カンガルー通信」という作品は、「やあ、元気ですか?／今日は休日だったので、朝のうちに近所の動物園にカンガルーを見に行ってきました」で始まり、「とにかくカンガルーを眺めているうちに、僕はあなたに手紙を出したくなったというだけです」(91頁)と続き、手紙の用件とは直接の関係なく、「カンガルー」ということばが一頁に平均二回ずつ、テクストの最後まで現れる。

その手紙に自ら付けた「カンガルー通信」という名前について「僕」は、「なかなか素敵な名前だと思いませんか? 広い草原の向うから、カンガルーがおなかの袋に郵便を詰めてぴょんぴょんと跳んでくるようじゃありませんか」（97頁）という愛らしいイメージを抱いている。「カンガルー通信」というタイトルだけを見れば、大方の読み手も同様のイメージを思い浮かべるかもしれない。

「カンガルー通信」というのが、そのようなイメージで、当該テクストの手紙のことを指し示すとしたら、このタイトルとテクストは単純な隠喩関係にあると言える。しかし、テクスト内にしばしば挿入される、カンガルーに関する記述は、手紙の用件と関わりがないだけではなく、その愛らしいイメージとは対極の深刻さにつながっていて、それが一見のんきそうな書きぶりとはうらはらの、必死な印象を与える。言い換えれば、「カンガルー通信」とは、人間同士のそのようなコミュニケーションのありようを隠喩していると捉えることができる。

たとえば、以下に示す、カンガルーに関する記述はどれも、見知らぬ、手紙の相手へのコミュニケーションの訴えとしても受け取れそうなものである。「カンガルーを見るたびに、いったいカンガルーであるというのはどんな気持がするんだろうと、いつも不思議に思います。彼らはいったい何のために、オーストラリアなんていう気の利かない場所を、ああいうへんてこな格好をしてはねまわっているんでしょう。そして何のために、ブーメランなんていう不細工な棒切れで簡単に殺されちゃうんでしょう？」（91頁）、「僕がカンガルーを許し、カンガルーがあなたを許し、あなたが僕を許す――例えばこういうことです。／しかしこのようなサイクルはもちろん恒久的なものではなくて、ある時カンガルーがもうあなたを許したくないと考えるかもしれません。でもだからといってカンガルーのことを怒らないで下さい。それはカンガルーのせいでもあなたのせいでもないのです。あるいは僕のせいでもありません。カンガルーの方には、とても込み入った事情があるのです。いったい誰がカンガルーを非難できるでしょう？」（95〜96頁）、「カンガルーはいったい何を考えているんでしょう？　連中は意味もなく一日中柵の中を跳びまわって、時々地面に穴を掘っています。それで穴を掘って何をするかというと、何もしないのです。ただ穴を掘るだけです」（106頁）、「カンガルーはカンガルーを存続させるために存在しているとも言えます。カンガルーの存在なしにカンガルーは存続しないし、カンガルーの存続という目的がなければカンガルー自体も存在しないのです」（107頁）などなど。

8

「ニューヨーク炭鉱の悲劇」という作品において、そのタイトルによって示される出来事に関する場面は、アステリスクで区切られたテクストの最後一頁に、いきなり登場する。それまでは、「僕」の周りの人々のさまざまな死について語られ、その死の一点においてのみ、最後の場面とつながっている。エピグラフに引用された「ニューヨーク炭鉱の悲劇」の歌詞の1節も、その最後の場面に対応している。

村上は「僕はこの曲の歌詞にひかれて、とにかく『ニューヨーク炭鉱の悲劇』という題の小説を書いてみたかったのである」と言う（「「自作を語る」短篇小説への試み」）。その歌詞全体は次のようなものである。

In the event of something happening to me,
There is something I would like you all to see.

It's just a photograph of someone that I knew.

Have you seen my wife, Mr. Jones?
Do you know what it's like on the outside?
Don't go talking too loud, you'll cause a landslide, Mr. Jones.

I keep straining my ears to hear a sound.
Maybe someone is digging underground,
Or have they given up and all gone home to bed,
Thinking those who once existed must be dead?

三連から成る歌詞のうち、エピグラフに引かれているのは第三連であり、第一、二連とは、場面も状況も異なっている。この歌詞と村上の作品との関係について、山根由美恵「村上春樹「ニューヨーク炭鉱の悲劇」における〈切断〉という方法」（『近代文学試論』第四二号、二〇〇四年）は、次のように述べる。

ビージーズの歌詞におけるメッセージ、つまり大状況や日常の陰に隠された現在進行形の「死」、それが突如襲いかかるかもしれないという危うい感覚を、「ニューヨーク炭鉱の悲劇」では〈身近な友人の連続死〉〈自分と良く似た人間の死（分身の死）〉〈自分とは関係のないところで死に向かいつつある人々〉という三つの場面をリンクさせている。

すなわち、作品構造として見れば、「ニューヨーク炭鉱」という歌詞と村上の短編小説は相似しているということである。とすれば、「ニューヨーク炭鉱の悲劇」というタイトルはテクストの関係において、二重の比喩になっていると言える。一つは同じタイトルを持つ歌詞との構造としての隠喩、もう一つは「ニューヨーク炭鉱」という個別の「悲劇」によって、人間の死という「悲劇」一般を表す提喩である。「ニューヨーク炭鉱の悲劇」というタイトルは、テクストに一度も現れていないのであるが、その代わりに、対応するエピグラフと最後の部分によって、その比喩関係の枠組みを構成している作品と見ることができる。

9

『中国行きのスロウ・ボート』の、タイトルが先行する五作品における、タイトルとテクストの比喩関係のあり方は、第一タイプの「シドニーのグリーン・ストリート」が換喩、第二タイプの「中国行きのスロウ・ボート」が隠喩、「貧乏な叔母さんの話」が提喩、「カンガルー通信」が隠喩、そして第三タイプの「ニューヨーク炭鉱の悲劇」が隠喩と提喩のように、それぞれ異なった関係として認められた。この結果からは、テクストにおけるタイトルの出現のしかたのタイプと、タイトルとテクストとの比喩関係のタイプが対応しているとは言いがたい。

ただし、第三タイプの「ニューヨーク炭鉱の悲劇」は、タイトルがテクストに現れないことと、エピグラフを含めた作品構造が比喩関係を示すことが結び付いていると考えられる。第一タイプと第二タイプは、タイトル全体かその一部かという違いであり、テクストに頻繁に出てくるという点では共通している。比喩関係の異なりはそれぞれのタイトルの表す内容や、タイトルにしたきっかけなどによると考えられる。

10

タイトル先行式ではない、「午後の最後の芝生」と「土の中の彼女の小さな犬」の二作品における、タイトルとテクストの関係も見ておきたい。

「午後の最後の芝生」というタイトルは、そのままではテクストの中に見られない。もっとも表現として近いのは、テクストのちょうど半分あたりの、次の一節である。


十二時半に僕は芝生に戻った。最後の芝生だ。これだけ刈ってしまえば、もう芝生とは縁がなくなる。

（127頁）


ただ、「芝生」や「最後」は何度も繰り返されるし、「午後」もテクスト後半に一度ならず出てくるから、それらをまとめてタイトルにしたと考えられる。実際に、ストーリーは、ある夏の日に、芝生を刈る最後のアルバイトをした家で、その午後にちょっとした体験をするというものである。その点をふまえれば、タイトルとテクストは、場所と、そこで起る出来事という、換喩関係と見ることができる。しかし、テクストに折々に挿入される、恋人との関係のエピソードとも、隠喩的に関係付けることができる。それは次のような形で示される。

右の引用のすぐ後に「「あなたのことは今でもとても好きです」と彼女の最後の手紙に書いていた」（127頁）と「最後」が繰り返され、さらにこう続く。

僕はもう一度芝生を眺めた。それは僕の最後の仕事だったのだ。そして僕はそのことがなんとなく悲しかった。その悲しみのなかには別れたガールフレンドのことも含まれていた。この芝生を最後に彼女とのあいだの感情ももう消えてしまうんだな、と僕は思った。（129頁）

そして、テクストの終わり近くの次の部分である。

「あなたは私にいろんなものを求めているのでしょうけれど」と恋人は書いていた。「私は自分が何かを求められているとはどうしても思えないのです」

僕の求めているのはきちんと芝を刈ることだけなんだ、と僕は思う。最初に機械で芝を刈り、くまででかきあつめ、それから芝刈ばさみできちんと揃える——それだけなんだ。僕にはそれができる。

そうするべきだと感じているからだ。（138頁）

「土の中の彼女の小さな犬」というタイトルは、村上が「あとからつけた」と言うように、そのままではテクストに現れにくく、タイトルとして、いかにもテクスト内のことばを寄せ集め、圧縮したような表現になっている。この表現に対応する内容の話は、テクストの後半に出て来る。リゾート・ホテルで「僕」が知り合った女性が、小さい頃に飼っていた犬が死んだとき自宅の庭に埋めて、それからという話である。それだけならば、このタイトルはその話の対象となる犬のことを指し示すことになろう。

しかし、この話のテーマは、犬自体ではなく、必要に迫られて掘り返した時以来の、彼女のトラウマについてである。つまり、「土の中の彼女の小さな犬」というタイトルは、「心の中の彼女の小さな傷」という、そのテーマの隠喩に置き換えることが可能なものである。もっとも、それがテクスト全体のテーマにもなっているか、すなわちタイトルの中の「彼女」をさらに「僕」に入れ替えることができるかと言えば、必ずしも明らかにはなっていない。

11

『中国行きのスロウ・ボート』における、タイトル先行式の作品と、そうでない作品と比べてみると、そうでないほうの作品のタイトルは二つとも、それ用に表現を圧縮したという作為性が認められ、イメージが湧きにくく感じられる。この作為性はテクストから帰納した結果だからでもあろうが、それゆえにそのテクストの全体と対応するタイトルになっているというわけでもない。「午後の最後の芝生」についても、隠喩としては「午後」がどれほど利いているかという疑問がある。

いっぽう、先行式のタイトルのほうはどれもシンプルな表現で、タイトルとしてもごく自然である。そのうえ、「中国行きのスロウ・ボート」や「ニューヨーク炭鉱の悲劇」などの曲名、「シドニーのグリーン・ストリート」という俳優名が連想できれば、それぞれの具体的なイメージを持ってテクストに入ることになる。「カンガルー通信」や「貧乏な叔母さんの話」もイメージしやすいタイトルであろう。村上自身も、そのように何らかのイメージが喚起されやすく、強い刺激を受けたことばだからこそタイトルとし、そこからテクスト化しようという気になったと考えられる。もっとも、読み手が想像するイメージどおりではなく、あえて裏切るという企みを含めてである。

タイトルとテクストの比喩関係のあり方の如何が、そのまま作品としての成否を左右するわけではないことは、言うまでもない。また、村上が短編小説においては、タイトルを先行させ、それがテクストとしてどのように展開するかを、自らの創作の楽しみにしていたとしても、読み手も同じようにして作品受容を楽しめるとはかぎらない。それでも、体裁としてはつねにテクストに先行してあるタイトルは、その作品における、読み手への最初の刺激として作用し、単に他と区別するためだけの符丁としてではなく、それ独自の意味・イメージを持つ名前として、テクストの読み進め方に何がしかの影響を及ぼすのは、確かであろう。

村上春樹『中国行きのスロウ・ボート』における作品は、タイトルに始まる。体裁的にはもとより、創作過程としてもその多くが当てはまる。では、村上春樹『中国行きのスロウ・ボート』における作品は、タイトルに始まり、タイトルに終る、と言えるか。これはつまり、タイトルとテクスト全体との比喩関係が、個別の作品ごとに、隠喩であれ、換喩であれ、提喩であれ、あるいはその複合であれ、成り立つかということである。これまで見てきたかぎりでは、おおよそ成り立つのではないかと言える。ことさらにそれが意図されたことが目立つ作品や、それからはみ出しているところが見られる作品や、関係自体が相対的に希薄な作品も認められたとしても、タイトルの働きはテクストの始まりを導き出すためだけの役割を果たすのではなく、テクストの終わりにまで及んでいると考えられる。それ自体が一つの「パターン」となっているというのは、また別の評価となろう。

統題

村上春樹短編小説2

そしてそれは何かを身代わりにしてしか描けないことなのね？

――「アイロンのある風景」――

1

村上春樹の連作短編小説集『神の子どもたちはみな踊る』の単行本は、二〇〇〇年二月に、新潮社から出版された。その前年、収録作品六編のうち五編が、文芸誌『新潮』に、『「地震のあとで」その一～その五」として、「UFOが釧路に降りる」（一九九九年八月号）、「アイロンのある風景」（同年九月号）、「神の子どもたちはみな踊る」（同年一〇月号）、「タイランド」（同年一一月号）、「かえるくん、東京を救う」（同年一二月号）の順に発表された。一書にするにあたって、書名には「地震のあとで」ではなく「神の子どもたちはみな踊る」という作品のタイトルが用いられ、連載の順のままの配列で、最後に書き下ろしの「蜂蜜パイ」の一編が加えられた。各作品のタイトルに変更はない。

連載時の「地震のあとで」を、なぜそのまま書名にしなかったのか。村上自身の言によれば、神戸大地震がこの連作短編を書くきっかけになったものの、「地震という題材は直接には取り扱わないようにしよう。（略）その地震がもたらしたものを、できるだけ象徴的なかたちで描くことにしよう。つまりその出来事の本質を、様々な「べつのもの」に託して語るのだ。僕はそう決心した」（村上春樹『村上春樹全作品1990～2000③ 短編集Ⅱ』「解題」）ことによると考えられる。しかし、その決心が当初からあったとすれば、なぜ連載時に「地震のあとで」という標題を付したのかという気もしなくもない。それによって連作ということを読み手に明確に意識させようとしたとしても、である。

それはともかく、「地震のあとで」に代えて「神の子どもたちはみな踊る」という、一作品のタイトルを書名としたのは、たまたまということではあるまい。連作としての主題なり意図なりを、もっとも「象徴的」に表す作品とみなしたと考えるのが自然であろう。この作品には、神戸大地震だけでなく、もう一つの創作動機となった、地下鉄サリン事件を起こしたオウム真理教のような新興宗教に関連する内容も含まれているからである。

2

前章「先題」において、村上の最初の短編集である『中国行きのスロウ・ボート』におけるタイトルのあり方について検討した中で、村上が短編小説については「タイトル先行式書き方」を好むということを確認した。一九八三年に出版された『中国行きのスロウ・ボート』から一七年後の『神の子どもたちはみな踊る』においては、どうなったか。

前掲の『全作品』の解題には、「それぞれの作品は、筋書きや枠組みを前もって決めることなく、冒頭のシチュエーションだけを設定して、あとは自由に書いていった」、「象徴性のようなものを大事にしたいときには、僕はだいたいいつもこういう書き方をする。前もって何か決めてしまったら、象徴性の自由さが損なわれてしまうからだ」(271頁)と記されている。直接、タイトルには触れていないが、冒頭のシチュエーションの設定のために、あらかじめタイトルは決めていたことが十分に考えられる。もとより、「地震のあとで」という大前提の設定に関連する限りにおいてであるが。

まずは、そのタイトル自体の表現のありようを、『中国行きのスロウ・ボート』と比べてみよう。

『中国行きのスロウ・ボート』七作品
中国行きのスロウ・ボート／貧乏な叔母さんの話／ニューヨーク炭鉱の悲劇／カンガルー通信／午後の最後の芝生／土の中の彼女の小さな犬／シドニーのグリーン・ストリート
『神の子どもたちはみな踊る』六作品
UFOが釧路に降りる／アイロンのある風景／神の子どもたちはみな踊る／タイランド／かえるくん、東京を救う／蜂蜜パイ

一見して、明らかな違いとして三点、指摘できる。

一つは、前者ではすべて名詞あるいは名詞句になっているのに対して、後者では動詞句、というより一文から成るタイトル（「UFOが釧路に降りる」「神の子どもたちはみな踊る」「かえるくん、東京を救う」）が半分もあるという点である。ここに、名詞の表す静的な観念や想像よりも、動詞の示す動的な行動や一文の表す出来事を重んじようとする意図をうかがうこともできよう。

もう一つは、前者では、曲名（「中国行きのスロウ・ボート」「ニューヨーク炭鉱の悲劇」）や俳優名（「シドニーのグリーン・ストリート」）などの固有名に由来する語を用いていたのに対して、後者ではまったく見られないということである。これは、前者のタイトルがそれぞれに対する個人的な嗜好やこだわりが創作の動機付けになっていることを端的に示している。後者の場合、すでに触れたように、神戸大地震が全体のモティーフになっているため、そのような自由な命名がしにくい面があったのではないかと見られる。

ただし、地名はそれぞれ「中国・ニューヨーク・シドニー」「釧路・タイランド・東京」と、ともに見られる。それでも、前者では、シドニー以外は作品の舞台になっていないのに対して、後者はどれもそこを物語の舞台にしているという点で異なる。このことも、第一点の意図と共通するものが読みとれる。

さらに、タイトルの表現性という点で、前者では「カンガルー通信」のみに比喩性が認められたのに対して、後者では「アイロンのある風景」「神の子どもたちはみな踊る」「かえるくん、東京を救う」の三つに、擬人も含め、何らかの比喩性が意識される。これは、後者が作品の象徴性をとくにねらったことと関連しよう。

『中国行きのスロウ・ボート』においては、同書収録の七作品のタイトルとテクストとの関係を、三つのタイプ、すなわちタイトルそのものがテクスト内に頻繁に現れるという関係の第一タイプ、第一のタイプに準じ、タイトルそのままではほとんど現れないが、その中に含まれる語がよく現れるという関係の第二タイプ、そしてタイトルもそれに含まれる語もほとんど現れないという関係の第三タイプ、に分類した。これを『神の子どもたちはみな踊る』の各作品に当てはめてみると、第一のタイプに相当するものはなく、第二のタイプとしては「神の子どもたちはみな踊る」「かえるくん、東京を救う」「蜂蜜パイ」の三編、残り三作品が第三のタイプということになる。ただし、同じ第二や第三のタイプでも、『中国行きのスロウ・ボート』の場合と決定的に異なるのは、頻度の問題ではなく、どのタイトルもほぼそのままでテクストに出てくるのは、作品にとってきわめて重要な場面・科白においてであるという点である。

3

冒頭に置かれた「UFOが釧路に降りる」という作品で、そのタイトルの表現に近い形がテクストに現れるのは、物語の中盤、主人公の小村が釧路で待ち構えていた二人の女性と話す場面においてである。そのうちの一人、ケイコの次のような話の中に現れる（引用末尾の頁数は単行本による。以下同）。

「そう」とケイコは言った。「サエキさんっていう人がいるんだ。釧路に住んでいて、40くらいで、美容師なんだけど。その人の奥さんが去年の秋にUFOを見たの。夜中に町外れを一人で車を運転していたら、野原の真ん中に大きなUFOが降りてきたわけ。どーんと。『未知との遭遇』みたいに。その一週間後に彼女は家出した。家庭に問題があるとかそういうのでもなかったんだけど、そのまま消えちゃって、二度と戻ってこなかった」（26頁）

「釧路」という地名はその前に、導入として三回、「UFO」はここが初めてで、その後に三回ほど見られる。

釧路という場所に何か必然性があるわけではなく、小村が住んでいる東京や大地震の起きた神戸から遠く隔たった地の一例として選ばれたものであろう。ただ、あるいは北海道の原野なら、UFOの出現の蓋然性と結び付けやすいということはあったかもしれない。その地の疎遠さ加減を表象する表現としては、

こんなに多くの人が真冬に東京から釧路まで、いったい何をしにいくのだろうと小村は首をひねった。（17～18頁）

「ねえ、どう、遠くまで来たっていう実感が少しはわいてきた？」

「ずいぶん遠くに来たような気がする」と小村は正直に言った。

シマオさんは小村の胸の上に、何かのまじないのように、指先で複雑なもようを描いた。

「でも、まだ始まったばかりなのよ」と彼女は言った。（37頁）

などが挙げられる。

ＵＦＯは、その文脈から明らかなように、その出現が、大地震、そして妻の突然の家出と同様、まったく意想外の出来事して位置付けられる。後者二つに遭遇した小村に対して、シマオさんという、もう一人の女性が次のように言って慰めようとするところに、その関係性が明示される。

「思うんだけど、今の小村さんに必要なのは、気分をさっぱり切り替えて、もっと素直に人生を楽しむことよ」とシマオさんは言った。「だってそうでしょ？　明日地震が起きるかもしれない。宇宙人に連れていかれるかもしれない。熊に食べられるかもしれない。何が起こるか、そんなの誰にもわからないのよ」（33頁）

つまり、この作品においては、「ＵＦＯが釧路に降りる」ことと、「大地震が神戸で起きる」こと、そして「妻が家出する」こととは、見事に重なり合っているのである。あらかじめ大地震がモティーフであるとするなら、このタイトルはそれに対する隠喩そのものといえる。

また「ＵＦＯが釧路に降りる」ことと「大地震が神戸で起きる」ことに対して、「妻が家出する」ことは、それぞれ特殊ながら、換喩的な関係としても認められる。別に言えば、妻の家出というモティーフは、村上作品においてはなじみ深いものであるが、この作品では、とくにその不可解さが、人間関係としてではなく、大地震やＵＦＯという人知の及ばない出来事と同じレベルのこととして表現されていると言える。

4

二番めの「アイロンのある風景」という作品のタイトルに関して、平野芳信「村上春樹　連作短篇集『神の子どもたちはみな踊る』論――繰り返しに身を委ねて――」（『山口国文』第二八号、二〇〇五年三月）の「注12」に、次のような指摘がある。

さらにいうなら第二作目の『アイロンのある風景』は、なぜ『焚火』というタイトルにならないかと首を傾げざるをえない内容である。『焚火』では、志賀直哉の同名の秀作との関係があまりにあからさまになってしまうからであろうか。志賀といえば、父との確執を描いた近代文学史上の先達であったことは添える必要もないことであろう。

たしかに、この作品は焚き火のシーンを中心として展開し、「焚き火」ということばも二七頁中に三六回も登場しているから、それだけを考えれば、タイトルにするのが自然であろう。しかし、志賀直哉の作品云々以前に、このテクストにはジャック・ロンドンの『たき火』という作品が重要な意味を持って、二度も出て来ているのである。そのうえで作品名も同じにしてしまったのでは、あまりに付き過ぎであろう。また、この作品には「父との確執」というモティーフも積極的には認めがたい。

そして選ばれたタイトルが「アイロンのある風景」であるが、これは終盤になって、焚き火に当たりながら、順子が画家であるという三宅さんに「三宅さんって、どんな絵を描いているの?」という質問からのやりとりの中に現れる。

「それを説明するのはすごくむずかしい」

順子は質問を変えた。「じゃあ、いちばん最近はどんな絵を描いた?」

「『アイロンのある風景』、三日前に描き終えた。部屋の中にアイロンが置いてある。それだけの絵や」

「それがどうして説明するのがむずかしいの?」

「それが実はアイロンではないからや」

順子は男の顔を見上げた。「アイロンがアイロンじゃない、ということ?」

「そのとおり」

「つまり、それは何かの身代わりなのね?」

「たぶんな」

「そしてそれは何かを身代わりにしてしか描けないことなのね?」

三宅さんは黙ってうなずいた。(63頁)

ここに一回だけ出てくる絵のタイトルを、そのまま小説作品のタイトルにもしたことになる。このタイトルには、「アイロン」と「風景」ということば同士のつながりに違和感があり、その違和感のありようが問題になりそうであるが、「アイロン」そのものに重大な意味があるわけではあるまい。むしろ「何かの身代わり」として取り上げられたものであり、この作品ではその「身代わり」ということが重要性を担っている。

その「身代わり」について、二人の話がジャック・ロンドンの死に及ぶと、三宅さんは次のように語る。

「(略)予感というのはな、ある場合には一種の身代わりなんや。ある場合にはな、その差し替えは現実をはるかに超えて生々しいものなんや。それが予感という行為のいちばん怖いところなんや。そういうの、わかるか?」(62頁)

「身代わり」というのは、表現レベルで言えば、比喩のことと言える。では、「アイロンのある風景」というタイトルが何の「身代わり」つまり比喩かといえば、単純に「UFOが釧路に降りる」と同じく、神戸大地震のこととは言いがたい。あえてタイトルの表現に即して重ねるなら、「風景」とは被災した神戸の状況、そして「アイロン」が停電して使い物にならなくなっている物事の一つとなろうか。

この作品では、三宅さんが神戸の出身であり、家族がそこで被災したことが仄めかされている。この点、「UFOが釧路に降りる」において、神戸および大地震が登場人物たちとまったく無縁であることが強調されているのとは対照的である。そのことに「身代わり」を結び付けるならば、このタイトルは、自分の代わりに、神戸で被災した家族の隠喩ととることもできるかもしれない。

ただ、かりにそうすると、テクストに表された内容自体とは直接的な関連性を持たない、いわば傍流的あるいは背後的なことに対する隠喩となる。焚き火や火に託されたメッセージや、視点人物である順子の自己内省、三宅さんの悪夢の告白など、この作品にとって見過ごしがたい要素との比喩関係を想定するのは、それぞれが象徴性をはらんでしまっているために、かえって容易ではない。

5

書名ともなった「神の子どもたちはみな踊る」というタイトルの作品は、ある新興宗教の信者である母親の息子、善也を主人公＝「神の子ども」として、物語が進行する。タイトル中の「神（あるいは神様）」

「神の子（ども）」ということばは、全編中に繰り返し出てくる。

冒頭部、ひどい二日酔いで起きられないでいる善也は「神様、お願いですから、もう二度と同じ目にあわせないでください」（69頁）と思うが、ここでの「神様」はごく一般的な、つまりは真実性のない使い方である。それが結末部の「神様、と善也は口に出して言った」（95頁）になると、個人的かつ真実味を帯びたことばに変質する。そのきっかけになったのは、善也の「神の子ども」としての自覚である。

善也は小さい頃から、神の子どもであると言い聞かされてきた。それに対して、

> 「善也のおちんちんがそんなに大きいのは、善也が神様の子どもであるしるしなのよ」と母親は自信たっぷりに言っていたし、彼もそれを素直に信じていた。（91頁）

> 新しく信者さんを獲得したときには、誇らしく思ったものだ。これでお父さんである神様も、僕のことを少しは認めてくれるかもしれないと善也は思った。（82頁）

やや時系列的には食い違うが、

> 僕には君と結婚することができないんだ、と善也は言った。今まで言いそびれていたんだけど、僕は神様の子どもなんだ。だから僕は誰とも結婚することができない。（93頁）

などのように信じるいっぽうで、

　でも正直なところ、善也にはうまくのみこめなかった。自分が「神の子」というような特別な存在だとは思えなかったからだ。どう考えても、自分はどこにでもいる普通の子どもだった。（74頁）

　彼は夜寝る前に、父親である神様にお祈りをした。いつまでも変わることなく信仰心を堅く持ち続けますから、うまく外野フライがとれるようにしてください。それだけでいいんです。ほかには（今のところ）何も求めません。もし本当に神様が父親であるなら、それくらいの願いは聞き入れてくれてもいいはずだった。（75頁）

などのように疑うこともあった。
それが、二日酔いの日の仕事帰りに、実の父親と思しき男を見かけて後を追い、辿り着いた野球場で、その姿を見失った後に、一人卒然と、次のように確信するのである。

　善也は眼鏡をはずしてケースに入れた。踊るのも悪くないな、と善也は思った。悪くない。目を閉じ、白い月の光を肌に感じながら、善也は一人で踊り始めた。（略）途中で、どこかから誰かに見られている気配があった。誰かの視野の中にある自分を、善也はありありと実感することができた。彼の身体が、肌が、骨がそれを感じとった。しかしそんなことはどうでもいい。それが誰であれ、見たければ見ればいい。神の子どもたちはみな踊るのだ。(91頁)

この善也の述懐の最後に、タイトルの表現がそのまま現れる。そして、その後に、田端さんという、長年世話になった人の死に際でのやりとりの回想の中で、もう一度、反復される。

僕らの心は石ではないのです。石はいつか崩れ落ちるかもしれない。姿かたちを失うかもしれない。でも心は崩れません。僕らはそのかたちなきものを、善きものであれ、悪しきものであれ、どこまでも伝えあうことができるのです。神の子どもたちはみな踊るのです。(94～95頁)

このタイトル表現に関して、二点ほど確認しておきたい。一つは「神の子どもたち」とは誰のことか、もう一つは「踊る」とは何を意味するか、である。

主人公の善也が「神の子ども」であることは問題ない。本人の確信は、それが比喩ではなく、まさに文字通りにそうであることに対してである。ただ「たち」という複数形は、善也一人にとどまらない、それに類する人々をも含意する。

「踊る」も、この作品ではそのとおりの行為を表しているが、村上春樹的な用語法においては特別な意味をはらんでいる。『ダンス・ダンス・ダンス』(講談社、一九八八年)がその書名からも端的な例であり、そこにおける「踊る」ことの意味について、中村三春「『風の歌を聴け』『1973年のピンボール』『羊をめぐる冒険』『ダンス・ダンス・ダンス』四部作の世界——円環の損傷と回復」(『国文学』第四〇巻四号、学燈社、一九九五年)は、次のように述べている。

《ダンス》とは、向こう側の理法を凝視しながら、あの「退屈さ」に耐え、こちら側の世界の繋ぎ目を作り続けることである。この踊りは円踊曲であって、次々と繋ぐべき事柄が〈僕〉の前に現れ、全体として円環を紡ぐ体のものである。(76頁)

このことは基本的に、この作品における「踊る」にも当てはめることができるだろう。とすれば、「神の子どもたちはみな踊る」というタイトルは、当該テクストとの関係としては、文字通りのことばあるいは行為を表しているが、同時に村上春樹的な物語世界の主題を隠喩しているとも言える。なお、この作品は神戸大地震との関係がもっとも希薄である。わずかに善也の母親がその被災地のボランティアに出向いていることが記される程度である。その代わり、先にも述べておいたように、オウム真理教を想起させる新興宗教との関わりが、当短編集中、ほぼ唯一的に示されている。

また、この作品のクライマックスシーンの踊りを導くエピソードとして、次のような箇所のあることが注目される。

大学時代にずっとつきあっていた女の子は、彼のことを「かえるくん」と呼んだ。

彼の踊り方が蛙に似ていたからだ。彼女は踊るのが好きで、よく善也をディスコに連れていった。

「あなたってほら手足が長くて、ひょろひょろと踊るじゃない。でも雨降りの中の蛙みたいで、すごくかわいいよ」と彼女は言った。（90頁）

「かえるくん」は、六編めの「かえるくん、東京を救う」に登場するキャラクターである。この作品での「かえるくん」というあだ名の出現は、彼の踊りと結び付けるにしても、いささか唐突で、不自然ささえ感じられる。あるいは、連作として、件んの作品と関連付けるために、後で仕込まれたものかもしれないし、ここで使った比喩が別の作品を呼び起こすことになったのかもしれない。

6

四番めの短編「タイランド」は、タイトルとテクストとの関係がもっとも単純であり、論じる余地がほとんどない。もとより「タイランド」は国名であり、この作品の舞台として、主人公のさつきが学会出張のついでに、保養のために滞在した場所である。このような作品の命名は、ごくありきたりなものであって、むしろ村上作品のタイトルとしては珍しいくらいである。

作中、「タイランド」という語は一度も出てこないが、それを略した「タイ」は全体にわたって八回、見られる（「タイ人」「タイ語」を含む）が、それらは舞台設定上、当然と思われる現れ方である。ただし、次の一箇所だけは、「地震のあとで」というモティーフと関連する。

　ニミットはしばらくのあいだ黙っていた。それから彼女の方に少しだけ首を曲げて言った。「しかし不思議なものですね。地震というのは。私たちは足もとの地面というのは堅くて不動のものだと、頭から信じています。『地に足を付ける』という言葉もあります。ところがある日突然、そうでないことがわかる。堅固なはずの地面や岩が、まるで液体のようにぐにゃぐにゃになってしまう。そのようにテレビのニュースで聞きました。液状化《リクイダイゼーション》と言いましたっけ？　幸いなことにタイには大きな地震はほとんどありませんが」（107頁）

ニミットは、さつきの面倒を見たタイ人運転手である。初対面後、バンコクから離れたホテルまで向かう途中で、突然この話題が持ち出される。さつきにとってはともかく、「大きな地震はほとんど」ない国の人が、いくら相手が日本人であり、テレビニュースを見たからといって、これほどの関心を寄せるものだろうか。

　そのうえ、二人の会話は英語によるが、ニミットが「『地に足を付ける』という言葉もあります」と、あたかも英語の慣用句のように引用するのは、語るに落ちた感がなくもない。日本語の「地に足を付ける」にそのまま対応する英語の慣用句はないのである。つまり、このニミットの話題は、物語展開上、神戸大地震、そしてさつきの憎悪する、かつての男のことを引きだすために、さつき以外の人物から持ち込まれる必要があったのである。実際、この後のテクストは、その男によるさつきのトラウマが徐々に明らかにされてゆく。この点において、登場人物と地震との関連性は、「アイロンのある風景」以上に強い。

では、なぜ「タイランド」なのかといえば、北の釧路の場合と同じく、それに対して、南の国という、いずれも遠隔地という設定からであろう。比喩関係として、このタイトルとテクストを捉えるならば、場所とそこで起きる出来事という、換喩関係となる。

7

「かえるくん、東京を救う」は、そのタイトルにある「かえるくん」という名前がしつこいくらいにテクストに用いられるという点で、当連作短編集中、きわめて異色である。三一頁中、実に九七回で、一頁平均、三回以上という多さである。これに、一一回の「蛙」、五回の「かえるさん」、さらに三〇回の「みみずくん」を加えると、これだけからでも、いかにこの作品が特別か、見当が付くであろう。

この名前に対するこだわりは、回数だけの問題ではない。作品冒頭の「「僕のことはかえるくんと呼んで下さい」と蛙はよく通る声で言った」(128頁)以降、相手となる片桐からの呼び掛けに対して、次のように根気よく何度も訂正を求めるのである。


「ねえ、かえるさん」と片桐は言った。

「かえるくん」とかえるくんはまた指を一本立てて訂正した。

「ねえ、かえるくん」と片桐は言い直した。（132頁）

「かえるさん」と片桐は言った。

「かえるくん」とかえるくんはまた指を立てて訂正した。（139頁）

「かえるさん」と片桐は言った。

「かえるくん」とかえるくんは指を一本立てて訂正した。

「かえるくん」と片桐は言い直した。（143頁）

「ねえ、かえるさん。僕は平凡な人間です」

「かえるくん」とかえるくんは訂正した。でも片桐はそれを無視した。（144頁）

「もし私が最後の瞬間になって、怖じ気付いてその場から逃げだしたら、かえるさんはどうするのですか？」

「かえるくん」とかえるくんは訂正した。

「かえるくんはどうするんですか？　もしそうなったら」（146頁）

接辞に「くん」と「さん」のどちらを用いるかで、関係の親密度が大きく異なる。いきなり登場した巨大な蛙が親しい呼ばれ方として「くん」を望んだとしても、事態が呑みこめない片桐が他人行儀に「さん」とつい言ってしまうのは、無理からぬことであり、その関係感の齟齬が、この訂正の反復によく表れている。作品最後で、片桐が自然に「かえるくん」と呼べるようになっていたのは、両者の関係が親密になったからに他ならない。

もう一つ、「かえるくん」は、片桐を「さん」付けで呼ぶが、ここにはまた、「くん」と「さん」による年齢差あるいは上下差が表されている。そして、「片桐さん」と呼ばれる大人を、あくまでも想像上で巻き込むかたちで、「かえるくん」と「みみずくん」のように、「くん」付けされた者同士の戦いが、大地震の深刻さを相殺するかのように、男の子の世界もしくはメルヘンの世界の出来事として、「象徴的に」語られるのである。

肝心のタイトルがそれに近い形でテクストに出てくるのは、終わり近くの片桐のことばとしてである。

　「かえるくんが一人で、東京を地震による壊滅から救ったんだ」（158頁）

ただし、すでに、これに類した表現は、「ぼくがここにやってきたのは、東京を壊滅から救うためです」（131頁）、「東京が壊滅するのを防ぎたいとおっしゃいましたね？」（133頁）、「あなたがその地震を阻止しようと?」（134頁）、「あなたのような人にしか東京は救えないのです。そしてあなたのような人のためにぼくは東京を救おうとしているのです」（145頁）、「ぼくと片桐さんはなんとか東京の壊滅をくい止めることができました」（153頁）のように何度か見られるのであって、これはいわば、この作品の主題についてのとどめの念押しのようなものである。

したがって、このタイトルとテクストの関係は、タイトルがテクストの内容を要約する、つまり提喩の関係にあるといえよう。これに一つだけ留保を付ければ、テクストでは「救った」という、一回的な過去の出来事として表現されるのに対して、タイトルは「救う」という現在形であるという違いである。

同じことは、「UFOが釧路に降りる」や「神の子どもたちはみな踊る」にも当てはまる。現在止めのタイトルは、出来事が今まさに起きていることを示すのではなく、その生起の普遍性あるいは真理性を表す。この「かえるくん、東京を救う」を含む、現在止めの一文から成る三つのタイトルそのものが、どれも比喩性＝象徴性を帯びているのも、そのような形での普遍性あるいは真理性の表現としてあるからこそである。

8

掉尾を飾る「蜂蜜パイ」では、そのタイトルのことばが、語り手である淳平による、まさきちととんきちという熊の物語に関連して、以下のように、前半と後半の二箇所に現れる（ちなみに、「蜂蜜」という語も同様に、熊の物語の中で一六回、出てくる）。

「でもさ、どうしてまさきちは蜂蜜パイを作って売らないんだろう。蜂蜜だけを売るより、蜂蜜パイを売った方が、町の人たちも喜ぶと思うんだけどな」（163頁）

〈とんきちは、まさきちの集めた蜂蜜をつかって、蜂蜜パイを焼くことを思いついた。少し練習してみたあとで、とんきちはかりっとしたおいしい蜂蜜パイを作る才能があることがわかった。まさきちはその蜂蜜パイを町に持っていって、人々に売った。人々は蜂蜜パイを気に入り、それは飛ぶように売れた。そしてとんきちとまさきちは離ればなれになることなく、山の中で幸福に親友として暮らすことができた〉（200〜201頁）

熊の物語としては、「蜂蜜パイ」はまさきちととんきちが「幸福に親友として暮らす」ための大切な糧となるが、それはこの作品における人間関係を維持するのに必要な何かをも暗示する。つまり、このテクストにおいて入れ子になっている熊の物語と登場人物たちの物語は、前者が後者の寓喩になっているのであり、この両者をつなぐ鍵が「蜂蜜パイ」なのである。

「蜂蜜パイ」というタイトルとそのテクストとの関係として言い直せば、このタイトルと熊の物語テクストとは、現実的な関連性を持つ換喩的な関係、登場人物たちの物語テクストとは、それに相当する何かを表す隠喩的な関係、となろう。

なお、この作品と神戸大地震との関わりは、淳平の大学以来の友人である小夜子の娘の沙羅において強く示される。「UFOが釧路に降りる」と同様、大地震のニュースを見過ぎたせいで、「地震男」の夢にうなされるようになるのである。そして、その沙羅を寝かしつけるために、淳平は呼び出され、熊の話が紡ぎ出されてゆく。淳平自身にとっても、「その巨大で致死的な災害は、彼の生活の様相を静かに、しかし足元から変化させてしまった」(190頁)出来事であり、小夜子と沙羅と三人で暮らすことを決心する、深層的なきっかけとして描かれている。ただ、だからと言って、「蜂蜜パイ」が神戸大地震をたとえていることには、その前向きな役割から見ても、なりえないであろう。

9

以上、村上春樹の連作短編小説集『神の子どもたちはみな踊る』における各作品のタイトルとテクストとの関係について、検討してみた。改めて、そのポイントを確認してみよう。

「UFOが釧路に降りる」というタイトルは、テクスト内の「大地震が神戸で起きる」こと、そして「妻が家出する」ことに対する隠喩そのものとみなすことができた。

「アイロンのある風景」というタイトルは、登場人物の一人である三宅さんの「身代わり」としてテクスト内に仄めかされる、神戸で被災した家族の隠喩ととることができるかもしれない。ただ、そうすると、テクストの内容自体とは直接的な関連性を持たない、いわば傍流的あるいは背後的なことに対する隠喩となる。

「神の子どもたちはみな踊る」というタイトルは、当該テクストとの関係としては、比喩ではなく、文字通りのことばあるいは行為を表しているが、タイトル自体の比喩性は、村上春樹的な物語世界の主題の隠喩として機能しているといえる。

「タイランド」というタイトルは、テクスト内で起きる出来事とその場所という点において、換喩関係となる。

「かえるくん、東京を救う」というタイトルは、テクストの出来事を要約する、つまり提喩の関係にあるといえよう。このタイトル自体の比喩性はテクストと重なっている。

「蜂蜜パイ」というタイトルは、この作品の内包する二つの物語のうち、熊の物語テクストに対しては、現実的な関連性を持つ換喩的な関係、登場人物たちの物語テクストに対しては、それに相当する何かを表す隠喩関係、となろう。

本論冒頭に引用したように、村上はこの短編集を書くにあたって、「地震がもたらしたものを、できるだけ象徴的なかたちで描くことにしよう。つまりその出来事の本質を、様々な「べつのもの」に託して語る」ことを決心したという。

地震と、それがもたらした出来事との両方が物語の中に組み込まれているのが「ＵＦＯが釧路に降りる」「かえるくん、東京を救う」「蜂蜜パイ」の三作品、物語の底流を成しているのが「アイロンのある風景」と「タイランド」の二つ、そして遠く響き合うのが「神の子どもたちはみな踊る」となるだろう。

村上の言う「その出来事の本質」とは、地震そのものでも、それがもたらした出来事でもなく、何らかの心理的な影響・変化であるとすれば、どの作品の登場人物の特定の誰かには、一様に指摘できる。問題は、「「べつのもの」に託して語る」、その託す語り方つまりは比喩法にある。

これを、各作品のタイトルとテクストの関係を通して見るならば、作品ごとにそれぞれ異なった、さまざまな方法が試みられ、しかも決して単純な関係付けでないことが分かる（「タイランド」の単純さがそれゆえに、逆に目立つともいえる）。中には、両者の比喩関係の認定が困難なケースや、テクストそのものには収まりきらないことがらとの関係を認めざるをえないケースも見られた。このようなことは、村上の処女短編集『中国行きのスロウ・ボート』には見出されなかった。

その都度、単独の短編として書いたものをまとめただけの『中国行きのスロウ・ボート』とは違って、『神の子どもたちはみな踊る』は明確で統一的な目的のもとに、ほぼ一気に連作されたものである。つまり、何を書くかは一つに決まっていて、あとはそれをどのように書くか、書き分けるかが、村上にとっての創作課題であり、あるいは作家としての野心だったのかもしれない。そして、そのバラエティに関するかぎりでは、その工夫の跡とある程度の成果を認めることができよう。

ただし、「何を」と「どのように」には、はたして切り分けられるであろうか。作品化されたとき、そのそれぞれの「どのように」によって「何を」も変るはずではないだろうか。本短編集に対する批判があるとすれば、まさにその点にあると考えられる。

型題

三島由紀夫短編小説

かの女は森の花ざかりに死んでいった
かの女は余所にもっと青い森のある事を知っていた
——シャルル・クロス散人——

1

三島由紀夫が小説のタイトルの付け方に言及している文章は、『三島由紀夫全集』（旧版、全三六巻、新潮社、一九七三〜一九七六年）を縦覧してみても、見当たらない。抜きん出て作為的・技巧的な作家であり、小説の表現技法についてはいろいろと論じているにもかかわらず、である。彼の『小説とは何か』や『文章讀本』でも、タイトル命名法には触れられていないし、『三島由紀夫事典』（長谷川泉・武田勝彦編、明治書院、一九七六年）にも、タイトルに関わる項目は立てられていない。

自らのペンネームの由来に関するエッセイはある。しかし、題名だけでなく、登場人物名の付け方についても、何か述べているくだりはない。ちなみに、「半沢」という名字を持つ人物が、彼の数多い小説の中で、たった一作に出てくる。一九五一年に発表された「家庭裁判」という短編小説で、冒頭いきなり「半澤右近は、小男で醜男で田舎者で臆病でちんちくりんで、全く呆れた人物だつた」と身も蓋もなく描写される。同姓の身としては、なぜこんな人物に、よりによって「半沢」という名が選ばれたのかと、憮然とするばかりである。

閑話休題。題名にせよ、登場人物名にせよ、それらの名付けが作品にとってきわめて重要な意味を持つことに異論はあるまい。とすると、三島の文章に、これらへの言及が見られないのは、あえて隠さなければならない理由があったからか、あるいはとくに意を用いなかったからか。

2

まずは、『三島由紀夫短篇全集』（全六巻、講談社、一九七一年）に収められた、三島自選の七四編の短編小説を対象として、それらのタイトルの形式がどうなっているかを確認する。なお、この作品数は、三島の書いた短編小説の総数が一五〇編（前出の『三島由紀夫全集』に収録されている、一〇〇頁以内の小説を対象とする）であるから、その半分ということになる。

件んの七四編のタイトルは以下のとおりで、配列（発表時期）順に示す。傍線を引いた作品は、文庫版の自選短編集『花ざかりの森・憂国』（新潮社、二〇一〇年改版）に収録されたものであり、後にこれらのタイトルとテクストとの関係を論じる。当該文庫本にあり、短編全集に含まれていないのは、「中世に於ける一殺人常習者の遺せる哲学的日記の抜粋」の一編である。

花ざかりの森、彩絵硝子、苧菟と瑪耶、みのもの月、祈りの日記、岬にての物語、煙草、中世、
軽王子と衣通姫、夜の支度、春子、サーカス、家族合せ、殉教、宝石売買、頭文字、山羊の首、獅子、
幸福という病気の療法、大臣、毒薬の社会的効用について、魔群の通過、訃音、親切な機械、孝経、
火山の休暇、怪物、花山院、果実、鴛鴦、日曜日、遠乗会、牝犬、偉大な姉妹、箱根細工、椅子、
死の島、翼、離宮の松、クロスワード・パズル、真夏の死、美神、江口初女覚書、旅の墓碑銘、急停車、
卵、不満な女たち、花火、ラディゲの死、鍵のかかる部屋、復讐、詩を書く少年、志賀寺上人の恋、
水音、海と夕焼、新聞紙、山の魂、牡丹、施餓鬼舟、橋づくし、女方、貴顕、百万円煎餅、スタア、

憂国、苺、帽子の花、魔法瓶、月、葡萄パン、真珠、雨のなかの噴水、切符、剣

はじめに、題名の末尾表現に注目すると、名詞で終わるのが、七四例中の七三例に及ぶ。名詞以外で終わるのは、「毒薬の社会的効用について」の一例のみである。

タイトル全体の総自立語数は一〇六であり、そのうち名詞は一〇〇（九四・三%）で、末尾以外も含め、圧倒的に多く、その他は動詞三、形容動詞三。また、名詞一〇〇語のうち、語種の内訳としては、漢語四六、和語四二、外来語五、混種語七であり、漢語と和語が同程度で、大半を成す。

名詞の意味分野で見ると、「死」が三回、「月」が二回出てくるが、他は一回ずつであり、自然物・人工物・人間・抽象事物・行為などの分野に分けても、特筆するほどの大きな偏りは見られない。

文節数では、名詞一文節から成る題名が四七例で、全体の三分の二ほどを占め、二文節が二二例（うち名詞＋の＋名詞が一五例）で、合わせて全体の九三%となる。それ以外は、「幸福という病気の療法」（四文節）と前掲の「毒薬の社会的効用について」（三文節）の二例だけである。

文字数で長さを整理すると、最多の題名は二字で二三例（漢字二字のみ）あり、全体の約三分の一で、次が四字で一三例、三字と五字が各一〇例、以下、六字が六例、一字が五例、七字が四例、九字・一〇字・一二字が各一例となり、平均が三・八字。

以上からすれば、三島の短編小説のタイトルの典型は、漢字二字（漢語）の名詞一語から構成されるものと言えよう。右掲の七四のタイトルから該当するものを語種別に抜き出せば、次の二三例となる。

〔漢語〕　中世、殉教、獅子、大臣、訃音、孝経、怪物、果実、鴛鴦、椅子、美神、復讐、牡丹、貴顕、憂国、真珠、切符
〔和語〕　春子、牝犬、花火、水音、女方
〔外来語〕煙草

このようなタイトルの形式は、しかし近代小説の一般的な傾向とみなされるのであって、三島の短編独自のものとは言えまい。タイトルに採用された名詞全体のそれぞれの意味を斟酌すれば、古典主義的あるいは浪漫主義的な、三島特有の嗜好が看取されなくはないが、形式に限って言えば、目立ったバラエティもバイアスもなく、ごく普通のタイトルのありようであろう。

3

以上を元に、三島の文庫版自選短編集『花ざかりの森・憂国』に収められた一三編に関して、そのタイトルとテクストとの関係について見てみたい。

その前に基礎的なデータとして、題名とテクストの分量（頁数）および構成（※テクスト分節）形式を示すと、次のとおりである。

花ざかりの森　五〇頁　※エピグラフ・序の巻・その一・その二・その三（上）・その三（下）
中世に於ける一殺人常習者の遺せる哲学的日記の抜粋
　一三頁　※日記形式／「□月□日」で始まり、一〇日分
遠乗会　二三頁　※空白行によるテクスト分節が四箇所
卵　一九頁　※「∴」によるテクスト分節が一箇所
詩を書く少年　一九頁　※空白行によるテクスト分節が三箇所
海と夕焼　一四頁　※テクスト分節無し
新聞紙　一〇頁　※「∴」によるテクスト分節が一箇所
牡丹　八頁　※テクスト分節無し
橋づくし　二七頁　※エピグラフ・「∴」によるテクスト分節が二箇所あり、さらに空白行が最
　初の分節までに二箇所、次の分節までに五箇所あり、都合九箇所の分節
女方　三三頁　※一・二・三・四・五・六・七・八
百万円煎餅　二四頁　※「∴」によるテクスト分節が一箇所あり、その前半に空白行が三箇所あり、
　都合四箇所の分節
憂国　三四頁　※壱・弐・参・肆・伍
月　二六頁　※一・二・三・四／一に四箇所、二に二箇所、三に一箇所、四に二箇所、空
　白行による分節があり、都合一三箇所の分節

これらタイトルの中では、「中世に於ける一殺人常習者の遺せる哲学的日記の抜粋」が、名詞止めではあるものの、二四字という異例の長さである。九作品が名詞一語（文節）、三作品も名詞止めで、題名のほとんどは二あるいは三文節から成る。このような形式における傾向は先に指摘した結果とほぼ一致する。

タイトル表現の意味する内容から見ると、①登場人物と関わると推定されるものには、「中世に於ける一殺人常習者の遺せる哲学的日記の抜粋」の「殺人者」、「詩を書く少年」の「少年」、「女方」の三例、②素材あるいは場面設定に関わるとみなされるものには、前者の「卵」「新聞紙」「牡丹」「百万円煎餅」「月」、後者の「花ざかりの森」「遠乗会」「海と夕焼」「橋づくし」の九例、③残りの一例「憂国」はテーマとの関わりが想定される。これらからは、タイトルとして、素材あるいは場面設定に関わる内容の語を多く用い、逆にそのままテーマに関わる語は用いないという傾向が読み取れる。

テクストの分量を見ると、最少が「牡丹」の八頁、最多が「花ざかりの森」の五〇頁で際立つ。平均が「遠乗会」や「百万円煎餅」（とも二三頁）あたりで、他はほぼ均等に分散している。

次に、テクストの分節方法であるが、まずテクストに先立ってエピグラフを付すのが、「花ざかりの森」と「橋づくし」の二編ある。作品テクストに分節形式を持たないのが、「海と夕焼」と「牡丹」の二編であり、その他の一一編のうち、二つに分けるのが、「卵」と「新聞紙」の二編、四つが「詩を書く少年」の一編、五つが「花ざかりの森」「遠乗会」「百万円煎餅」「憂国」の四編で平均値に近く、八つが「女方」の一編、一〇が「中世に於ける一殺人常習者の遺せる哲学的日記の抜粋」と「橋づくし」の二編、そして最多の一四が「月」の一編である。分節数は必ずしも分量には比例してはいず、分節の表示方法とともに、作品によるばらつきが認められる。

4

タイトルがそのテクストにどの程度、どのような形で、現れるかを見てみよう。

テクスト内にタイトルが現れていると認定された表現には、タイトル表現そのものだけではなく、タイトルを構成する各語（主に名詞）およびその複合語や類義語なども含める。

各作品テクストにおけるタイトルの現れる頻度は、多い順に並べると、以下のとおり。

詩を書く少年	九九回／一九頁（五・二回／頁）
橋づくし	六九回／二七頁（二・六回／頁）
卵	五七回／一九頁（三・〇回／頁）
海と夕焼	三九回／一四頁（二・八回／頁）
中世に〜	三二回／一三頁（二・五回／頁）
牡丹	二二回／　八頁（二・八回／頁）
百万円煎餅	二二回／二四頁（〇・九回／頁）
女方	一八回／三三頁（〇・五回／頁）

新聞紙　一五回／一〇頁（一・五回／頁）
花ざかりの森　八回／五〇頁（〇・二回／頁）
遠乗会　二回／二三頁（〇・〇九回／頁）
憂国　二回／三四頁（〇・〇六回／頁）
月　一回／二六頁（〇・〇四回／頁）

右から明らかなように、出現頻度にはかなりのばらつきがあり、タイトルとテクストの関係も多様であることをうかがわせる。このうち、一回あるいは二回しか見られない「月」、「憂国」「遠乗会」の三編については、タイトルとテクストの関係を表現に即して捉えることが容易ではない。ただし、タイトルがテクストにまったく現れない作品が皆無であるということに、それなりのつながりが担保されていると考えるべきであろう。

対して、頻度の高い「詩を書く少年」「橋づくし」「卵」「海と夕焼」などは、タイトルとテクストとの関係が密接であると言える。とはいえ、じつは次に示すように、タイトルそのままでテクストに多く現れるのは「卵」一編のみであり、「詩を書く少年」の場合は「詩」あるいは「少年」、「海と夕焼」の場合は「海」あるいは「夕焼」、そしてそれらの関連語の合計によるものである。

一頁あたりの平均を見ても、出現頻度総数にほぼ対応しているが、中では「詩を書く少年」が突出している。

次に、各テクストにおいて、タイトルおよびその構成語あるいは関連語として認めたものを挙げると、以下のとおり三種のグループに分けられる（各語の下の数字は出現回数）。

Aグループ　三作品
遠乗会：遠乗会2
憂　国：憂国1／憂える国1
月　：お月様1
Bグループ　六作品
新聞紙：新聞紙15
牡　丹：牡丹15・牡丹園7
卵　：卵41／卵焼き6・卵的3・卵酒2・卵料理1・卵刑訴1・煎り卵1・生卵1・茹卵1
女　方：女方15／真女方2・若女方1
百万円煎餅：百万円煎餅9／煎餅8・お煎餅2・瓦煎餅2／百万円札1
中世に於ける一殺人常習者の遺せる哲学的日記の抜粋：殺人者30／殺人1・殺害1
Cグループ　四作品
詩を書く少年：少年の書く詩1／詩32・詩人8・詩的1・詩才1・一週間詩集1・四行詩1／少年54
海と夕焼：海の夕映え1・夕映えの海1・夕焼の海1／海19・海上1／夕焼10・夕日3・夕闇2・

夕暮1
橋づくし：橋づくし1／橋37／築地橋4・入船橋4・三吉橋3・暁橋3・桜橋2・堺橋2・備前橋2・蜆橋1・太鼓橋1／橋詰6・橋畔2・桟橋1
花ざかりの森：森の花ざかり1／森2／花4・開花1

Aグループは、そもそもタイトル相当語の出現がきわめて少ない作品であり、「憂国」や「遠乗会」は二回出てくるが、どちらもほぼ同じ箇所であり、一回の「月」では、作品の最後の部分の会話文に「お月様」という形で見られる。

Bグループは、タイトルそのものの形のみ、あるいはそれを中心として、テクストに比較的多く現れる作品である。「新聞紙」では、その形で一〇頁に一五回もテクストに現れ、「牡丹」「卵」「女方」では、複合語も見られるものの、タイトルそのものが中心であり、かつテクスト全体にわたって現れる。「中世に於ける一殺人常習者の遺せる哲学的日記の抜粋」では、タイトルの中核とみなされる「一殺人常習者」を略した「殺人者」という語がテクスト全体に繰り返し現れるという点で、Cグループではなく、このグループに含めている。

Cグループは、テクストにタイトルそのままではなく、それを構成する語がそれぞれの形で多く見られるものである。なお、このうち、「橋づくし」と「花ざかりの森」は、エピグラフにタイトル相当の表現が見られるが、テクストにはそのままでは現れない。「詩を書く少年」では「少年の書く詩」、「海と夕焼」では「海の夕映え」や「夕焼の海」のように、テクストにタイトルに近い表現があるものの、そのとおりではなく、各語にばらした多様な表現となって現れている。

以上から、三島の短編小説のタイトルは、形式としての特徴はバラエティの乏しさも含めて、とくに認められないのに対して、テクストとの関係においては作品によってかなり大きな違いがあり、独自性が認められる可能性がある。

5

それでは、具体的にタイトルとテクストがどのように関係し合っているのか、先のグループごとの作品別に見てゆきたい。

まずは、Aグループであるが、「遠乗会」というタイトルは、空白行で分節されるテクストの最初の部分に、

> 或る日、葛城夫人は息子宛の遠乗会の案内状をうけとった。（75頁）
>
> 遠乗会の当日は四月二十三日の日曜日である。（77頁）

のように、場面設定の表現として淡々と示されている（四角囲みは筆者による。以下同）。

三島自身による、この作品に関する文庫本解説には、「実際の何ら劇的でない経験の微細なスケッチに、何らかの物語を織り込むというやり方」をしたものであり、「今にいたるまで私の短編小説制作の一種の常套手段になっている」とある。「遠乗会」というタイトルも、そのテクストでの現れ方において、まさに彼のこの言にふさわしいありようと言える。

それに対して、「憂国」という作品では、テクストの中ほどの「参」の節に、

中尉はだから、自分の肉の欲望と憂国の至情のあいだに、何らの矛盾や撞着を見ないばかりか、むしろそれを一つのものと考えることができた。（275～276頁）

自分が憂える国は、この家のまわりに大きく雑然とひろがっている。自分はそのために身を捧げるのである。果してこの死に一顧を与えてくれるかどうかわからない。それでいいのである。ここは華々しくない戦場、誰にも勲しを示すことのできぬ戦場であり、魂の最前線だった。（278頁）

のように、続けて現れる。「参」の部分における若夫婦の交合場面が、その後に続く割腹自殺場面に向けての、むしろ、この作品におけるクライマックスであり、唯一「憂国」や「憂える国」という表現を含むこの箇所の描写において、そのクライマックスたる由縁を描写に先立って書き手自らが説明してしまうも

のになっている。

文庫本解説でも、「エロスと大義との完全な融合と相乗作用は、私がこの人生に期待する唯一の至福である」と言い、「私は小説家として、『憂国』一編を書きえたことを以て、満足すべきかもしれない」とまで自負している。

もし、「憂国」という語がこの作品の題名としてのみあったとしても、作品全体のテーマを端的に表わすものとして解釈され、位置づけられる蓋然性が高いが、三島としては、テクストの、まさにこの場面において、あえてタイトルと同じ語を使い、自身と重ね合わせるように、主人公である中尉の思いとして、念押し的に示しておきたかったのではないかと推察される。

もう一つの、「月」という、いたって単純なタイトルの作品は、一九六二年に発表されたもので、当該短編集の中ではもっとも新しく、当時のビート族の若者たちの生活の一断面を描いた内容である。テクストにただ一回出てくるのは、空白行で分節されたテクストの最終部分の末尾で、

「ピータア、何してるのよ。降りてらっしゃいよ。そこから何が見えるっていうの」

しばらく返事がなく、やがて甲高い声が尖塔の内壁のあちこちにぶつかって降った。

「お月様が見えるんだよ」

しかし梅雨雲はなお垂れこめて、夜は深く、雨もよいの空を二人は知っていた。

「嘘を言ってやがる」

とハイミナーラは蠟燭をかざして言った。

「あの人もともと嘘つきなんだから」

とキー子は言った。そして舌打ちをして、唇の乾いた襞が、蠟燭の灯影にくっきりと刻まれるほど口をすぼめて、もう一度、したたかに言った。

「いやな子ね。嘘つきもいいとこだわ」(325頁)

のように現れる。それ以前のテクストには、夜間の時間設定ではあるものの、月に関する記述は全く見られない。しかも、「梅雨雲はなお垂れこめて、夜は深く、雨もよいの空」ということであるから、月は作品世界内における現実の描写対象とはなりえていない。つまり、「お月様が見えるんだよ」という発言は自明の嘘である。

この作品がその自明の嘘ということを反復・強調してしめくくられる点からすれば、それこそが主題であり、「月」はその象徴としてタイトルに選ばれたと考えられる。

6

もっとも該当数の多いBグループの作品においては、タイトルによって表わされる対象自体に対するこだわりが、そのままタイトルとしても、テクストでの出現回数としても、端的に示されている。これに含まれる、「新聞紙」「牡丹」「卵」「百万円煎餅」について、文庫本解説には、「主題らしい主題さえない」「コント型式」をねらった、とある。

これらのうち、タイトル表現自体が謎として目を引くのが「百万円煎餅」であろう。テクストには、

円盤はゆるやかに旋回しながら下りてきて、むかいの菓子売場の上に落ちた。落ちたところが丁度、百万円煎餅の上だった。（244頁）

のように、いきなり断わり無しで登場し、それから、次のような説明がある。

円盤を乗せた長方形の瓦煎餅は、思い切り大きな紙幣の形をしていて、本物の紙幣を模した焼判に、百万円の表記がしてあった。そして紙幣に似せた印刷の紙に、聖徳太子の代りに禿頭の店主の顔を入れたのが、セロファンで包まれた三枚の瓦煎餅の表を覆うていた。（244頁）

建造と清子という若夫婦が、この作品の主人公であり、将来のために蓄財しているという設定である。ある秘密の仕事までの時間潰しに玩具売場で飛ばしていた空飛ぶ円盤が落ちた所がたまたま「百万円煎餅」の上だったことに、建造は「こいつは当りだぞ」「きっといいことがあるぜ」と、清子に語りかけるのも、そういう二人だからこそである。

テクストでは、「百万円煎餅」という語は、その説明をした後では、「(お)煎餅」に切り替えられてよさそうであるにもかかわらず、二人がそれを食べる場面が出るごとに、「(お)煎餅」と交互に現れる。その中には、

……ふだんは堅実この上なしの夫婦が、清子の言うように百万円煎餅を喰べたおかげか、今夜に限ってずっと先のほうまでも夢見ずにはいられなかった。(253頁)

とあり、単なる「煎餅」ではなく、「百万円」だからという意味付けが認められる。

しかし、作品最後の一段落は、次のように描かれている。

掌に余る大きな百万円煎餅を、彼は両手で引き破ろうと身構えた。手に煎餅の甘い肌が粘ついた。買ってからずいぶん時が経ったので、すっかり湿った煎餅は、引き破ろうとすればするそばから柔らかくくねって、くねればくねるほど強靭な抵抗が加わり、建造はどうにもそれを引き破ることができなかった。(261頁)

このラストからは、二人の夢の実現が困難であろうことが暗示されていると読み取ることができる。三島自身は、「主題らしい主題さえな」い「コント型式」の作品とするが、「百万円煎餅」という食べ物のあ

りようが、この作品の主題的なモティーフを形象化しているという読みを妨げないであろう。その意味で、このタイトルとテクストにおけるその出現状況は、作品そのものをよく示している。

Bグループの作品内で、内容的にもっとも異色なのが「卵」である。主人公の若者五人が毎朝、生卵を飲んだという罪で、擬人化された卵たちによって裁判にかけられるという、一種の空想小説であり、「コント型式」の作品として、もっともふさわしい。「卵」がタイトルとなり、同語およびそのさまざまな複合語がテクストに頻出するのは、そういう設定上の必然であって、そこに何らかの寓意を見出す必要性は感じられない。

三島の文庫本解説にも、「学生運動を裁く権力の諷刺と読まれるのは自由であるが、私の狙いは諷刺を越えたノンセンスにあ」るとあり、そのとおりに読めば良い作品であろう。

7

Bグループの「新聞紙」と「牡丹」というタイトルの作品は、タイトルそれぞれが表す具体的な物が作品の主要なモティーフになっているという点で、共通している。

「新聞紙」は「しんぶんし」ではなく、「しんぶんがみ」と読ませることにより、新聞そのものではなく、その印刷に用いる粗悪な紙という具体的な物が対象となっていることが示される。このこと自体が、作品の素材として、またタイトルとして用いられたことの意図を物語っている。

「新聞紙」という語は、テクストの最初の分節近くに、

> 寄木の床に、血だらけの新聞紙に包まれて、ころがしてあった嬰児だけが目に浮んで来る。(157頁)

という、異様な現れ方をする。そして、「新聞紙」は全体にわたって一五回出てくるが、その後も「新聞紙に包まれて床に置かれていた赤ん坊」「肉屋の包み紙のような血だらけの新聞紙」「新聞紙の産着」(三回)「あの新聞紙に包まれた赤ん坊」「血にまみれた新聞紙」「新聞紙に包まれて眠っている男」「男の褥にしている新聞紙」のように、初発の「新聞紙」の特異なイメージをひきずった表現が執拗に繰り返される。

このようなイメージをひきずっているのは、主人公である敏子という若妻で、「人に同情することが好きで」、「想像力の権化と云ってもよい」女性である。その夫妻の赤ん坊のために雇った、住み込みの看護婦が突然、家の広間で出産し、その嬰児が粗略に扱われ新聞紙に包まれた情景が、頭から離れなくなってしまったのである。

彼女の想像力はさらにふくらみ、

> 汚れた新聞紙の産着は、あの赤ん坊の生涯の象徴になるんだわ。……こんなにまであの赤ん坊のことが気になるのは、ひょっとするとうちの児の未来を思う不安から来ているのかもしれない。……あと二十年たつ。うちの児は幸福に育つ。そのとき何か怖ろしい因縁で、二十歳になったあの不幸な子

が、私の息子を傷つけでもして……（159頁）

とあり、「新聞紙」を「人生の象徴」と捉える。それで不安になり、何かあった時には、「私が身代りになろう」とまで思い込んでしまう。

作品の最後の場面は現在時であるが、敏子が夜桜を見るために、たまたま皇居近くを通りすがりに、道端のベンチに新聞紙を敷いて寝ている男を見掛ける場面で、

新聞紙に包まれて眠っている男が、そのとき、忽ちあのみじめな産着に包まれて床にころがされていた赤ん坊を思い出させたのにふしぎはない。（162頁）

のように記述され、その男にいきなり手首をつかまれたとき、咄嗟に、

『おや、もう二十年たったのだわ』

と敏子は思った。

皇居の森は真っ黒に静まり返っている。（163頁）

というところで、結末が不明のまま、作品が終わる。こういう展開は、短編小説らしく、「新聞紙」をめ

ぐる、一つの「コント型式」として、首尾一貫していると言えよう。

いっぽう、「牡丹」のテクストでは、

思いもかけぬ友人が、思いもかけぬところへ私を誘いに来た。牡丹園を見に行こうというのである。（166頁）

という冒頭部分に始まり、「牡丹園」および「牡丹」が八頁のすべてにわたって現れている。そして、テクストの最後は、次のようにしめくくられる。

しかし、本当のところ、大佐がたのしみながら、手ずから念入りに殺したのは、五八〇人にすぎなかった。しかも、君、それがみんな女だよ。大佐は女を殺すことにしか個人的な興味を持たなかったんだ。

ここの持主になってから川又は牡丹の木を厳密に五八〇本に限定した。手ずから花を育て事実牡丹園はこれだけの成果をあげている。しかしこんな奇妙な道楽は何だと思う？　俺はいろいろと考えた。今では多分こうだろうという結論に達している。

あいつは自分の悪を、隠密な方法で記念したかった。多分あいつは悪を犯した人間のもっとも切実

な要求、世にも安全な方法で、自分の忘れがたい悪を顕彰することに成功したんだ。(172〜173頁)

作品では、牡丹園の「一体に盛りをすぎ」、「全体に沈鬱に感じられ」る、沢山の牡丹を観賞する場面が展開してゆくが、その最後に、いわばオチとして、友人のこの打ち明け話が用意されている。いかにも短編小説らしいエンディングであり、とくに最後の一文は、いかにも三島らしいシニカルな箴言にもなりえていよう。

それにしても、「悪の顕彰」の対象として、なぜ「牡丹」という花が選ばれたか。テクストの内容を先触れするタイトルとしての「牡丹」が、読み手に、あらかじめ妖艶な美女のイメージを喚起するとしたら、テクスト最後の印象がより一層強烈になることが意図されたと推測される。

8

Bグループの残りの二作品、「女方」と「中世に於ける一殺人常習者の遺せる哲学的日記の抜粋」におけるタイトルとテクストとの関係を取り上げる。

まず「女方」の方であるが、テクストでの出現頻度の平均が〇・五回/頁であり、そう多くはないものの、ほぼ全体にわたって「女方」という語が現れ、しかも、「女方」とはどのようなものかということがしばしば記されていることから、このタイトルが当作品の、単なる素材の一つとしてではなく、主題をも表わすと考えてよいと思われる。

テクストに最初に現れるのは、冒頭部分の、

増山は佐野川万菊の芸に傾倒している。国文科の学生が作者部屋の人になったのも、元はといえば万菊の舞台に魅せられたからである。
高等学校時分から増山は歌舞伎の虜になった。当時佐野川屋は若女方で、「鏡獅子」の胡蝶の精や、せいぜい「源太勘当」の腰元千鳥のような役で出ていた。（204頁）

であり、最後は八節中の第七節後半の、次の一文内にある。

増山には直感でわかるのだが、この女方の恋の鋳型としては、舞台しかないのである。（230頁）

この作品には、女方の初代芳沢あやめの芸談書で、舞台と日常生活における女方の心得が二九カ条にわたって記録されている『あやめぐさ』から、

女方は楽屋にても、女方という心を持つべし。（209頁）

女方は色がもとなり。元より生れ付て美しき女方にても、取廻しを立派にせんとすれば色がさむ

べし。又心を付て品やかにせんとせばいやみつくべし。それゆえ平生女子にて暮さねば、上手の女方とはいわれがたし。（211頁）

などのように引かれ、増山の目をとおして、それと比べての佐野川屋のありようが描写されてゆく。テクスト最後は、佐野川屋が演出家の男性に惚れこむのを見て、

しかし幻滅と同時に、あらたに、嫉妬に襲われている自分を知った。その感情がどこへ向って自分を連れてゆくのかを増山は怖れた。（236頁）

のように、視点人物である増山が述懐するところで終わる。

異状に長い「中世に於ける一殺人常習者の遺せる哲学的日記の抜粋」というタイトルの作品は、三島が一八歳の時に執筆したものであるが、文庫本解説によれば、「殺人哲学、殺人者（芸術家）と航海者（行動家）との対比、などの主題には、後年の私の幾多の長編小説の主題の萌芽が、ことごとく含まれていると云っても過言ではない」ということであるから、タイトルの一部を取った「殺人者」が、日記の書き手自身としてよりも、それを巡る日々の思索が断章的に書き連ねられたテクストに、作品の主題を表わす語として頻出するのも当然であろう。なお、タイトルにある、他の「中世」や「哲学的日記」「抜粋」などと

いう語は、テクスト全体の内容および体裁として表わされている。

このように、三島にしては例外的に長いタイトルにしたのは、観念肥大気味の若書きによるところもあろうが、あえて小説のタイトルらしからぬ、歴史的記録の即物的な説明表現のほうが内容に似つかわしいと判断したことによると考えられる。

9

最後に、Cグループの作品を見てみたい。

このうち、先にも述べたように、「橋づくし」と「花ざかりの森」の二作品は、次のように、その表現がエピグラフのみに現れるという点で、共通して異色である。

……………元はと問へば分別の／あのいたいけな貝殻に一杯もなき蜆橋、短かき物はわれわれが此の世の住居秋の日よ。

――『天の網島』名ごりの橋づくし――

かの女は森の花ざかりに死んでいった
かの女は余所にもっと青い森のある事を知っていた

シャルル・クロス散人

ということは、二作品とも、このエピグラフに引用された一節に導かれて創作されたと考えられる。「橋づくし」では、女性たちが願掛けのために、隅田川にかかる七つの橋を無言で渡りきろうとするのが主たる筋であり、テクスト全体で「橋づくし」という慣行を示したものになっている。当然ながら、テクスト内には、彼女らの渡る具体的な橋の名前およびそれに関連する語が順次出てくるが、それぞれの固有名自体に特別な意味付けはなく、あくまでも描写の必要性によるものである。

この作品にとっての意味が示されているとすれば、それは、エピグラフにある「短かきはわれわれが此の世」であろう。

「花ざかりの森」は、三島が一六歳のときに発表した処女小説であり、年老いた語り手が自らの祖先とくに女性たちの人生へ思いを馳せる回顧物語であるが、テクストには、「花ざかりの森」というタイトルはもとより、「森」という語さえも、ある伯爵夫人の話の伝聞として、次のように出てくるのみである。

『こうしておりますといながらに海がみえてほんとうにきもちがようございます。一日の愉しみといえば、あの椰子の森のあちらに夕陽がしずむのを見ているときでございましょうね。』（54頁）

しかし、この「椰子の森」も実際に見えるものではなく、過去の幻視であり、しかも「花ざかりの森」

と称するにふさわしい、その他の「森」に関する描写も見られない。むしろ内容全体からすれば、「海」への憧れが中心的モティーフになっているようであるから、それに関連したタイトルのほうが見合っていると思われる。

にもかかわらず、三島が「花ざかりの森」をタイトルとしたのは、エピグラフに記された比喩的な意味合いを作品内容と照応させることを優先したからであろう。

「橋づくし」と「花ざかりの森」は、タイトルに関わる語のテクストでの出現のしかたは対極的であるものの、主題を象徴的に表わすエピグラフとそれを具体的に表現するテクストが照応関係にあるという点が、単にエピグラフがあることだけでなく、異色であると言える。

10

「詩を書く少年」という作品は、「少年」という語が五四回、「詩」が三二回もテクストに出てくることからも明らかなように、まさにタイトルどおりの存在のありようを描いたものであり、それに尽きると言っても過言ではない。テクストの冒頭と結尾も、

〈冒頭〉詩はまったく楽に、次から次へ、すらすら出来た。学習院の校名入りの三十頁の雑記帳はすぐ尽きた。どうして詩がこんなに日に二つも三つもできるのだろうと少年は訝った。（118頁）

〈結尾〉『僕もいつか詩を書かないようになるかもしれない』と少年は生れてはじめて思った。しかし自分が詩人ではなかったことに彼が気附くまでにはまだ距離があった。（138頁）

のように、「詩」と「少年」に終始している。

三島は後年、「私が詩人にならず、散文作家になった、その転機はすべてここに隠されているから、私はどうしてもこのことを書いておかなければならなかった」（『三島由紀夫短篇全集五』「あとがき」）と述べている。題名の中心である「少年」という三人称的な語り手を表わす語の反復は、少年だったからこその詩に関するナルシシズムとその崩壊であることを、突き放した形で物語っていると言えよう。

「海と夕焼」という作品に関して、三島は「もし人あって私に、もっとも自分の好きな短篇を五編、自作の中から選べと言って来たら、躊躇なくその中に入れたいほど、愛着のある作だ」（同上）と言い切っている。また、この作品の主題に関して、文庫本解説に、「奇蹟の到来を信じながらそれが来なかったという不思議、いや、奇蹟自体よりもさらにふしぎな不思議という主題を、凝縮して示そうと思ったものである。この主題はおそらく私の一生を貫く主題になるものだ」としている。

その奇蹟というのは、次のように、タイトルに関わる語を中心に描かれる。

夕焼を見る。海の反射を見る。すると安里は、生涯のはじめのころに、一度たしかに我身を訪れた不思議を思い返さずにはいられない。あの奇蹟、あの未知なるものへの翹望、マルセイユへ自分等を追いやった異様な力、そういうものの不思議を、今一度確かめずにはいられない。そうして最後に思うのは、大ぜいの子供たちに囲まれてマルセイユの埠頭で祈ったとき、ついに分れることなく、夕日にかがやいて沈静な波を打ち寄せていた海のことである。

安里は自分がいつ信仰を失ったか、思い出すことができない。ただ、今もありありと思い出すのは、いくら祈っても分れなかった夕映えの海の不思議である。奇蹟の幻影より一層不可解なその事実。何のふしぎもなく、基督の幻をうけ入れた少年の心が、決して分れようとしない夕焼の海に直面したときのあの不思議……。（149頁）

この作品は、日本の寺男となっている安里という老フランス人が、「夕焼の美しそうな日には、日没前に勝上ヶ岳へ登」り、過去の逆説的な奇蹟を回想する場面から成っているので、タイトルを構成する「海」と「夕焼」およびそれに類する語がテキストに頻繁に現れるのは道理である。

気になるのは、タイトルを、右の引用の後半に出ているような「夕映えの海」あるいは「夕焼の海」のほうがふさわしかったであろうにもかかわらず、なぜ「海と夕焼」という並列表現にしたのか、ということである。

奇蹟らしからぬ奇蹟だったのは、「いくら祈っても分れなかった」海であって、夕焼はたまたまそれが起きなかった時間帯やその光景を示すにすぎないとすれば、並列するに足るだけの価値を持ちえないと考えられる。『三島由紀夫事典』（前掲。「海と夕焼」の項。鈴木靖執筆）には、この作品の海に関して、「海は背景としての自然ではなく、人間の暗い情念を呼び醒ます黙示の役割を負っている。それは決して光り輝く、暁のそして真昼の海ではなく、夕暮の海、どこか神秘的な暗さをたたえた海であ」るという解説があるが、タイトルにおけるこの並列の疑問に答えるものではない、という以前に、テクストには、「海の真紅の煌めき」「海が夕焼に燃えたまま」「海は血潮を流したようになった」などとあり、海の色の「暗さ」よりもむしろ鮮やかさのほうが取りたてられているのであって、適切とは言いがたい。

あらためてテクストに戻ると、右の引用は「夕焼を見る。海の反射を見る。」という文から始まる。つまり、「夕焼」と「海」は別個の物として順番に出てきているのである。そして、右の引用に続けて、語り手は、次のように語る。

おそらく安里の一生にとって、海がもし二つに分れるならば、それはあの一瞬を措いてはなかったのだ。（149～150頁）

つまり、「夕焼」が「海」と合体したとき、あるいは「海」が「夕焼」という啓示を得た瞬間にこそ、普通に言う奇蹟が起きるはずだったとみなしたということである。そのことを強くタイトルにおいてアピールするには、両語の比重の異なる修飾表現の「夕焼の海」ではなく、「海と夕焼」という対等の重さを持つ並列表現でなければならなかったのである。

11

以上、三島由紀夫の短編小説のタイトルの付け方に関して検討した結果をまとめるならば、次の三点にまとめられよう。

(1) タイトルの表現形式としては、三島ならではという独自性・特異性はとくに認められず、名詞止めの、漢字二字の名詞一語を中心とした、かなりパターン化したもので、それに用いられた名詞の意味分野にも目立った偏りは見られない。

(2) タイトルのテクストにおける出現の仕方は、その頻度および表現形式により、三つのグループに分けられるが、タイトルあるいはそれを構成する語がテクストに比較的多く現れるのが大半である。

(3) タイトルとテクストとの関係としては、タイトルが作品の主題を表わす、あるいは主題と結び付きの強い素材を示す傾向が強く、それはエピグラフを付した作品に端的に現れている。

このような結果から、冒頭に掲げた「三島の文章に、これらへの言及が見られないのは、あえて隠さなければならない理由があったからか、あるいはとくに意を用いなかったからか」という問いに対する答えを導くとすれば、おそらく後者であろう。

名詞を中心とするパターン化された形式はもとより、タイトルが作品の主題を表わすというのも、タイトル一般の持つ典型的な役割、比喩機能を果たしているのであって、作品によってタイトルに用いられた語やテキストでのその出現具合にバラエティがあったとしても、その役割自体の基本は変わらない。この形式および役割において、三島の短編小説のタイトルは近代小説の命名の型を踏襲したものと言えよう。

ややもすれば、けれんみが勝ると見られがちな三島作品ではあるが、その一方で様式性に対するこだわりも強いのであって、こと短編小説のタイトルに関しては、後者の様式性つまり型が優先されているということになる。

凝題

向田邦子短編小説

花の名前。それがどうした。
女の名前。それがどうした。
——「花の名前」——

1

向田邦子の表現については、小説に先立って書かれたエッセイにおいてすでに高い評価がなされていた。とりわけ比喩の卓抜した使い手として知られた。向田が直木賞を得たときの選者の一人、山口瞳はその選評（『オール読物』一九八〇年一〇月特大号）で次のようにコメントしている。

向田さんは比喩の上手な作家であり、「かわうそ」というタイトルがすでに比喩であるが、そこへ「獺祭図」を持ってきたのが実によく利いている。その他に、どんな比喩が用いられているかを探しだすのも短編小説の読者の楽しみのひとつだろう。

同じく選者だった水上勉も『思い出トランプ』文庫本の解説「向田さんの芸」において次のように比喩的に批評している。

日常性の中に、生と死をはめこんで、向田窓とよんでもいいだろう、そのはめ殺し窓からしっかりと覗きこみ、人間世界をくっきり描きだしてみせる才能。

このように向田の作品において、比喩は非常に重要な役割を果たすものである。そして、それは何よりもまず、タイトルに如実に現れているのである。

2

「思い出トランプ」という短編連作集全体のタイトルは、向田の造語であろう。このことばはタイトルとしてのみ用いられ、この連作をはじめ、どの作品にも出てこない。雑誌『小説新潮』一九八〇年二月号に載った第一話「りんごの皮」から、冒頭に「新連載・連作短編小説　思い出トランプ」と銘打たれ、風間完の挿絵にもトランプが描かれている。つまり、この総タイトルは連載が始まる以前にすでに決まっていたということである。

その由来について、単行本・文庫本の「あとがき」には「上梓にあたり順番は題名に因んで十三枚のカードをシャッフルしてあります」と記されてあるだけであるが、『新潮カセットブック　向田邦子』（新潮社、一九八七年）の「向田邦子自作を語る」で、この連作タイトルついて次のように語っている。

題名の「思い出トランプ」というのは、人生というのは、と言うとオーバーになりますけれども、毎日毎日一瞬一瞬過ぎてゆくというのは、何だか私には、たくさんのトランプを切って並べて、もし相手がいれば、その相手とトランプのゲームをしている、そういうふうな気持ちがあるんです。それで「思い出トランプ」という名前を付けました。

それは何よりも、一色一三枚のカードが一セットになるトランプに合わせて、作品数を一三編に揃えたことに表れている。「シャッフル」とはトランプカードを順不同にする動作であるが、これは単に雑誌初出の発表順を変えたということではなく、作品の配列自体に意味を持たせず、次にどんなものが出てくるかを楽しみにさせるためだったと見られる。

このように、「思い出トランプ」という全体のタイトルは、「思い出」としての個々の作品内容および「トランプ」としての連作全体のありようを合わせた比喩になっているのである。

作品の各タイトルを、単行本になった際の収録順に示す。

①「かわうそ」②「だらだら坂」③「はめ殺し窓」④「三枚肉」⑤「マンハッタン」
⑥「犬小屋」⑦「男眉」⑧「大根の月」⑨「りんごの皮」⑩「酸っぱい家族」⑪「耳」
⑫「花の名前」⑬「ダウト」

これらからすぐ気付くのは、どのタイトルも名詞（句）であり、その多くが具体的な事物の名前ということである。比喩（隠喩）は対象を具体的に描写・説明する表現方法であるから、タイトルに具体的な事物名を用いているということは、作品の内容との関係において、それ自体に比喩となる基本的条件を備えていると言うことができる。

この中で、タイトルの表現そのものとして比喩が成り立つのは、「大根の月」と「酸っぱい家族」の二つである。それぞれ「大根」と「月」、「酸っぱい」と「家族」という、普通には見られないことばの結び付きから、前者が後者の比喩となっていると考えられる。

その他のタイトルは、とりあえずはそれぞれ特定の事物を文字どおり表しているとしか読みとれない。ただし、「マンハッタン」は普通ならニューヨークの島あるいはカクテルの名を思い浮かべるだろうが、その作品ではスナックの店名として登場する。また「ダウト」はこれだけでは何を表すのかはっきりしないタイトルであるが、作品中でトランプゲームの名称として用いられている。

なお、この連作においてトランプが登場するのはこの作品だけであり、連作の最後に持ってきたのは「思い出トランプ」という総タイトルとのつながりを意図したからかもしれない。

3

各タイトルがそれぞれの作品において、どのように現れ、タイトルと作品とがどのように比喩関係として成り立っているかを見てみよう。

はじめに指摘しておけば、『思い出トランプ』の各作品のタイトルは、そのままの形ではない場合もあるが、すべてテクスト内に見出せる。その意味で、タイトルの比喩としての働きを積極的に示そうとする作者の意図が認められやすい。

各作品におけるタイトルの現れ方を分類してみると、タイトルの表現がテクストのほぼ全体にわたって分布しているのは、「かわうそ」「はめ殺し窓」「マンハッタン」「犬小屋」「男眉」「耳」「花の名前」の七作品。それに対して、特定の部分に集中し、それがテクストの中ほどなのが「大根の月」と「酸っぱい家族」、最後なのが「だらだら坂」「三枚肉」「りんごの皮」「ダウト」の六作品である。

これらにおいて、タイトルが作品全体の比喩であることをテクスト中で明示的に説明しているのが、「かわうそ」「三枚肉」「犬小屋」「男眉」「花の名前」「ダウト」の六作品。その他の七作品では、程度の差はあれ、文脈的に比喩であることが暗示されている。

このような各作品におけるタイトルの分布のしかたと比喩としての説明のあり方を組み合わせると、次の四つのパターンに分類される。

Ⅰ　全体・明示型　四作品　「かわうそ」「犬小屋」「男眉」「花の名前」

Ⅱ　全体・暗示型　三作品　「はめ殺し窓」「マンハッタン」「耳」

Ⅲ　部分・明示型　二作品　「三枚肉」「ダウト」

Ⅳ　部分・暗示型　四作品　「だらだら坂」「大根の月」「りんごの皮」「酸っぱい家族」

これを見れば、全作品がこの四パターンにほぼ均等に分かれていることが分かる。分類ごとの作品の収録順も、Ⅰは①⑥⑦⑫、Ⅱは③⑤⑪、Ⅲは④⑬、Ⅳは②⑧⑨⑩、となっていて、Ⅳが後半にやや固まっているものの、全体としてはバランスよく「シャッフル」されている。

以下には、このⅠからⅣの分類ごとに、各作品に即して、タイトルがどのように比喩として認められ、どのような働きをしているかを検討してみたい。なお、資料としては新潮文庫本（一九八三年初刷）の『思い出トランプ』を用い、各引用末の頁数はそれによる。

4

はじめに、Iの「全体・明示型」である「かわうそ」「犬小屋」「男眉」「花の名前」の四作品を取り上げる。

タイトルの「かわうそ」という動物が、一般家庭を描く作品にいったいどのように現れるのか、テクストに先立って、読み手の興味をそそる。このことばが比喩として最初に出てくるのは、作品の中ほどまで進んだところで、行空けによって分けられた六節のうちの第三節の部分である。

「なんじゃ」
わざと時代劇のことば使いで、ひょいとおどけて振り向いた厚子を見て、宅次は、あ、と声を立てそうになった。
なにかに似ていると思ったのは、かわうそだった。（16頁）

もっとも、その前から、

指でつまんだような小さな鼻は、笑うと上を向いた。それでなくても離れている目は、ますます離れて、おどけてみえた。何かに似ている、と思ったが、思い出せなかった。（14頁）

とあり、妻の厚子に対する比喩であることが予告されている。

そして、続く第四節の冒頭部分では、かつてデパートの屋上で見たかわうそに関する思い出に寄せて、

厚かましいが憎めない。ずるそうだが目の離せない愛嬌があった。

ひとりでに体がはしゃいでしまい、生きて動いていることが面白くて嬉しくてたまらないというところは、厚子と同じだ。（17頁）

同じく第五節の冒頭では、「獺祭図」という油絵の話題を持ち出したうえで、

かわうそは、いたずら好きである。食べるためでなく、ただ獲物をとる面白さだけで沢山の魚を殺すことがある。

殺した魚をならべて、たのしむ習性があるというので、数多くのものをならべて見せることを獺祭図というらしい。

火事も葬式も、夫の病気も、厚子にとっては、体のはしゃぐお祭りなのである。（21頁）

などのように、厚子にたいする「かわうそ」のプラスとマイナスの両イメージを繰り返し強調するのである。

このようにして、「かわうそ」というタイトルは、テクストの後半全体にわたって現れ、それがこの作品の中心人物である厚子という女性の内面と外面のありように対する比喩となっていることがきわめて明らかである。

「犬小屋」という作品では、その最後のところに、

今から思えば、あの滑稽なほど大きい犬小屋は、カッちゃん自身かもしれなかった。(107頁)

とあり、「犬小屋」というタイトルに対する比喩としての意図が端的に示されている。

ここに至るまでにも、

若い衆はおもての犬小屋の前の芝生に正座して謝っていた。すこし芝居じみているなあ、と思った覚えがある。これが魚富のカッちゃんだった。(98頁)

シャツでも買ってちょうだい、と母が封筒に包んで渡した小遣いで、カッちゃんは犬小屋を建て直すと言い出した。(99頁)

玄関の横に、笑ってしまうほど大きな犬小屋が出来ていた。（100頁）

スニーカーをはいた男の足がのぞいていた。大き過ぎる犬小屋に体を突っ込んで、カッちゃんは大いびきをかき、気持よさそうに眠っていた。（105〜106頁）

などのように、「犬小屋」ということば自体は何度も登場している。

ただ、それらは文字どおりの犬小屋を表すものとしてであり、何かの比喩として用いられているわけではない。それがカッちゃんという登場人物と関わりを持つという点で、「犬小屋」は、比喩の中でも、隠喩ではなく、関係性によって成り立つ換喩という比喩として、「カッちゃん」の比喩になっているともいえる。それが作品のしめくくりにおいて、カッちゃんその人の虚勢を張った様子の比喩に、一気に転じることになる。

「男眉」ということばは、このテクストの第一節に出てくる。

祖母は、いつものように麻の眉と眉の間の毛を、大きな毛抜きで抜きながら、地蔵まみえというのはお地蔵さまのような、弓型のやさしい眉だと教えてくれた。麻のように、ほうって置くとつながってしまう濃い眉は男まみえというのだそうな。祖母は、眉のことをまみえと言っていた。

地蔵眉の女は素直で人に可愛がられるが、男眉に生まれついた人間は、男なら潰れた家を興すか、大泥棒、人殺しといった極悪人になりかねない。女は亭主運のよくない相だという。（112頁）

このことは、眉という外見だけのことではなく、麻という女性主人公の性格や振る舞いにも、次のように重ねられる。

夫は麻に向かって、

「お前は曲《きょく》がない」

と言うことがある。

「曲がないというのは、どういうことですか」

うすぼんやりとは見当がついているのだが、わざと聞くと、

「そういうことを聞くのを、曲がないと言うのだ」

と言い返された。（114頁）

夫に万一のことがあって喪服を着ることになったとき、見かけはシャキッとしているようにみえて、実はおろおろするのは麻のほうであり、（略）（118頁）

そして、テクスト最後の部分には、このような表現が見られる。

抜いても抜いても、麻の眉は、男にうとんじられる男眉なのであろう。（123頁）

これは、眉のことについてだけではなく、麻自身のことも言おうとしたものである。すなわち、「男眉」というタイトルは、「麻の眉」を表すとともに、麻という人そのものをたとえる比喩としても働いているということである。

「花の名前」というタイトルがその作品における中心的な比喩になっていることは、視点人物の常子が夫の松男との結婚生活を振り返っての感慨を述べる、結末の部分に示されている。


物の名前を教えた、役に立ったと得意になっていたのは思い上りだった。昔は、たしかに肥料《こやし》をやった覚えもあるが、若木は気がつかないうちに大木になっていた。

花の名前。それがどうした。

女の名前。それがどうした。

夫の背中は、そう言っていた。

女の物差は二十五年たっても変らないが、男の目盛りは大きくなる。（199〜200頁）

「花の名前」という表現はそれ以前にも、何度か出てくる。

結婚する前、松男は花の名前をほとんど知らなかった。（略）
これからの長い一生、何の花が咲いて何の花が散ったのか関心のうすい男と暮すことは、二十歳《はたち》になった常子にはさびしいことだった。
花の名前だけのことではないのである。（191頁）

わたしでよかったら、教えてあげる。

花の名も、魚の名も、野菜の名も。（192頁）

だが、女がいた。

女は花の名前だった。夫がその女にひかれたのは、恐らく名前のせいに違いない。

「教えた甲斐《かい》があったわ」

常子は呟《つぶや》き、もう一度大きな声で笑った。（196頁）

「つわ子って、珍しいお名前ねえ。うちの主人、すぐ言いましたでしょ。つわぶきからとったなって」

ええ、と相手が答えたら、昔のことを話すつもりだった。花の名前は、わたしが教えたんですよ。（197頁）

これらの「花の名前」を伴う表現は、文字どおりの意味を表しながら、次第に、何かにつけ夫を教え導いてきたつもりの常子自身のことを比喩するようになり、先の結末部分へとつながってゆく。

このように見てくると、Ⅰの「全体・明示型」として分類した四作品のうち、「かわうそ」を除く三作品は、同じような展開によって、タイトルが特定の登場人物の比喩となってゆくことが分かる。

5

次に、Ⅱの「全体・暗示型」とした「はめ殺し窓」「マンハッタン」「耳」の三作品について確認してみたい。

「はめ殺し窓」ということばは、テクスト冒頭近くと、中ほどと、最後、の三回現れる。


はめ殺しになった小さいガラス窓から、母親のタカが覗《のぞ》いている。一瞬そう思ったが、五年前に死んだタカである筈はなく、よそへかたづいた一人娘の律子であった。（43頁）

梯子段《はしごだん》の上にあるはめ殺しになった小さいガラス窓に、体をおっつけるようにして、タカは長いこと立っていた。そこから覗くと、すぐ前の高等学校の運動場が見えるのである。（53頁）

二階のはめ殺し窓に目かくしをする代りに、とりあえず古くなったあの表札をはずして、下手でもいいから自分の字で書き直したものを掛けることにしよう。江口はゆっくりと水を飲んだ。（56頁）

「はめ殺し窓」というのは、開閉できない窓のことをいう。これらからだけでも、直接的には示されていないものの、母親のタカと自分の娘の律子に対する、江口という視点人物の、かたく閉ざされたままだった思い込みが「はめ殺し窓」としてある。つまり「はめ殺し窓」というタイトルはその比喩として用いられていると見ることができる。

「マンハッタン」ということばは、一五頁の作品の中に満遍なく三〇回も出てくる。しかもそのうち、次のように「「マンハッタン」「マンハッタン」」と二回続けるケースが七回ある。

みな、耳に入っている。ただ、どこかで別の声がする。
「マンハッタン」「マンハッタン」
はじめは、ゆるやかに廻るエンドレスのテープだった。

（略）

「マンハッタン」という名前に、特別な記憶や思い出があるのか、いくら考えても、理由はなさそうである。

「マンハッタン」「マンハッタン」

二十日鼠が日がな一日、小さな車を廻すように、それは睦男のなかで音を立てて廻っていた。響きがいいからなのか、何でもいい、軀のなかで鳴るものが欲しかったのか。（82頁）

（略）偶然とはいいながら、睦男はどの客よりも「マンハッタン」と、ママに深くかかわることが出来た。

睦男のなかの二十日鼠は、今までになく盛大に車を廻している。

「マンハッタン」「マンハッタン」（84頁）

職も探す。もう一度やり直さないか。

そういえば、もとへもどりそうな気がしたが、睦男は黙って離婚届に印を押した。

「マンハッタン」「マンハッタン」

二十日鼠はゆっくりと車を廻していた。（89頁）

このように、二十日鼠の比喩とともに「マンハッタン」ということばが繰り返されたあげく、最後は次のようになって終わる。


　このとき、睦男は、八田がママの亭主だったことを知った。「マンハッタン」は、八田の姓からとった名前だった。

「マンハッタン」「マンハッタン」

　睦男のなかで、日がな一日中車を廻していた二十日鼠は死んでしまった。（89頁）

「マンハッタン」は固有名詞であり、普通名詞が表すような実質的な意味を持たないことばである。その、いわば無意味なことばそのものが何かの比喩になっているのではなく、その無意味なことばを反復することが、結果的に全体として、この作品の主題といえる、主人公の睦男の生き方の比喩たりえていると考えられる。だからこそ、「マンハッタン」が「八田の姓からとった名前」であるという意味を知ったとき、この話は終わるのである。

　ただし、「マンハッタン」が八田という男の姓だったというだけで済ませると、話のオチ程度にしかなりそうにない。さらにこの名前には、別の仕掛けがあったのではないか。思い浮かぶのが、「マンハッタン」と「回った」ということばの音の類似性である。つまり「マンハッタン」は「マ〜ワッタ〜」のもじりではないかということである。

仕事も辞め、妻も出て行った後の、停滞したままの睦男にとっては、何であれ自分の生活・人生が「回る」ようなものが必要だった。それがたまたま出会った「マンハッタン」というスナックだった。その出会いをきっかけにして、自分の生活が「マンハッタン、マンハッタン（回った、回った）」と、睦男は思い込みたかったのである。そして案の定、あっという間に、それが勝手な思い込みにすぎなかったことを思い知らされたわけである。

ちなみに、この引用の最後の二行は単行本にする際に付加されたものであり、初出時は見られない。向田がこのことば、この反復にいかにこだわっていたかが察せられる。タイトルとして、「マンハッタン」とともに出てくる「二十日鼠」のほうではなく、「マンハッタン」が選ばれたのも、それゆえであろう。

「耳」ということばは、冒頭の「耳の下で水枕がプカンプカンと音を立てている」（172頁）に始まり、「耳朶」も合わせ、結末まで、作品中の素材・話題として、さまざまに登場する。そのいっぽうで、「耳」はこの作品の主題に関わる比喩にもなっている。それは次のような部分において暗示される。

楠は、女の子の耳にさわりたいと思った。
赤い絹糸を、強く引っ張って、女の子に、「痛い」といわせてみたかった。
（略）
小さな茱萸の実のすぐ上にある耳の穴を覗《のぞ》いてみたいと思った。あの奥はどんな風になっているの

だろう。(178頁)

弟の中耳炎は、楠にとって、これから先は「行キ止リ」であり「危険」であった。何故だか判らないが、そこまでゆくと、くるりと踵《きびす》を返して戻らなくてはいけないのだ。(174頁)

このように、「耳」は主人公の楠の欲望の対象であると同時に、禁忌の対象でもある。それはさらに、その対象としてのみならず、それをきっかけとした、彼の欲望と禁忌そのものの比喩にもなっていると見られる。そのことは、次のような場面の、主人公の抑圧された欲望による衝動的な行動から推定される。

俺のしていることは家探しだ。卑しい真似だぞと自分に聞かせるのだが、押入れをあけてみたい。女房の鏡台の抽斗を調べてみたくて仕方がない。気持を抑えていると、呼吸が荒くなるのが分かった。(175頁)

楠は、茶の間の押入れの戸を両手で開け放った。なかのものを、手当り次第につかみ、ほうり出した。

整理箪笥の抽斗を抜き、鏡台の抽斗も抜いて、なかのものをぶちまけた。

体の奥から熱いどろどろしたものが噴き上げてきた。

体を動かしていないと、「おうおうおう」と、獣みたいなうめき声が洩れてくる。（180頁）

この作品は雑誌初出時には「綿ごみ」というタイトルだった。それは、第二節に現れ、女の子の耳を思いだすきっかけとなっているが、それだけの役割であり、「耳」というタイトルとは違い、比喩的な意味合いは認められない。

6

今度は、Ⅲの「部分・明示型」に分類した「三枚肉」と「ダウト」の二作品を見てみよう。

「三枚肉」は、作品の後半場面に出てくる煮物料理の材料として現れ、そこに集中的に見られる。「三枚肉というのは、肋《あばら》のところで、肉と脂肪が三段ほどに層になったところである」（72頁）という説明に始まり、それに対する感想が語り合われるなかで、「三枚肉」が、この作品における男女関係や人生のあり方の比喩になっていることが、次のとおり、かなりハッキリした形で示される。

「牛肉ってやつは不思議だね」

多門が言った。

「草を食うだけなのに、どうしてこんな肉になるのかね」

そういえば、と幹子が脂で光った唇を手の甲で拭うようにしながら、

「豚の脂より牛の脂のほうが、土壇場にくるとしつこいわね」

牛肉のほうが、凄味《すごみ》があってしたたかだ、と話しながら、三人は肉を食べた。なにもないおだやかな、黙々と草を食《は》むような毎日の暮しが、振りかえれば、したたかな肉と脂の層になってゆく。肩も胸も腰も薄い波津子も、あと二十年もたてば、幹子になる。幹子がなにも言わないように、波津子もなにもしゃべらず年をとってゆくに違いない。（73頁）

「ダウト」はテクスト終わり近くに、唐突に出てくる。

トランプに「ダウト」というゲームがある。カードで数を順に出してゆく遊びだが、相手のカードを嘘と疑ったら、「ダウト」と声をかける。嘘であれば、「ダウト」をかけた人に有利になり、はずれたら、リスクは大きい。（214頁）

そしてその後に、このゲームにまつわる主人公の塩沢と父親とのエピソードが示される。作品は、塩沢と従弟の乃武夫とのかかわりを中心として展開する。塩沢は乃武夫がかつての自らの不正を知っているか否かが気がかりで、「あの夜、作り声の讒訴を聞いたかどうか、試すためには乃武夫を怒らせるほか「て」がな」く、「いっそはっきり言ってくれたほうが、胸の突っかえがおりるというものだ」（214頁）と思っている。しかし、「乃武夫は、のらりくらりと逃げ、酔って眠ってしまった」（215頁）という半端な状態のまま終わる。

トランプゲームの「ダウト」は、このようなクライマックス場面の二人のやりとりの比喩として登場する。ただし、それはゲームとしては成立しないのであり、さらに塩沢と父親との関係においても同じことが示唆される。

7

最後に、Ⅳの「部分・暗示型」とみなされる「だらだら坂」「大根の月」「りんごの皮」「酸っぱい家族」の四作品を取り上げる。

「だらだら坂」というタイトルは、テクストのほぼ最後に、次のように初めて出てくる。

> だらだら坂は、自分でも気がつかないうちにつま先が先に降りてゆく。（38頁）

その坂は、これ以前には「ゆるやかな坂」（27頁）、「坂はゆるやかな勾配《こうばい》だから」（28頁）、「今まで大儀だと思ったこともないゆるやかな坂」（38頁）のように、「ゆるやか」という形容で表現されている。「ゆるやか」ということばはプラスあるいはニュートラルなイメージであるのに対して、「だらだら」となると、マイナスの語感になる。同じ坂に対する、このような形容の転換は主人公の庄治の心境の変化に対応するものである。作品は以下のような表現で終わる。

トミ子のマンションに寄らず、このままだらだらと坂を下り、下の煙草屋で煙草を買ってタクシーを拾ってうちへ帰ろうか。庄治は坂の途中で立ち止り、指先でポケットの小銭を探した。(39頁)

愛人だったトミ子との関係に疲れた庄治自身の気持ち・様子には、「だらだら」ということばが比喩として、いかにも似つかわしい。

「大根の月」は、この表現のままでは作品には現れない。唯一それに相当するのは、第二節の回想場面である。

英子が別れた夫の秀一と一緒に昼の月を見たのは、結婚指環《ゆびわ》を誂《あつら》えに出掛けた帰りである。数寄屋橋のそばにあるデパートを出たところで秀一は煙草を買い、英子は

「あ、月が出ている」

と空を見上げた。

(略)

ビルの上にうす青い空があり、白い透き通った半月形の月が浮かんでいた。

「あの月、大根みたいじゃない？　切り損なった薄切りの大根」(127〜128頁)

この最後の英子の科白を簡潔にしたのが「大根の月」というタイトルである。「大根みたいじゃない」という表現は、直喩と呼ばれる比喩であるが、それを「大根の月」という隠喩の形に置き換えたものである。

この科白は、「あとになって考えると、これが一番幸せなとき」（128頁）と感じていた英子が、そのはずんだ気持ちのまま、「やってごらんと菜切り包丁を持たされ、言われた通りの手つきで包丁を動かすのだが、分厚くなったり、切り損なって薄切りの半月になってしまう」（128〜129頁）という子供のころの体験からの連想をもとに、口にしたものである。

ここでは、切り損なった薄切りの大根を半月に見立てたのを、幸福感とともに、昼間の半月を見て逆に連想したのであるが、それが、テクスト中盤の出来事によって反転し、不幸の比喩となる。

「危ないでしょ」

言ったはずみに手許《てもと》が狂って切り損ない、ハムは半月型になってしまった。ひとつなぎの動作で、半月を口に入れたところで、健太はまたふざけて手を伸してきた。

「危ない」

叫んだつもりだったが、口の中に物が入っていたので声にならなかった。弾みのついた包丁に固い手応えがあって、健太の人差し指の先が二センチほど、まな板にころがっていた。（133頁）

そして次のような、作品の最後は、「大根の月」のさらなる比喩の反転に対する英子の期待と恐れを表して終る。

空を見上げて、昼の月が出ていたら戻ろうと思い、見上げようとして、もし出ていなかったらと不安になって、汗ばむのもかまわず歩き続けた。（139頁）

「りんごの皮」という作品において、この表現そのものが出てくるのは結末の場面である。

垂れ下ったりんごの皮は、おもてが赤く、裏は青く白い。ふちにうす赤い紅が滲《にじ》んでいる。（153頁）

じつは、雑誌初出には、この後に「りんごの皮は、いまのわたしだ」という一文が続き、「りんごの皮」が「いまのわたし」の比喩であることが明らかにされている。それが、単行本にする際に削除されたのである。これは、比喩として分かりやすすぎるパターンを避けようとしたためと考えられる。

「りんごの皮」ではなく、「りんご」については、作品の中ほどのエピソードから現れ、そこから主人公の時子と弟の菊男とのりんごにまつわる回想へと移る。そして、さきほどの引用の直前で、次のような感慨が述べられる。

ほどほどの身のまわり。ほどほどの就職。ほどほどの妻や子供たち。手にあまるものは見ないで暮す菊男のやり方を、時子は歯がゆいと思ったこともあったが、気がつくと、年とった動物が、少しずつ、目に見えないほど少しずつ分厚く肥えふとってゆくように実りはじめている。（153頁）

これらをつなぎ合せて考えると、「りんごの皮＝わたし、りんごの実＝弟」という対比的な比喩の構図が浮かび上がってくる。

「酸っぱい家族」という表現は、作品の中心を占める回想場面の終わりのほうに、一回だけ出てくる。

古いものは、みな捨てたかった。
女の子の腋の下に脱毛クリームを塗ったことも、陣内写真館から貰うリベートも。捨てるなかには、酸っぱい家族も、京子も入っていた。（168頁）

この「酸っぱい家族」の由来は、主人公の九鬼本がかつて仕事上のかかわりがあった陣内写真館を訪ねた時に味わった感覚にある。

一番驚いたのは匂いである。
ひどく酸っぱい。
（略）
うち全体が匂うのである。
いや、うちも人も、酸っぱい匂いがした。（165〜166頁）

一般に「酸っぱい」という嗅覚あるいは味覚そのものは必ずしも不快な感覚ではない。ただ、それが共感覚的な比喩として「家族」に適用されると、貧しい生活臭としてマイナスのニュアンスを帯びる。しかも、そのような主人公自らの受け止め方を引け目と思う暗い感じが、この作品全体の雰囲気の基調となっているのである。

8

『思い出トランプ』におけるタイトルの、いわば「比喩トランプ」のようなありようを見てきたが、分類ごとにまとめてみると、次のようなことがいえる。

Ｉの「全体・明示型」のタイトルは、「かわうそ」では厚子、「犬小屋」ではカッちゃん、「男眉」では麻、「花の名前」では常子、という中心的な登場人物をたとえるものであった。

そのような人物がテクスト「全体」に登場するのは当然であるが、その描写にたびたびタイトルのことばが用いられ、比喩であることを「明示」しているのは、その作品にとっていかにタイトルが比喩として重要な意味を持っているかを示しているに他ならない。

ただし、そのタイトルがいきなり比喩であることを示すというのではなく、その人物にかかわる小道具として繰り返し出てくるうちに、結果として両者が比喩として重ね合わさるように仕組まれている。

IIの「全体・暗示型」のタイトルは、Iに比べれば、登場人物とのつながりはそれほど密接ではない。もとより、「はめ殺し窓」は江口、「マンハッタン」は睦男、「耳」は楠と関連してはいる。しかし、各タイトルはその人自身というよりは、作品の主題にかかわる、より抽象的・精神的なモティーフ（たとえば、物の見方、こだわり、欲望など）をたとえていると考えられる。何の比喩であるかが暗示的であるのは、まさにそれが比喩としてしか端的には表しえない内容だからである。タイトルが作品全体にしつこいくらい反復されること自体が比喩になっていると見られる「マンハッタン」は、その典型である。

IIIの「部分・明示型」においては、「三枚肉」であれ「ダウト」であれ、人間関係を主題とした作品であり、タイトルはそれぞれの人間関係の比喩となっている。そのタイトルのことばと、それが比喩であることの説明が作品の最後のほうに見られるのは、そこにクライマックスを設定し、集約的に主題を示す、短編小説的な手法に適ったものであるといえる。

IVの「部分・暗示型」のタイトルは、それ自体が比喩表現になっている「大根の月」や「酸っぱい家族」はもとより、「だらだら坂」も「りんごの皮」も、どれも他の型に比べ、タイトルだけでも興味を喚起するものになっている。しかし、これらのタイトルは各作品において、部分的に一つの場面あるいは一つのエピソードに、文字通りの物としてしか登場しない。その意味では、この型の比喩がもっとも捉えにくい。

そのかわり、各タイトルに関連する表現が、たとえば「だらだら坂」に対する「ゆるやかな坂」、「大根の月」における比喩の反転のエピソード、「りんごの皮」に先立つ「りんご」の思い出、「酸っぱい家族」における嗅覚へのこだわりなどのように、テクストのそこここにちりばめられている。それらとの関係をとおして、タイトルが作品全体の比喩として読みとれるのである。

とはいえ、その結果としての比喩の内容は何かとなると、IIの型と同様であり、「りんごの皮」において、比喩としての表現があえて削除されたことが物語るように、単純な言い換えができない、まさに「暗示」として表現されているのである。

9

最後に、「思い出トランプ」という書名についても、考えてみたい。

先にも引用したように、向田自身が「題名の「思い出トランプ」というのは、人生というのは、と言うとオーバーになりますけれども、毎日毎日一瞬一瞬過ぎてゆくというのは、何だか私には、たくさんのトランプを切って並べて、もし相手がいれば、その相手とトランプのゲームをしている、そういうふうな気持ちがあるんです。それで「思い出トランプ」という名前を付けました。」と語っている。しかし、なぜ人生が「トランプのゲーム」にたとえられるのかまでは説明していない。

小説は、基本的に過去の出来事を取り上げるから、作中人物のであれ書き手のであれ、誰かの「思い出」である。「思い出」とは、過去の経験のなかでとくに思い出される事柄のことであり、普通は懐かしさというプラスの感情を伴うものである。『思い出トランプ』の各作品にも、程度の差はあれ、それぞれの視点人物の思い出が記されているが、それらは、普通のありよう以上の、しかも強い負のバイアスがかかったものであり、なかには実際に当人が「経験した出来事」かどうかさえ訝しいものも見られる。

向田の場合、事実を元にして書いたとみなされる『父の詫び状』のエッセイにおいてさえ、事実とは異なるさまざまな脚色があったことが確認されているが、どれも懐かしさを伴った思い出という点では、「思い出トランプ」というタイトルは、エッセイ集のほうにこそふさわしい。

言うまでもなく、虚構を旨とする小説においては、事実としての経験そのものの存在を云々することに意味はないのであって、問われるのはテクストとしてどのように描かれているか、である。『思い出トランプ』の各作品テクストは、登場人物当人にとっては「思い出」であっても、読み手にとっては勝手な思い込みとしか思えないような描き方になっていて、「思い出トランプ」というよりは「思い込みトランプ」と言ってもよいほどである。

過去の出来事に対する思い込みは、それぞれにおける「物語」と言って良い。思い出を自分なりの物語に仕立てあげることによって、それまでの人生になんらかの辻褄合わせをほどこすのである。一つ一つはかりに事実としても、それらを人生の文脈のなかに位置付け、関連付けるとき、物語が必要になるのであり、そうすることによって自らの生き方を正当化あるいは合理化する。事実からさらに進んで「真相」ということになれば、さらにその傾向が強くなり、『思い出トランプ』の各作品テクストは、視点人物にとっての思い出・思い込みがおそらく真相とはかけ離れているであろうことを強く匂わせる。

重要なのは、それによって物語自体を相対化することが目指されているのではなく、物語とは多かれ少なかれ、そのようなものとして成り立っているということである。ここで「思い出トランプ」の「トランプ」が生きてくる。

トランプがゲームとして成り立つのは、それぞれのカードの数字が他人からは見えない、隠されているということである。そのうえで、ゲーム中の各参加者は自分の持ち札を操作して、それぞれのあがり、つまり一つの望ましい物語を、他から知られないようにして、作ろうとする。その物語がどんなものかはゲームが終了するまで他の人には分からない。人生というゲームにおいては、各人がうちに秘める物語は、語られないかぎり、当人以外は永遠に分からない。当人だけだからこそ、物語は独自に生成され、強化される。

『思い出トランプ』の各作品は、そのような物語の本質を垣間見せようとしたものであり、「思い出トランプ」という書名は、まさにそれを象徴しているのである。

付

『思い出トランプ』の『小説新潮』の連載は一九八一年二月号で終了したが、引き続き同年の同誌七月号からは「男どき女どき」という連載シリーズが始まった。しかし向田の事故死によって、わずか四編で中絶してしまった。新たな連作において、向田は何を試みようとしたのか。それをタイトルの面から瞥見しておきたい。単行本『男どき女どき』（新潮社、一九八四年）には、その連作の「鮒」「ビリケン」「三角波」「嘘つき卵」という四編の短編小説が収められている。

まず「鮒」について。二二頁分のテクストのほぼ全体に、「鮒」が二六回、「鮒吉」が一六回、現れている。「鮒吉」とは、当該の鮒に付けられた名前で、この作品の視点人物である塩村とかつて愛人関係にあったツユ子が飼っていた鮒である。つまり、鮒（鮒吉）はツユ子という女性と密接に結び付いた存在である。『思い出トランプ』に適用した分類に当てはめれば、Ｉの全体・明示型のタイトルに相当しよう。

「勝手口に近い土間に、プラスチックのバケツが置いてあり、なかに十五センチほどの鮒が一匹入っていた。」（14頁）。それは、よりによって「日曜の昼、家族四人水入らずで笑い声を立て」（13頁）ている時に起きた。こっそり持ち込まれたのである。塩村はそれを目にするや、「間違いない。これは鮒吉だ。顔に見覚えがある、というほどではないが、背びれの真中が裂けたようになっている。一年見ない間にこんなに大きく分厚くなるものだろうか。それにしても、あの女は何だってこんなことをしたんだろう。」（17頁）、「もともと、先の約束をした仲ではなし、恨まれる筋合いはないと自分に言いきかせ、記憶のなかで遠くへ押しやっていた矢先に、鮒吉を置いてゆかれたのである。」（19〜20頁）と思い込む。この思い込みがその後の展開を誘導してゆく。

鮒（鮒吉）に関する描写としては、おもに顔について「無表情」「腹の判らない老獪な顔」「ひどく考え深そうな顔」「相変わらず何を考えているのか判らなかった」のような擬人的な表現が繰り返される。いっぽうツユ子に関しては、「格別美人でもなく、からだつきも痩せて貧弱だったが、喜び上手というのか、小さなことでも心に沁みる喜びかたをした。つまらない世間ばなしはおしゃべりだったが、嬉しい悲しいは口にしないで、からだで物を言った。」(18頁)とある程度である。これらを見るかぎり、鮒(鮒吉)とツユ子との積極的・外見的な類似性つまり隠喩関係は認めがたい。

ツユ子にとって鮒吉は、「あなたのこないときは、部屋のなかに生きて動いているものがないと寂しくて仕方がない」(19頁)のであり、それを家に持ち込まれた塩村にとっても、「家族のほかにもう一匹、いやもう一人いるような気がして落着かない」(24頁)というのであるから、鮒吉はお互いにとってお互いの身代わりという役割を果していると言える。しかも、この二人だけの秘め事を知っている唯一の存在でもある。そういう意味では、この作品において、鮒(鮒吉)はモティーフの一つという以上の重要性がある。その点から言えば、この作品には「鮒」以外のタイトルは考えにくかったのではあるまいか。

同様の設定として、『思い出トランプ』の「酸っぱい家族」がある。飼い猫が鸚鵡を持ち込んだところから物語が始まり、それが最後まで尾を引くことになるから、「鸚鵡」というタイトルもありえたかもしれない。当該モティーフをタイトルにするかしないかの違いは、その生き死にの差もあるものの、より大きいのは登場人物との関わり方の違いであろう。「酸っぱい家族」で鸚鵡に直接関わるのは、結局視点人物の九鬼本一人であるのに対して、「鮒」のほうでは、塩村だけでなく、ツユ子も守という息子も鮒に関与して、この作品の成り立ちにとって大きな役割を担っている。それらを集約するタイトルとしては、「鮒」がもっとも適切であったと考えられる。

第二作のタイトル「ビリケン」ということばについて、テクストの中ではとくに何の説明もなく、冒頭二頁めにいきなり「ビリケンの奴、どうしたんだろう」（36頁）と出てくる。

「ビリケン」とは、世界的な幸福の神様像の一つのことで、日本では大阪通天閣にあるのが有名である。その像の姿形として、頭が「禿で、おまけにてっぺんが尖ってい」（36頁）るのが特徴である。この作品が発表された一九八一年の時点においても、年配層あるいは関西在住者ならともかく、一般にはそれほど知られていなかったのではないだろうか。向田は、そういう名前をあえてタイトルに用いたのである。

「ビリケン」という語は二〇頁分のテクストにおいて、六六回も出て来る。一頁に平均三回という多さである。それは、果物屋の主人に対する、視点人物・石黒が勝手に付けたあだ名である。タイトル分類では、この作品もⅠの全体・明示型に含まれる。しかも、頭の格好が似ていることに因むあだ名であるから、隠喩型の命名である。

この作品は、あだ名を付けていた石黒のほうも、果物屋の主人から、水鶏（クイナ）というあだ名を付けられていたことを知るというところで、終わりになる。つまり、あだ名を通して、じつはお互いに注目し批評しあう関係だったという真相が明らかにされるのである。

「ビリケン」は幸福の神様像のことであるから、それ自体としてならば、あだ名のたとえる方向は決してマイナスではないが、石黒は、その外見と無愛想さ、あるいはその商売に関して、自分と比べて見下していた。いっぽう、「クイナ」という、石黒のあだ名も、鳥に、しかも「前のめりにセカセカ歩く」様が似ているという点でたとえたものであるから、好意的とは言いがたい。このような相互の敵対関係あるいは緊張関係がこの物語の中心を成しているのであり、その関係を象徴するのがタイトルとなったあだ名であった。

『思い出トランプ』において、名前をタイトルにした作品に「マンハッタン」がある。それと比べると、「ビリケン」というタイトルは、その語の耳慣れなさだけでなく、登場人物のあだ名としての比喩の持つ批評性が表立っているという点において、異なっていると言える。

第三作の「三角波」というタイトルは、「さんかくは」ではなく「さんかくなみ」と読む。テクストにおいて、この語が用いられるのは二箇所のみである。最初は中ほどで、巻子が朝刊の記事で見つけるところである。「どこかで聞いたことはあるがどんな波なのだろう。無意識に波の字を探っている自分におどろき、三角ということばにもう一度ギクリとした。手洗いの窓から三羽の鳩を見て、達夫と自分と波多野になぞらえて考えたのは、三角波の記事が頭のすみに引っかかっていたためらしい。」（69〜70頁）。もう一回は、ほぼ作品の終わりのところで、結婚したばかりの巻子と達夫のやりとりに出て来る。「三角波が立つと、船は必ず沈むのかしら」と問う巻子に対して、「沈むとは限らないさ。やり過してなんとか助かる船もあるんじゃないか」と達夫は答える。

この「三角波」が、巻子と達夫、そして同僚の波多野の三人の関係、いわゆる三角関係を比喩していることは明白である。通常と異なるのは、巻子に対する達夫と波多野ではなく、達夫に対する巻子と波多野という点である。向田が趣向として意図したのは、『思い出トランプ』にはなかった、そういう人間関係を設定した点であろう。タイトルもまた、普通の予想を覆そうと目論んだと考えられる。さらに言えば、単なる男女間の三角関係だけでなく、「三角波」という高波の持つ破壊力が特異な人間関係の比喩のポイントになっている点である。当時はまだ、男同士の恋愛関係は衝撃的な印象を与えるものであった。

先のタイトル分類に従えば、この「三角波」はⅢの部分・明示型に入るであろう。

連作最後となった作品の「嘘つき卵」というタイトルのことばは、辞書にも載っていない、向田の新造語である。その由来はテクストの中で説明されている。「一定の場所で産ませるための囮《おとり》」として、「本当の卵の中に混ぜてお」く、瀬戸物で作られた「偽卵《ぎらん》」（83頁）を、一般には知られていないと思ったのか、向田が和語に言い換えたのである。もっとも、テクストの中では、「偽卵」は何度か見られるのに対して、「嘘つき卵」はタイトルとしてしか用いられていない。つまり、「嘘つき卵」という語は、タイトルのためにのみ造られたということであり、タイトル分類には当てはまらないケースである。

この「偽卵」とテクスト内容との関係は、次のような箇所からうかがえる。

偽卵の冷たさ固さは、冷蔵庫から出したての卵そっくりである。いくらあたためても　孵らないところはあたしに似ていると思った。

松夫との夫婦仲は良いほうだと思う。それだけに、抱かれても抱かれても、みごもらない自分のか

らだが、瀬戸物で出来た偽卵のような気がしてきた。（83頁）

なかなか妊娠しない、語り手の「あたし」のことを、「偽卵」に喩えているのである。その意味で、「偽卵」を言い換えたとおぼしき「嘘つき卵」というタイトルは、テクストにおける「あたし」を比喩的に表わしている、と一応は言えよう。

テクストは、折々、卵にまつわる描写を織り交ぜながら展開し、「あたし」が妊娠したことが分かったところで、終わる。その直前に、次のような述懐がある。

　松夫とは先輩の紹介で知り合った、見合い結婚である。取り立てて不満はなかったが、燃えたとか疼いたとかいうものを味わうことはなかった。みごもるためには、気持もからだもあたたまらなくては駄目だったのか、卵みたいに。（96頁）

「あたし」の気持があたたまったのは、夫の松夫によってではなく、ある男と出会ったときめきにあった。肉体関係はなかったにもかかわらず、そのときめきによって、「あたし」は「偽卵」ではない、本物の卵になれたと思い込むのである。

それにしても、「偽卵」を単純に言い換えるとしたら、「いつわり卵」や「にせ卵」でも良かったはずである。なぜ「偽」とはやや意味の離れた「嘘つき」を選んだのか。

「嘘つき卵」というタイトルは、それ自体で、卵を擬人化した表現としても解釈できるが、「卵」が人を喩えていると取ることもできよう。このテクスト の中ほどには、次のような箇所が見られる。


目をさますと、一番先に台所へゆき冷蔵庫から卵を出す。

二個の冷たい卵は、生きているように身を震わせ、音を立ててぶつかり合い、それから静かになる。

皿の上に、寄りそうようにならんでいると、二個の卵は夫婦にみえる。

だが、これは卵ではなく、卵に似たものなのだ。抱いて温めても二つの卵が子供を生んで、三つになることはない。

結婚してから、二人は朝だけで何千個か、かなりの数の卵を食べている。食べただけで、卵を産むことは出来ないのだ。(92頁)

ここに出てくる「卵」は、いわゆる「偽卵」ではなく、普通の食用鶏卵である。ただ、それは有精卵ではないという点で、「卵に似たもの」とされる。注目すべきは、それが「あたし」だけではなく、夫にも重ね合わされているところである。しかも、この夫婦は、妊娠をめぐって、それぞれ秘密を抱えている、つまり互いに嘘をついてきたのである。

ここにこそ、「偽卵」に端を発するものの、その単なる言い換えではなく、「嘘つき卵」という造語をタイトルとした、向田の命名上の工夫と仕掛けがあったと考えられる。

緩題

向田邦子エッセイ

思い出というのはねずみ花火のようなもので、いったん火をつけると、不意に足許で小さく火を吹き上げ、思いもかけないところへ飛んでいって爆ぜ、人をびっくりさせる。

――「ねずみ花火」――

1

向田邦子の『父の詫び状』というエッセイ集は、『銀座百点』というPR誌に連載された二四編をまとめたものである。この書名は単行本にするにあたって初めて付けられたものであり、元の一編のタイトルを変更し、それを使ったものである。

単行本化にあたって、二四編のうち一〇編のタイトルを変え、連載時の配列を大幅に入れ替えたことについては、高島俊男『メルヘン誕生』（いそっぷ社、二〇〇〇年）や栗原敦「『父の詫び状』本文の生成」（井上謙・神谷忠孝編『向田邦子鑑賞事典』翰林書房、二〇〇〇年）に記されている。さらに、作品本文にも向田自身がかなり手を入れていたことが、栗原敦「『父の詫び状』の本文」（『実践女子大学文学部紀要』第四二集、二〇〇〇年）によって明らかにされている。

『銀座百点』にエッセイを書くに至る経緯については、向田自らが単行本の「あとがき」に綴っており、それが出版されるまでの顛末は、当時、文藝春秋の担当編集者だった新井信が語っている（「『父の詫び状』刊行前後」講演概要、『向田邦子研究会通信』第六五号、向田邦子研究会、二〇〇八年）。また同氏からの私信によれば、「「冬の玄関」を「父の詫び状」とタイトルを替えてこれを頭に」し、「初めの五、六編は向田さんが並べ」「あとは本数が多いのでまかせると言われ」たので、「一般的なセオリー」にしたがって並べ替えたとのことである。

2

さて、書名ともなった「父の詫び状」であるが、このタイトルはその作品末尾の一文「それが父の詫び状であった」から採られたものである。向田はこのタイトルが気に入ったらしく、「あとがき」の最後の一文にも「『父の詫び状』は、そのまま『母への詫び状』になってしまった」という形で用いている。元の「冬の玄関」というタイトルは、この「父の詫び状」の原因となるエピソードの舞台を示し、作品冒頭の伊勢海老のエピソードをしめくくる「四ツン這いになって三和土を洗っていた」に端を発する連想から、子供時代の玄関におけるエピソードへと展開している。

この作品は空白行により四つの段に分かれているが、どの段も玄関がらみの内容であるから、その点で「冬の玄関」というタイトルも、インパクトには欠けるものの、不適切とまでは言えない。それをなぜ「父の詫び状」に変更し、書名にまでしたかといえば、このタイトルをエッセイ集全体のテーマを表すものとして据えたことによる。

もっとも、「父の詫び状」という表現は、作品内のエピソードに照らしてみると、いささか奇異に感じられる。「私」が父に期待したのは「詫び状」ではなく「礼状」ではなかったかと考えられるからである。そのエピソードが描かれる第四段には「『悪いな』とか『すまないね』とか、今度こそねぎらいの言葉があるだろう。私は期待したが、父は無言であった。」とある。テクストの終わりに示される父からの手紙についても「『此の度は格別の御働き』という一行があり、そこだけ朱筆で傍線が引かれてあった」とあり、それはお礼とまでは言えなくても、ねぎらいの言葉であって、普通ならばお詫びととるのは難しかろう。

「詫びる」とは、すなわち自らの過ちを認めることであるが、向田の父は家族に対して、決してそのようなことをしない人であった。にもかかわらず、「私」は父からの手紙のその一行を、お礼でもねぎらいでもなく、お詫びとして受け取ったのである。それは、父が自分のせいで、娘に苦労をかけることを気にかけているということを、娘の「私」が察したということでもある。相手が「詫びる」ことへの対応は、許すか拒むかであるが、「私」はもちろん、父の手紙を詫び状とみなすことにより、父を許したのであった。

許す理由となる布石として、第四段直前の「それから二、三日、父は私と目があっても知らん顔をしているようであった」、第四段でも「黙って、素足のまま、私が終るまで吹きさらしの玄関に立っていた」、そして別れしなの「ブスッとした顔で、「じゃあ」といっただけで、格別のお言葉はなかった」などのように、面と向かっては不器用な対応しかできない父親像が示されるいっぽう、「私」が東京に帰り着いた時には、すでに父からの手紙が届いていたことから、おそらくは問題の出来事のあった直後に書いて投函したことが示唆されている。

『父の詫び状』というエッセイ集は、このように、現実にはありえなかった、父が娘に詫びるということを想定したうえで、娘の「私」が許すという目線で一貫して書かれた家族の記録である。その意味で、このタイトルはまさに全体のテーマを示す書名としても似つかわしい選択であり変更であった。

3

『父の詫び状』の中で、タイトルが変更された一〇編は、この「父の詫び状」のほか、単行本での配列順に、「お辞儀」「ごはん」「あだ桜」「学生アイス」「魚の目は泪」「兎と亀」「お八つの時間」「昔カレー」「薩摩揚」である。

このうち、「あだ桜」は旧字の「櫻」を新字に変えただけであり、「明日ありと思ふ心のあだ桜夜半に嵐の吹かぬものかは」という、子供の頃に祖母に初めて教えられた和歌から採られたタイトルである。そのエピソードは全三段の中間段に見られ、末尾段の最後に「こんな小さなことでも、一日延しに延して、はっきり判るまでに桃太郎の昔から数えると四十年が経っているのである。」と記して、この歌の教訓がなお生かされていない我が身を嘆いてみせている。

「魚の目は泪」というタイトルは、「魚の目に泪」から替えたもので、引用した芭蕉の俳句の記憶違いを正したのであろう。ただし、このテクスト末尾で、病気の「魚の目」を取り上げるのに、「この場合、サカナと読まず、ウオと読んで戴きたい」と、わざわざカッコ書きで断っているところを見ると、芭蕉の俳句もサカナと読んでいたのではないかと疑われなくもない。この句は第二段に引用され、魚の目が恐いことから、「芭蕉先生には申し訳ないが、私は今でもこの句を純粋に鑑賞することが出来ない」と記している。同作品では、魚以外の動物や人形の目についても触れ、末尾段で病気の「魚の目」に及び、「その痛みは大の男でも涙が出ることがある」としているが、全体として引用句のタイトルが生きているかといえば、微妙なところである。

表現を単純に削っているのは、「お辞儀」と「ごはん」と「薩摩揚」の三タイトルであり、それぞれ元は「親のお辞儀」「心に残るあのご飯」「わが人生の「薩摩揚」」であった。修飾語を取り除いた結果、簡潔で一般化したタイトルになっているとはいえ、これらの改変が妥当だったとはみなしがたい。「お辞儀」については、その第一段の留守番電話のエピソードが他人のお辞儀に関してではあるが、あとは母や父のお辞儀を取り上げた内容であり、末尾段には「親のお辞儀を見るのは複雑なものである」とあって、お辞儀一般ではなく、子供に対しての「親のお辞儀」がテーマとなっているからである。「ごはん」についても同様で、作品末尾で「さて心に残る〝ごはん〟をと指を折ってみると」とあり、「ごはん」一般まで敷衍するものにはなっていない（もっとも、元の「心に残るあのごはん」というのも、ありきたりなタイトルではあるが）。

同じく「薩摩揚」も、「わが人生の」と付けるのはやや大袈裟な感じはするものの、（『銀座百点』の連載第一作であったから、気負いもあったのかもしれない）、テクスト末尾のところで「かの有名な「失われた時を求めて」の主人公は、マドレーヌを紅茶に浸した途端、過ぎ去った過去が生き生きとよみがえった。私のマドレーヌは薩摩揚である」とあり、その点からは釣り合いが取れているようにも思われる。ちなみに、大河内昭爾『粗食派の饗宴』（文化出版局、一九八七年）には、向田との「私のマドレーヌは薩摩揚」と題した対談のことが記されている。

手を加えたタイトルは、「学生アイス」と「お八つの時間」と「昔カレー」の三タイトルで、このうち「学生アイス」と「昔カレー」というタイトルは、ともにテクストの中に、そのままの形では一度も出てこず、タイトルを変更する際、作品内容を簡潔に表すために、おそらく向田が造った語であろう。それぞれ元は「アイスクリームを愛す」「お八つの交響楽」「東山三十六峰静かに食べたライスカレー」であり、どれもが何かをもじった、遊びのタイトルで、とくに作品内容と関わりが深いというわけではない。一書にするにあたり、全体のタイトルのスタイルの統一のために、変更せざるをえなかったのではないかと考えられる。

「学生アイス」という作品は、六段すべてでアイスクリームのことが話題として取り上げられ、第二段から「学生アイス」という語の元になったとみなされる、学生時代のアイスクリーム売りのアルバイトのエピソードが展開されている。「昔カレー」という作品も、全体がカレーライスの話題であり、第二段に出てくる、子供の頃に家で食べた「うどん粉の多い昔風のライスカレー」から、タイトルが付けられたのであろう。元の、芝居じみたタイトルは、同じく第二段の「シーンとした音のない茶の間のライスカレーの記憶に、伴奏音楽がつくのはどういうわけなのだろう。東山三十六峰　草木も眠る丑三つどき　なぜかこの声が聞えてくるのである。その当時流行ったものなのか、それとも、この文句を、子供なりに食卓の緊張感とダブらせて覚え込んでしまったものなのか、自分でも見当がつかない。」というところからである。

「お八つの時間」の元のタイトル「お八つの交響楽」は、このテクスト最後の「ハイドンの『おもちゃの交響楽』にならって、わが『お八つの交響楽』を作れたらどんなに楽しかろうと思う。」というところからであろうが、この最後の段落自体がそもそも少々唐突の感があったので、「お八つの時間」というタイトルに替えたものと見られる。ただし、テクスト全体としては、子供の頃のお八つそのものが話題であって、それを食べる時間がどうこうということについては、ごく一部にしか出てこない。

もう一つ「兎と亀」というタイトルであるが、元は「リマのお正月」という、まったく別のタイトルであった。これが作品冒頭の「一度だけだが、外国でお正月を迎えたことがある。五年前に、南米ペルーの首府リマで暮からお三箇日を過した」から採られたことは明らかであり、『銀座百点』連載時は、その新年号に合わせた、ふさわしいタイトルであったろう。

「兎と亀」というのは、第二段に登場する日系の青年に関するエピソードに出てくるお伽噺のそれであるが、テクスト末尾の段落ではあくまでも「思い出のひとこま」とされるのみで、作品全体に対応した、あるいはそれを象徴するタイトルとはみなしがたい。もっとも、向田としては、第二段で「ウサギとカメという単語は覚えたが、日本語の実感のない悲しさで、取り違えたのだろう」をふまえ、「その国のお伽噺は、その国の言葉で、その国の風土の中で語られなくては駄目なのだ、と痛感した」というコメントを、やや無理した感じで添えていることから、単なる思い出話だけではない文章にしようとして、このタイトルを選んだのかもしれない。

4

『父の詫び状』において、変更されなかった一四のタイトルのほうを見渡してみて、その作品内容との関係でもっとも違和感があるのが、「わが拾遺集」である。

「拾遺集」と言えば、日本で三番めの勅撰和歌集が思い浮かべられるが、それとはまったく関係がないばかりか、「洩れていたものを拾い補う」ということを表す「拾遺」ということばの意味にもそぐわない、物を拾ったり落としたりしたエピソードから成る内容なのである。テクストのしめくくりにある「考えてみると、財布や手袋以外の目には見えない、それでいてもっと大事なものも、落したり拾ったりしているに違いない。こちらの方は、落したら戻ってこない。その代り拾ったものは、人の情けにしろ知識にしろ、猫ババしても誰も何ともおっしゃらないのである。」という部分を読んでも、タイトルとは結び付けようがない。もしかしたら、「拾遺」という語に関する、何らかの誤解があったのではないかと想像される。

この「拾遺集」以外の一三作品の中で、タイトルの表現がそのままテクスト中に現れているのは、配列順に「身体髪膚」「隣りの神様」「記念写真」「細長い海」「お軽勘平」「車中の皆様」「ねずみ花火」「チーコとグランデ」「海苔巻の端っこ」「鼻筋紳士録」であり、残りの「子供たちの夜」「隣りの匂い」「卵とわたし」は、テクスト中にそれぞれ別々に出てくることばを組み合わせるか、類似の表現が見られるタイトルである。

後者三タイトルのうち、「子供たちの夜」という作品では、その第一段末尾に「そんなことが糸口になって、繭玉から糸を手繰り出すように子供の頃の夜の情景がよみがえってきた。」とあり、「子供の頃の夜」という、タイトルと類似の表現が見られる。それを受けて第二段以降、それにまつわるエピソードが語られ、第四段の冒頭にも「子供の頃の夜の記憶につきものなのは、湯タンポの匂いである。」とある。ただ、あえてタイトルにおいて「子供たち」と、複数形にした理由は判然としない。

「隣りの匂い」という作品は、全体に「私」が住んだ家の隣の人に関するエピソードから成っているが、「匂い」が登場するのは最後の第四段のみである。その第四段は「いまの隣人は、アメリカ人の家族である」で始まり、「夕方になると、匂いがするのである。今迄にかいだことのない香料の入ったシチューやスープの匂いがドアのすき間から漂ってくる。私は目をつぶってアメリカの家庭料理の匂いをご馳走になっているのである。」でしめくくられる。ここに出てくる「匂い」は文字どおり料理の匂いであって、比喩的な意味は認められず、またその前の隣家のどのエピソードにも関連していない。

「卵とわたし」は、どこにでもありそうな、あまり芸のないタイトルであるが、変更されることがなかった。テクスト冒頭は「卵を割りながら、こう考えた。と書くと、何やら夏目漱石大先生の『草枕』みたいで気がひけるが」で始まり、八つの段すべて「私」の「卵」に関するエピソードであるから、芸のあるなしを別とすれば、「卵とわたし」というタイトルはふさわしいかもしれない。

ただ、テクスト末尾の第八段冒頭の「人を殺したいと思ったこともなく、死にたいと思いつめた覚えもない。魂が宙に飛ぶほどの幸福も、人を呪う不幸も味わわず、平々凡々の半生のせいか、わが卵の歴史も、ご覧の通り月並みである。だが、卵はそのときどきの暮しの、小さな喜怒哀楽の隣りに、いつもひっそりと脇役をつとめていたような気がする。」という、テクスト全体をまとめるような部分からすれば、「わが卵の歴史」というタイトルのほうがよりふさわしかったように思われる（「わが卵」では勘違いされる恐れがあったのだろうか…）。

5

タイトルの表現がそのままテクストに現れる作品の中で、その表現が末尾段にのみ見られるのは、「身体髪膚」「隣りの神様」「お軽勘平」「車中の皆様」「ねずみ花火」の五つである。先に取り上げた「父の詫び状」と「隣りの匂い」も、そのタイトル表現が作品の末尾段にのみ見られ、全二四編中の七編がそのケースに該当する。

文春文庫版の解説で、沢木耕太郎が『父の詫び状』の特徴の二つめとして、「挿話と挿話のつなぎ方」に「大胆な飛躍」がある「結構」を取り上げ、「読み手にそれが一種の快さと受け取られるのは、最後に到って、ばらまかれた挿話が一挙に統合されるからなのだ。最後の数行とエッセイの題名が共鳴しあい、勝手な方向をむいていた挿話がひとつの方向にむき直るのを感じるからだ」と述べている。

この指摘に異を唱えるつもりはないが、少なくとも題名（タイトル）と、そのテクスト中での出現のしかたとの関連でいえば、「最後に到って、ばらまかれた挿話が一挙に統合される」という典型的な作品は、全体の三分の一弱に過ぎない。

「身体髪膚」は全体に「私」や兄弟の怪我に関するエピソードを描いたものであり、このタイトルは末尾の第七段に引用される「身体髪膚之ヲ父母ニ受ク　敢テ毀傷セザルハ孝ノ始メナリ」という孝経の一節をふまえたものである。この引用を受けて「父も母も、傷ひとつなく育てようと随分細かく気を配ってくれた。それでも、子供は思いもかけないところで、すりむいたりこぶをつくったりした」と述べ、親への感謝と不孝行の思いを表している。

「身体髪膚」の次に配された「隣りの神様」は、人の死にまつわるエピソードが綴られていて、このタイトルそのものに関わる内容は末尾段以前には出てこない。末尾の第五段は「私の住まいは青山のマンションだが、すぐ隣りはお稲荷さんの社である。」で始まり、「すぐ隣りが神様というのは御利益がうすいような気がして、つい失礼を重ねてきた」が、あるきっかけから「私は、何となく素直な気持になり、十円玉をひとつほうって、頭を下げ」、最後に「隣りの神様を拝むのに、七年かかってしまった。」と、タイトルを含む表現で結ばれる。そのきっかけというのは、父の死に際してのエピソードを記した第四段の終わりの「思い出はあまりに完璧なものより、多少間が抜けた人間臭い方がなつかしい。」という思いと結び付いている。

なお、「隣りの〜」というタイトルは「隣りの匂い」ですでに見られるが、これを含め「名詞＋の＋名詞」の形のタイトルが七例あり、名詞一語のタイトルの一一例に次いで多い。

「お軽勘平」というタイトルは、子供の頃のお正月のエピソードの一つとして、末尾の第四段に描かれた、二匹の猿が演じた「お軽勘平」というお芝居に基づく。これがタイトルとして選ばれたのは、「猿芝居の新春顔見世公演『忠臣蔵』も、まさに私というオッチョコチョイで、喜劇的な個性にふさわしい出逢いであった」という、作品最後の一文をふまえてのことであろう。

「車中の皆様」といえば、普通なら運転手や車掌が乗客に向けて呼びかける際の表現と受け取るであろうが、このタイトルはその思い込みを逆手にとって付けられたものである。この作品はすべてタクシーの運転手についてのエピソードであり、「車中の皆様」とはその運転手たちのことである。そのことは、末尾の第七段になって、「車中の皆様とのやりとりはかなり面白い」という表現で明らかにされ、最後で「今、ここに書いたのは、そんな中で心に残る何人かの車中の紳士方のエピソードである」のように、「車中の紳士方」と言い換えられている。

「ねずみ花火」というタイトルも、そのテクスト末尾の第五段最後に「思い出というのはねずみ花火のようなもので、いったん火をつけると、不意に足許で小さく火を吹き上げ、思いもかけないところへ飛んでいって爆ぜ、人をびっくりさせる。何十年も忘れていたことをどうして今この瞬間に思い出したのか、そのことに驚きながら、顔も名前も忘れてしまった昔の死者たちに束の間の対面をする。これが私のお盆であり、送り火迎え火なのである。」のようにして、初めて現れる。

思い出し方を「ねずみ花火」にたとえる表現そのものは秀逸であるが、この作品は知人の死をめぐるエピソードを寄せ集めた内容であり、その内容からすれば、「私のお盆」ならまだしも、子供の遊び道具である「ねずみ花火」はそぐわない感もある。ただ、テクスト内には、第二段に出てくる「冨迫君」についての「面差しが鼠に似ていた」や、その次の段の「芹沢先生」が亡くなった時の同級生についての「赤っぽいやわらかなネズミの尻尾のようなお下げ」などの、同じくネズミの比喩による描写があり、それらからの連想もあったのかもしれない。

以上に準じるタイトルとして、「細長い海」がある。海水浴にちなむエピソードから成るこの作品の末尾の第五段最後の「中でもひとつをといわれると、どういうわけかあのいささかきまりの悪い思いをした磯浜の、細長い海が、私にとって、一番なつかしい海ということになるのである。」という文の中に見られる。「準じる」としたのは、この表現が、最後だけでなく、その直前の第四段の、漁師から軽いいたずらをされた後の「私はしばらくの間、板に寄りかかって立っていた。建物と建物の間にはさまれた細長い海がみえた」という印象的な場面にも出てくるだからである。タイトル中の「細長い」というのが海そのもののありようではなく、建物と建物の間からの見え方であったという点にも意外性がある。

6

残りの「記念写真」「チーコとグランデ」「海苔巻の端っこ」「鼻筋紳士録」の四タイトルは、それぞれの表現自体あるいは関連する表現が、テクストのほぼ全体にわたって見られる。

「記念写真」という作品では、全五段のうち、末尾段以外のすべての段に、この言葉が登場する。中でもエピソードとしては、第四段の「K先生」との記念写真のことが中心であり、末尾段はその後日談であり、実現しなかった記念写真のことがほろ苦く描かれている。

「チーコとグランデ」の「チーコ」と「グランデ」はスペイン語で、大きいと小さいの意を表す。スペイン語を知らなければ、このタイトルだけからその内容を推測するのは難しいであろう。ただし、この作品は、物の大小にこだわるタチに関するエピソードから成り、「大きい」「小さい」という日本語も全体に繰り返し用いられているので、すぐに見当は付く。

これらの語自体が最初に出てくるのは第二段のテクスト内であり、旅行中の食事の際の「「チーコ」「チーコ」（小さい方よ）と念を押すことを忘れると、ドカンと大きなグランデが出てきて、一種類でおなかがいっぱいになってしまうのである。」のように見られる。

　また「チーコとグランデ」という表現そのままとしては、続く第三段に「この晩のしぐれ蛤に関していえば、まさにチーコとグランデであった。」とあり、末尾の第五段でも「頂きものがチーコで、うちにあるほうがグランデだと、そのへんは微妙である。」とある。

　「海苔巻の端っこ」というタイトル表現は、冒頭段に「海苔巻の端っこは、ご飯の割に干ぴょうと海苔の量が多くておいしい。」のように現れ、第二段以降も、海苔巻にかぎらず「端っこ」が好きであることから、食べ物だけでなく自分自身の位置する場所にまで、「尻っぽ」「隅っこ」のように、言葉を替えながら、エピソードを広げる展開になっている。「海苔巻の端っこ」に関するエピソードは冒頭段のみであるが、それが展開の発端になっていることや、連載当初は食べ物関係のエッセイとして書かれたつながりなどから、タイトルとして選ばれたと見られる。

　最後に、「鼻筋紳士録」であるが、この向田独自の造語とみなされる言葉は、第六段の「その時、私の心の鼻筋紳士録のひそかな分類と、どう合致するかたしかめたい、と不遜なことを考えたりしている。」に出てくる。これは、その直前の第五段の「私は心の中に二冊の紳士録を持っている。その分類は、国籍でも職業別でもない、鼻筋なのである。」を簡潔に言い換えたものである。

　作品内容は、冒頭段から、自らのを含めた鼻についてのエピソードに集中していて、末尾の第七段の小壺にまつわる話も、その好みが鼻に対するのに通じているとして、やや強引に結び付けられている。「鼻筋紳士録」という言葉は、それなりの意外性はあるものの、このような内容全体を代表しているかといえば、たとえば「鼻コンプレックス」とか、本文中に鼻の格好の分類として示される「スーと団子」とかいうほうが、より似つかわしいようにも思われる。

7

以上、向田邦子のエッセイ集『父の詫び状』における各作品のタイトルを眺めてきたが、総じて言えば、「父の詫び状」というタイトル以外は、変更されたものも、そのままのものも、少なくともテクストとの関係からは、とくに目立った役割を果たしているとは認めがたい。変更されたタイトルであっても、その変更は単行本にする際に体裁上の統一を図った程度とおぼしく、その結果、逆にインパクトや作品内容との関係に食い違いが生じるようなものも見られた。また、変更されなかったタイトルのほうにも、ありきたりだったり、誤解を招きそうだったり、なぜ替えなかったのか疑問に思われたりするものも見られた。

このような、タイトルに対する消極的な印象を抱いたのは、前章「凝題」で取り上げた向田邦子の短編小説集『思い出トランプ』におけるタイトルの付け方とは大きく異なっているからである。『思い出トランプ』の各作品のタイトルは、その表現自体が凝っているだけでなく、それぞれのテクストと緊密な比喩関係を成している。それに比べれば、『父の詫び状』というエッセイ集のタイトルは、表現も月並みであり、本文内容との関係も緩いように感じられるのである。

作品のタイトルに対して、向田自身がどの程度、意識し、使い分けたのか、もはや知る由もない。向田のテレビドラマのタイトルを決めるまでのエピソードはいくつも紹介されているので、エッセイや小説に関しても、無頓着だったとはとても考えられない。ただし、『父の詫び状』にかぎっていえば、向田にとっては、「冬の玄関」というエッセイを、「父の詫び状」というタイトルに替え、冒頭に据えたことがもっとも重要だったのであり、それ以外については、タイトルも作品配列も、それほど意を用いる必要を感じなかったのではないだろうか。

このような推測をあえて前向きに考えるならば、それぞれのタイトル自体に工夫を凝らし（連載時にはその傾向が見られた）あえて目立たせようとしたのではなく、むしろ地味でおとなしめのタイトルの表現に揃えることにより、全体として落ち着いた雰囲気を醸し出そうとしたのかもしれない。作品内容との関連性についても、小説の場合とは異なり、ことさらにそれを意図したタイトルによって読み手の記憶や連想の幅を狭めることがないように配慮したと考えられなくもない。

言わずもがなではあるが、このことが『父の詫び状』というエッセイ集の内容的な価値を左右するわけではまったくない。あくまでもタイトル自体のありようの問題である。

魅題

宮澤賢治童話

おとら狐のはなしは、どなたもよくご存じでせう。おとら狐にも、いろいろあったのでせうか、私の知ってゐるのは、「とっこべ、とら子」といふのです。

「とっこべ」といふのは名字でせうか。「とら」といふのは名前ですかね。さうすると、名字がさまざまで、名前がみんな「とら」と云ふ狐が、あちこちに住んで居たのでせうか。

――「とっこべとら子」――

1

童話とは、「童」つまり子供が読む、あるいは子供に読み聞かせる話のことであり、子供を読者層とするという点に特色を持つ文学ジャンルである。そしてその点に配慮した特徴として、表現では、平易な表記、日常的な語彙、優しい言い回しなど、内容的には、イメージしやすい設定、共感しやすいキャラクター、そして何がしかの教訓性あるいは啓蒙性などが挙げられる。

昔話やお伽噺ではない、いわゆる創作「童話」が日本で書かれ始めたのは、大正期の雑誌「赤い鳥」以降とされるが、宮澤賢治の童話創作もその頃に始まったと見られる。賢治童話は彼の没後に人気を得ることになり、「銀河鉄道の夜」「注文の多い料理店」「風の又三郎」などの作品によって、今や日本の代表的な童話作家の一人として確固たる地位を占めている。

賢治童話は、文学的にはもちろん、言語的にもさまざまに研究され、中でも彼の造語とりわけオノマトペには強い関心が寄せられてきた。しかし、文学的にも語学的にも、賢治童話のタイトルに着目した研究は、寡聞にして知らない（事は賢治一人に限らないのであるが）。取るに足りない問題ならばそれもまた当然であるが、そもそもその検証さえされていないせいだとしたら、まずは検討してみるだけの価値はあると考える。

その際、童話というジャンルにおけるタイトルが文学一般の中にどのように位置付けられるか、そのうえで賢治童話のタイトルの独自性がどのように認められるかが問われることになるであろう。賢治童話については、その創作・推敲の過程の全貌がほぼ明らかになっていることもあり、その過程におけるタイトルの変更も手掛かりになると予想される。

2

『【新】校本宮澤賢治全集』（筑摩書房、一九九五年）の第八巻から第十二巻までに収められた、「童話」に分類されている作品は、未発表あるいは未完成の分も含めて、八九編ある。ただし、この数は全集に収載されたテクストの総数ではなく、全集で同一のあるいは関連する作品と認められていれば、複数のバージョンがあっても、それを一編とした計算による。このうち、タイトルの不明な作品が七編あるので、対象とする作品は八二編、タイトルも八二例となる。

この八二編のうち、タイトルが一種なのが七二編で、全体の九割近くに及ぶ。

この七二編の中で、草稿あるいは初期形（あるいはその複数の一部）ではタイトルがなかったのに、改稿された際に新たにタイトルが付された作品が以下の六編である。

銀河鉄道の夜、グスコーブドリの伝記、タネリはたしかにいちにち噛んでゐたやうだった、
チュウリップの幻術、ポラーノの広場、マグノリアの木

元からタイトルがあり、改稿されてもタイトルが変わらなかった（表記の違いは無視）のが、以下の七編である。

かしはばやしの夜、月夜のけだもの、畑のへり、ひのきとひなげし、葡萄水、山男の四月、やまなし

いっぽう、タイトルに変更があったのは一〇編で、以下のように変更された（上が変更後）。

風〔の〕又三郎↑種山ヶ原、さいかち淵
ポラーノの広場↑毒蛾
北守将軍と三人兄弟の医者↑三人兄弟の医者と北守将軍
寓話　猫の事務所↑猫の事務所
一九三一年度極東ビヂテリアン大会見聞録↑ビヂテリアン大祭
まなづるとダアリヤ↑連れて行かれたダァリヤ
楢の木大学士の野宿↑青木大学士の野宿
蛙のゴム靴↑蛙の消滅
寓話　洞熊学校を卒業した三人↑蜘蛛となめくぢと狸
マリヴロンと少女↑めくらぶだうの虹

この中で、「風〔の〕又三郎」というタイトルの作品は、「種山ヶ原」と「さいかち淵」の二編が取り込

まれたものであり、「ポラーノの広場」と題された作品も「毒蛾」という作品がその一部となったものであるから、テクスト自体の大幅な改変に伴うタイトルの変更と見られる。「北守将軍と三人兄弟の医者」は語順の入れ替えであり、バージョンによって文体や構成の違いがあるが、中心人物の捉え方の変更によるものと推定される。

「寓話　猫の事務所」「一九三一年度極東ビヂテリアン大会見聞録」「まなづるとダアリヤ」「楢の木大学士の野宿」「蛙の消滅」の五タイトルは元のタイトルの一部が残っているのに対して、「寓話　洞熊学校を卒業した三人」と「マリヴロンと少女」の二タイトルは、元のタイトルの痕跡をまったく残していない、全面的な変更である。

3

八二例のタイトルを、その表現構成によって分類すると、以下のようになる。

名詞　　　　　　：二〇例（二四・四％）
名詞＋の＋名詞：三八例（四六・三％）
名詞＋と＋名詞：一〇例（一二・二％）
その他の名詞句：一〇例（一二・二％）
名詞＋名詞句　：　二例（　二・四％）

その他　　　　　　：　一例（一・二％）
一文　　　　　　　：　一例（一・二％）

最後の二種二例を除き、賢治童話のタイトルはすべて名詞止めであり、そのうち、「名詞＋の＋名詞」が全体の約半数を占める。名詞止めの作品タイトルは文学作品においてはごくごく一般的であって、その点でとくに目を引くところはない。ただ、「名詞＋の＋名詞」という表現構成に集中している点は、あるいは賢治童話の特徴的傾向と言えるかもしれない。
以下に、各分類に該当するタイトルの一覧を示す。

〈名詞〉
谷、車、台川、雪渡り、葡萄水、化物丁場《ばけものちやうば》、二十六夜、やまなし、黒ぶだう、「ツェ」ねずみ、クンねずみ、茨海小学校、革トランク、おきなぐさ、虔十公園林、イギリス海岸、とっこべとら子、さるのこしかけ、カイロ団長、一九三一年度極東ビヂテリアン大会見聞録
〈名詞＋の＋名詞〉
畑のへり、風〔の〕又三郎、ポラーノの広場、チュウリップの幻術、馬の頭巾、グスコーブドリの伝記、マグノリアの木、双子の星、貝の火、いてふの実、よだかの星、十月の末、ひかりの素足、二人の役人、黄いろのトマト、林の底、インドラの網、雁の童子、ガドルフの百合、

バキチの仕事、イーハトーボ農学校の春、耕耘部の時計、四又の百合、なめとこ山の熊、セロ弾きのゴーシュ、鳥の北斗七星、水仙月の四日、山男の四月、月夜のでんしんばしら、鹿踊りのはじまり、氷河鼠の毛皮、ざしき童子のはなし、月夜のけだもの、かしはばやしの夜、蛙のゴム靴、十力の金剛石、銀河鉄道の夜、楢ノ木大学士の野宿

〔名詞＋と＋名詞〕

マリヴロンと少女、まなづるとダアリヤ、氷と後光、ひのきとひなげし、サガレンと八月、どんぐりと山猫、シグナルとシグナレス、オツベルと象、土神ときつね、鳥箱先生とフゥねずみ

〔その他の名詞句〕

みぢかい木ぺん、気のいい火山弾、鳥をとるやなぎ、毒もみの好きな署長さん、注文の多い料理店、学者アラムハラドの見た着物、朝に就ての童話的構図、北守将軍と三人兄弟の医者、狼森と笊森、盗森、よく利く薬とえらい薬

〔名詞＋名詞句〕

寓話　猫の事務所、寓話　洞熊学校を卒業した三人

〔その他〕

紫紺染について

〔一文〕

タネリはたしかにいちにち噛んでゐたやうだった

各タイトルの長さを、長単位の自立語（文節）数で見ると、〔名詞〕二〇例はすべて一語、〔名詞＋の＋名詞〕および〔名詞＋と＋名詞〕合わせて四八例はすべて二語、〔その他の名詞句〕では、二語が一例、三語が八例、五語が一例、〔名詞＋名詞句〕では、三語が一例、四語が一例、〔その他〕では二語、そして〔一文〕は五語、となる。

語数ごとに集計すると、一語のタイトルが二〇例、二語が五〇例、三語が九例、四語が一例、五語が一例となる。延べ一五六語で、一タイトル平均が約二語である。一覧のとおり、一語一タイトルでも、「谷」という単純語から「一九三一年度極東ビヂテリアン大会見聞録」のように多数の要素から成る複合語まで、単語自体の長短差はあるものの、語数としては、全体的に賢治童話のタイトルは短かめと言える。

4

賢治童話のタイトルの中で、表現構成として唯一異様なのが、「タネリはたしかにいちにち噛んでゐたやうだった」である。一文から成るというだけでなく、もっとも長く、しかもそのままテクストから抜き出したような、それだけでは意味不明なタイトルである。まずは、このタイトルについて、テクストとの関係から、いささか考えておく。

当作品は全集で八頁分の長さであるが、その最後の場面、母親と男の子・タネリとの次のような会話のやりとりがある（引用は全集による。末尾の数字は巻数・頁数。以下も同様であるが、次例以降ではルビは省く）。

「藤蔓《ふぢつる》みんな噛《か》ぢって来《き》たか。」

「うんにゃ、どこかへ無《な》くしてしまったよ。」タネリがぼんやり答《こた》へました。

「仕事《しごと》に藤蔓《ふぢつる》噛《か》みに行って、無《な》くしてくるものあるんだか。今年《ことし》はおいら、おまへのきものは、一《ひと》つも編《あ》んでやらないぞ。」お母《つか》さんが少《すこ》し怒《おこ》って云《い》ひました。

「うん。けれどもおいら、一日《いちにち》噛《か》んでゐたやうだったよ。」

タネリが、ぼんやりまた云《い》ひました。

「そうか。そんだらいい。」お母《つか》さんは、タネリの顔《かほ》付《つ》きを見《み》て、安心《あんしん》したやうに、またこならの実《み》を搗《つ》きはじめました。（10・82）

予想どおり、この異様なタイトルが、タネリの最後の科白「おいら、一日《いちにち》噛《か》んでゐたやうだったよ」から採られたことは、明らかである。異様なのは、タネリ自身のことなのに、「やうだった」と他人事のように表現していることである。その言い方が「ぼんやり」であることも、繰り返されている。

当テクストは、自宅の小屋の出口で、藤蔓を棒で叩く作業をしていたタネリが、遠い風景に魅せられて、「叩いた蔓を一束もって、口でにちゃにちゃ噛みながら、そっちの方へ飛びだ」すところから、始まる。そして、「そっち」でのさまざまな出会いを経て、夕方急いで帰って来て、先の場面に至る。

その間、「それから思ひ出したやうに、あの藤蔓を、また五六ぺんにちゃにちゃ噛みました」、「タネリは、柔らかに噛んだ藤蔓を、いきなりぷっと吐いてしまって」、「また藤蔓を一つまみとって、にちゃにちゃ噛みはじめながら」、「タネリはおもはず、やっと柔らかになりかけた藤蔓を、そこらへふっと吐いてしまって」、「やっと安心したやうに、また藤の蔓をすこし口に入れて」、「タネリは思はず、また藤蔓を吐いてしまって」、「藤蔓を一つまみ噛んでみても、まだなほりませんでした。そこでこんどはふっと吐き出してみましたら」、「そしてさびしさうに、また藤の蔓を一つまみとって、にちゃにちゃと噛みはじめました」、「タネリは、いま噛んだばかりの藤蔓を、勢よく草に吐いて」、「タネリは、ほんたうにさびしくなって、また藤の蔓を一つまみ、噛みながら」のように、何かと出会うたびごとに、その前後で、藤蔓を噛むことと吐くことが反復されている。

そのかぎりで、藤蔓を「一日噛んでゐた」のは、テクスト上の事実である。にもかかわらず、「やうだった」と「ぼんやり」としか語れないのは、その行為がほぼ無意識だったからである。そして、その無意識はその日のタネリの体験が現実とは思えないということにつながる。それに対して、「そうか。そんだらいい。」と応じる母親も、不思議と言えば不思議であるが、賢治の童話ワールドならではの設定・展開と言えよう。

この作品の「タネリはたしかにいちにち噛んでゐたやうだった」というタイトルは、テクストに描かれた非現実的な世界や出来事に関して、他の作品とは違って、その非現実感を登場人物自身が覚えてしまっていることを、いわば剥き出しの形で表そうとしたものと考えられる。タネリの科白に対し、タイトルにおいて「タネリは」と「たしかに」という表現が付加されたのは、そのことを語り手もまた追認していることを示す。ただ、それはテクストを読んだうえででなければ、判断しかねることであるが。

ちなみに、この作品には、分量がほぼ半分ほどの初期形があり、全集では〔若い木霊〕と仮題が付けられている。その仮題どおり、当該テクストでは擬人化された「若い木霊」のエピソードが中心であって、タネリも藤蔓もまったく出てこない。つまり、「タネリはたしかにいちにち噛んでゐたやうだった」という異様なタイトルは、テクストの改変・増補に伴って、付されたということである。

5

対象とする賢治童話のタイトルの特徴を、それらに用いられた単語から見てみる。

延べ一五六語のうち、名詞以外は、次に示す一五語（約九％）にすぎない。しかも一語（就く）が二回である以外はどの語も一回ずつの使用であり、品詞にも意味分野にも、取り立てるべき点はとくに見当たらない。

［動詞］噛む、利く、卒業する、就く、とる、見る、ゐる／［形容詞］いい、えらい、多い、みぢかい／［形容動詞］好きだ、たしかだ／［副詞］よく

名詞は残りの一四一語で、七語が二回ずつの使用なので、異なりは一三四語となる。複数回使用の名詞は以下のとおり。

寓話（寓話　猫の事務所・寓話　洞熊学校を卒業した三人）
薬（よく利く薬とえらい薬）
蛙（蛙のゴム靴・蛙の消滅）
月夜（月夜のけだもの・月夜のでんしんばしら）
夜（銀河鉄道の夜・かしはばやしの夜）
星（双子の星・よだかの星）
百合（ガドルフの百合・四又の百合）

一語のタイトルでの重複は見られず、複数語のタイトルでも、その一部が重複するだけである。これは、賢治童話の作品タイトルはすべて固有名として、他作品との識別機能を果たしているということである。

重複する語の中で、「寓話」は二例とも、改稿後に付加された語であり、「薬」は唯一、同一タイトル内での反復で、その他は「名詞＋の＋名詞」という表現構成の中に現れ、後続の名詞のほうに重複が多い。内容的には、「寓話」と「薬」を除けば、他はすべて自然分野に関する語彙であり、とくに「月」「月夜」「星」という夜の時間帯に関わる語が目立つ。

名詞語彙全体において特徴的なのは、次の三点である。

第一に、固有名が多いということである。一三四語のうちの五五語、約四割が相当する。タイトル単位で見ると、八二例のうちの五九例（約七二％）に、固有名が含まれる。固有名といっても、個別名から種属名まで、特定性には程度差があるが、一般語とは異なり、具体的な対象を表す語がタイトルによく用いられているということである。これは、童話という文学ジャンルを考えれば、イメージを喚起しやすくするためと考えられる。

第二に、その固有名には、賢治の造語と見られるものが目立つということである。以下に、便宜的に分野に分けて、挙げてみる。

〔動物〕クンねずみ、フゥねずみ、「ツェ」ねずみ、氷河鼠、とっこべとら子、カイロ団長
〔自然〕台川、イギリス海岸、狼森、笊森、盗森、虔十公園林、水仙月
〔人工〕ポラーノ、イーハトーボ農学校、茨海小学校、洞熊学校、銀河鉄道、シグナレス、化物丁場
〔人物〕学者アラムハラド、オツベル、ガドルフ、グスコーブドリ、ゴーシュ、タネリ、バキチ、マリヴロン、又三郎、鳥箱先生、楢ノ木大学士、北守将軍

これらには、賢治が学んだエスペラント語に由来すると見られる造語と、生地・花巻の方言に由来するであろう造語が多く含まれている。

第三に、意味分野を自然と人事に二分すると、自然のほうが多いということである。これが何を意味するかといえば、タイトルが、主題であれ、主人公であれ、素材であれ、舞台であれ、作品に関わる何を表

すとすれば、自然が人事以上に取り上げられているということである。

たとえば、名詞単独のタイトル二〇例を見てみても、自然分野が一五例（二十六夜、谷、台川、イギリス海岸、虔十公園林、「ツェ」ねずみ、クンねずみ、さるのこしかけ、やまなし、黒ぶだう、おきなぐさ、とっこべとら子、カイロ団長、雪渡り、葡萄水）に対して、人事分野が五例（車、化物丁場、茨海小学校、革トランク、一九三一年度極東ビヂテリアン大会見聞録）となっている。

童話においては、動植物や自然物も擬人化されることが多く、それが作品の主人公あるいは語り手になるのも珍しくない。賢治童話も、そのタイトルを見るかぎりでも、そのことがうかがえる。

6

賢治童話八二編における、タイトルとテクストとの関係、具体的には各タイトルの語・表現が当該テクストに出現しているか否かを見てみる。

まず確認したいのは、タイトル表現がテクストにまったく見られないのは、次の、わずか四編にすぎないということである。


台川、十月の末、サガレンと八月、朝に就いての童話的構図

「台川」という作品は、全集で一一頁分のテクストがあるが、このタイトル語は一度も出てこない。舞

台は川なので、「川」およびその関連語は描写の必要に応じて出てくる。あるいはその河川名かもしれない。ただ気になるのは、「おれ」という視点人物が、頻繁にクラスメイトの名字を挙げていて、その中には「五内川・及川・市野川・葛丸川」という「川」を含んだものが目立つ点である。「おれ」の名字ということも考えられなくはない。

「十月の末」と「サガレンと八月」はともに、月名が含まれ、各テクストにおける情景描写からは、その時期であることと矛盾はしないものの、当該月に限定されるほどの積極的な結び付きは見出せない。後者のタイトルにある「サガレン」は地名であろうが、テクストが中断したせいか、それを示す展開まで及んでいない。

「朝に就いての童話的構図」は、賢治童話のタイトルとしてはきわめて抽象的で、何を意味するか分かりにくいという点で、異例である。そもそも「童話的構図」という語は、賢治が自身の作品シリーズの一つとして考案したものであって、個々の作品テクスト内に入り込むこと自体が不自然なことなので、テクストに現れないのは当然とも言える。内容は蟻同士のやりとりが中心で、いかにも童話的な世界であるが。「朝」という時間帯についても、テクスト末尾の一文「そのとき霧の向ふから、大きな日がのぼり、羊歯もすぎごけもにはかにぱつと青くなり、蟻の歩哨は、また厳めしくスナイドル式銃剣を南の方へ構へました。」（12・232）から、どうにか察せられる程度である。

7

タイトルの語・表現がテクスト内にも認められる七八編について、その最初の出現がテクストのどこに見られるかを整理してみる。テクストの冒頭部分を、全体の分量に関係なく、全集における各テクストの最初の一頁前後とし、そこにタイトル表現が、その一部であっても現れる作品は五五編、全体の七割近くに及ぶ。

タイトルは普通、テクストに先だって読まれ、それによってテクストに対する何らかの予想あるいは予断が読み手に与えられる。そして、タイトルと同じ、あるいは関係する表現がテクストの冒頭部分に出てくれば、さらに読みの方向性が見出しやすくなる。逆に言えば、タイトルあるいはそれに関連しそうな表現がテクストにまったく出てこない、あるいはなかなか出てこないとなると、その分だけ、サスペンス感は高まるものの、作品世界に浸って読み続けることが難しい。どちらにも、それぞれの魅力はあるが、子供を読者層に設定する童話においては、前者の方が選ばれやすいと考えられる。賢治童話におけるタイトルのテクスト内における出現分布の割合を見ても、そのことが裏付けられよう。

テクストの冒頭部分にタイトル表現がまったく出てこないのは、次の二三編である。表現構成ごとに掲げる。

〈名詞〉　二十六夜、カイロ団長、黒ぶだう、やまなし、革トランク
〈名詞＋の＋名詞〉　十力の金剛石、二人の役人、貝の火、ひかりの素足、黄いろのトマト、

マグノリアの木、インドラの網、ポラーノの広場、風〔の〕又三郎、水仙月の四日、氷河鼠の毛皮、イーハトーボ農学校の春、四又の百合
〔名詞＋と＋名詞〕　氷と後光、シグナルとシグナレス
〔その他の名詞句〕　気のいい火山弾、毒もみの好きな署長さん、注文の多い料理店

表現構成から見ると、最多の〔名詞＋の＋名詞〕のタイトルが半分以上あり、その構成タイトル全体の三分の一以上を占め、他の構成のタイトルに比べても、比率が高い。これらの、冒頭部分以外での出現位置や出現形式は各々異なっていて、特定の傾向は認められない。

二語以上から成る一八タイトルの中で、その一部が冒頭部分以外でも、テクストに出てこないのは、「イーハトーボ農学校の春」「四又の百合」「毒もみの好きな署長さん」の三編である。これらのタイトル表現の中の、それぞれ「イーハトーボ農学校」「四又」「好きな」がテクストに用いられていない。

このうち、「毒もみの好きな署長さん」というタイトル表現は、この一続きの形では現れず、「毒もみ」も「署長さん」も最初は別々に出てくる。そして欠けている「好きな」は、当該テクスト末尾の「いよいよ巨きな曲った刀で、首を落されるとき、署長さんは笑って云ひました。／「あゝ、面白かった。おれはもう、毒もみのこととき たら、全く夢中なんだ。いよいよこんどは、地獄で毒もみをやるかな。」／みんなすっかり感服しました。」（10・196）の「夢中」に相当し、それがタイトルで「好き」に置き換えられたと見られる（四角囲みおよび改行を示す斜線、また以下の傍線は筆者による）。

これらに対して、「イーハトーボ農学校の春」と「四又の百合」という二つのタイトルの場合、鍵となりそうな語のほうがテクストにはまったく出て来ないのはなぜか、問題になりそうである。

「イーハトーボ農学校の春」では、「春」という語は全集七頁分の五頁めに「さあ、春だ、うたったり走ったり、とびあがったりするがいい。風野又三郎だって、もうガラスのマントをひらひらさせ大よろこびで髪をぱちゃぱちゃやりながら野はらを飛んであるきながら春が来た、春が来たをうたってゐるよ。」（10・44）と続けて出てくるのに対して、「イーハトーボ農学校」のほうと関連しそうなのは、冒頭部分の「わたしたちは黄いろの実習服を着て、くづれかかった煉瓦の肥溜のとこへあつまりました。」（10・40）や、「おい、大将、証書はちゃんとしまったかい。筆記帳には組と名前を楷書で書いてしまったの。」（10・44）などが見られるくらいである。

「四又の百合」では、「百合」という語は全集五頁分の三頁めの会話の中に、「「百合はもう咲いたか。」／「蕾はみんなできあがりましてございます。秋風の鋭い粉がその頂上の緑いろのかけ金を削って減してしまひます。今朝一斉にどの花も開くかと思はれます。」／「うん。さうだらう。わしは正偏知に百合の花を捧げよう。大蔵大臣。お前は林へ行って百合の花を一茎見附けて来て呉れないか。」」（10・100～101）のように出て来て、それ以降も繰り返されるが、「四又」という、おそらくは茎分れを示す、何か特別な意味を持ちそうな語は最後まで見られない。ただ、「まっ白な貝細工のやうな百合の十の花のついた茎」（10・101）や「立派な百合」（10・102）と形容されるだけで、これらは直接「四又」とは結び付かない。

「イーハトーボ農学校」のほうは、「イーハトーボ」が賢治童話では主たる舞台なので、そういう設定を前提としたうえで、そこでの「春」になった頃のウキウキした様子を描くことが趣旨だったからテクストに出て来ないとも考えられる。一方、「四又」のほうはあくまでもタイトルにおける暗示にとどまる。テクストでは、正偏知に百合の花を捧げる場面までは至らずに終わっているからかもしれない。

8

残りの二〇タイトルは、語数に関係なく、それぞれのテクストの冒頭部分より以降に、まるごと現れる。その中で、タイトルがテクストを分ける章のタイトルにもなっているのが二編ある。「ひかりの素足」と「ポラーノの広場」である。作品のタイトルと章のタイトルが同じということは、当該章のタイトルがテクスト全体のタイトルにもなったということであり、その章が作品の中心となっていることを示すと言えよう。

「ひかりの素足」という作品では、四章に分けられたテクストの最後の章に「四、光のすあし。」というタイトルが付けられ、そのすぐ後に、「その人の足は白く光って見えました。実にはやく実にまっすぐにこっちへ歩いて来るのでした。まっ白な足さきが二度ばかり光りもうその人は一郎の近くへ来てゐました。／一郎はまぶしいやうな気がして顔をあげられませんでした。その人ははだしでした。まるで貝殻のやうに白く［ひかる］大きな［すあし］でした。くびすのところの肉はかゞやいて地面まで垂れてゐました。大きなまっ白な［すあし］だったのです。」（8・299〜300）という本文が続く。

「ポラーノの広場」という作品では、前書きのあと、六つに分けられたうちの三番めの章のタイトルが

「三、ポラーノの広場」となっている。ただし、「ポラーノの広場」という表現自体は、「一、遁げた羊」において、「「何を探すっていふの？」子どもはしばらくちゅうちょしてゐましたがたうたう思ひ切ったらしく云ひました。「ポラーノの広場。」「ポラーノの広場？　はてな、聞いたことがあるやうだなあ。何だったらうねえ、ポラーノの広場。」」（11・73）のように、すでに繰り返し現れている。当該タイトルの第三章には、「つめくさの花の　咲く晩に／ポランの広場の　夏まつり／ポランの広場の夏まつり／酒を呑まずに　水を呑む／そんなやつらが　でかけて来ると／ポランの広場も　朝になる／ポランの広場も白っぽくれる」（11・90〜91）のように、歌の中では、改稿前のタイトル形である「ポランの広場」が修正されないまま用いられている。

これらに準じる作品として「二十六夜」がある。テクストの章立てはされていないが、冒頭文の「旧暦の六月二十四日の晩でした。」に始まり、「※その次の日の六月二十五日の晩でした。」「※旧暦六月二十六日の晩でした。」と続き、最後は「たゞその澄み切った桔梗いろの空にさっきの黄金いろの二十六夜のお月さまが、しづかにかかってゐるばかりでした。／「おや、穂吉さん　息つかなくなったよ。」俄に穂吉の兄弟が高く叫びました。／ほんたうに穂吉はもう冷たくなって少し口をあき、かすかにわらったまゝ、息がなくなってゐました。そして汽車の音がまた聞えて来ました。」（9・172）で終わる。つまり、各エピソードの日付を示す冒頭表現が章タイトルの代わりをなしているのである。

9

上記以外の一七編の作品におけるタイトルとテクストの関係で気付かれるのは、テクストを地の文とそれ以外に分けると、地の文にタイトル表現が出てくるのが七編、それ以外が一〇編で、地の文以外の、会話文・引用文などの方にやや多く見られるということである。

テクストの地の文における、しかも冒頭部分以降に現れるタイトル表現は、タイトルにされるだけの価値はあるものの、作品中の素材の一つとして示されるにすぎない。

たとえば、「二人の役人」では、テクストの中ほどに「向ふから二人の役人が大急ぎで路をやって来るのです。それも何だかみちから外れて私どもの林にやって来るらしいのです。」（9・113）とあり、視点はあくまでも「私ども」の方にある。同じくテクストの中ほどの地の文にタイトル表現が出てくる「皮トランク」では、「平太はいろいろ考へた〔末〕二十円の大きな革のトランクを買ひました。けれどももちろん平太には一張羅の着てゐる麻服があるばかり他に入れるやうなものは何もありませんでしたから親方に頼んで板の上に引いた要らない絵図を三十枚ばかり貰ってぎっしりそれに詰めました。」（9・176）、「黄いろのトマト」では、「ところが五本のチェリーの中で、一本だけは奇体に黄いろなんだらう。そして大へん光るのだ。ギザギザの青黒い葉の間から、まばゆいくらゐ黄いろなトマトがのぞいてゐるのは立派だった。だからネリが云った。／『にいさま、あのトマトどうしてあんなに光るんでせうね。』／ペルは唇に指をあててしばらく考へてから答へてゐた。／『黄金だよ。黄金だからあんなに光るんだ。』／『まあ、あれ黄金なの。』ネリがすこしびっくりしたやうに云った。／『立派だねえ。』／『えゝ立派だわ。』／そして二人はもちろん、その黄いろなトマトをとりもしなけぁ、一寸さわりもしなかった。」（9・190～191）、「マグノリアの木」では、「諒安は眼を疑ひました。そのいちめんの山谷の刻みにいちめんまっ白にマグノリアの木の花が咲いてゐるのでした。その日のあたるところは銀と見え陰になるところは雪のきれと思はれたのです。」（9・270）のように、それぞれタイトルに表された事物がテクストにおいて象徴的あるいは神秘的な役割を果たしているとは言える。

テクストの末尾部分の地の文にタイトル表現が見られるのが、「黒ぶだう」と「気のいい火山弾」の二編。「黒ぶだう」では、「てかてかした円卓の上にまっ白な皿があってその上に立派な二房の黒ぶだうが置いてありました。冷たさうな影法師までちゃんと添へてあったのです。／「さあ、喰べやう。」狐はそれを取ってちょっと嗅いで検査するやうにしながら云ひました。」（10・85）のように、唐突に現れ、「気のいい火山弾」では、研究者に発見された「ベゴ石」が「火山弾」と呼ばれ、持ち運ばれようとする場面で、「稜のある石は、だまってため息ばかりついてゐます。そして気のい、火山弾は、だまってわらって居りました」（8・121）のように、ここにおいてのみ擬人化されて出て来る。

唯一、比較的冒頭に近い地の文に現れ、主人公的な位置を占めるのが、「シグナルとシグナレス」で、「そこで軽便鉄道附きの電信柱どもは、やっと安心したやうに、ぶんぶんとうなり、シグナルの柱はかたんと白い腕木をあげました。このまっすぐなシグナルの柱は、シグナレスでした〔。〕」（12・142）、『『お早う今朝は暖ですね。』本線のシグナル柱はキチンと兵隊のやうに立ちながらいやにまじめくさつて挨拶しました。／『お早うございます』シグナレスはふし目になつて声を落して答へました。」（12・143）のように出てくる。ただ、実物指示と擬人表現が入り混じって現れ、混乱しなくもない。

10

冒頭部分以降に、地の文以外で、タイトル表現が出て来る作品は一〇編あるが、その中で他と異なるのは、「十力の金剛石」と「注文の多い料理店」の二編である。

「十力の金剛石」では、そのタイトル表現がテクスト終盤で、次のように歌の中に出てくる。「この時光の丘はサラサラサラッと一めんけはひがして草も花もみんなからだをゆすったりかゞめたりきらきら宝石の露をはらひギギンザン、リン、ギギンと起きあがりました。そして声をそろへて空高く叫びました。／十力の金剛石はけふも来ず／めぐみの宝石《いし》はけふも降らず、／十力の宝石の落ちざれば、／光の丘もまっくろのよる。」（8・198）。「注文多い料理店」では、テクストの中ほどの貼り紙の文句の中に、そのまま出てくる。「そして二人はその扉をあけやうとしますと、上に黄いろな字でかう書いてありました。／「当軒は注文の多い料理店ですからどうかそこはご承知ください」」（12・31）。そして、その後にも順に、「注文はずゐぶん多いでせうがどうか一々こらえて下さい。」（12・31）、「いろいろ注文が多くてうるさかつたでせう。お気の毒でした。」（12・34）のように続き、これらの「注文」が客からではなく店からであることが徐々に明らかになっていく。

残りの八編は、タイトル表現が会話文の中に現れ、それによって、それ以前には不明だったものの正体が明らかにされる展開になっている。

たとえば、「風〔の〕又三郎」では、転校生の正体について、「そのとき風がどうと吹いて来て教室のなかのこどもは何だかにやっとわらってすこしうごいたやうでした。すると嘉助がすぐ叫びました。「あゝ、わかった　あいつは風の又三郎だぞ。」」(11・174)、「貝の火」では、子兎のホモイに対して、ひばりの母親の言う、「これは貝の火といふ宝珠でございます。王さまのお言伝ではあなた様のお手入れ次第で、この珠はどんなにでも立派になると申します。どうかお納めをねがひます。」(8・41)、「水仙月の四日」では、雪童子の「「ひゆう、ひゆう、なまけちや承知しないよ。降らすんだよ。降らすんだよ。さあ、ひゆう。今日は水仙月の四日だよ。ひゆう、ひゆう、ひゆう、ひゆう。」」／そんなはげしい風や雪の声の間からすきとほるやうな泣声がちらつとまた〔聞〕えてきました。」(12・50)、「氷河鼠の毛皮」では、銀河鉄道の乗客同士の会話の中で、「『それから氷河鼠の頸のとこの毛皮だけ〔で〕こさへた上着ね。』／『大丈夫です。しかし氷河鼠の頸のとこの毛皮はぜい沢ですな。』」(12・134)、「やまなし」では、「黒い円い大きなものが、天井か〔 〕ら落ちてずうつとしづんで又上へのぼつて行きました。キラキラツと黄金のぶちがひかりました〔。〕／『かはせみだ』子供らの蟹は頸をすくめて云ひました〔。〕／『さうぢやない、あれはやまなしだ、流れて行くぞ、ついて行つて見やう、あゝい、匂ひだな』」(12・129)という、蟹の子供らに対する父親の言葉、「インドラの網」では、「天の子供らは夢中になってはねあがりまっ青な静寂印の湖の岸硅砂の上をかけまはりました。そしていきなり私にぶっつかりびっくりして飛びのきながら一人が空を指して叫びました。／「ごらん、そら、インドラの網を。」／私は空を見ました。いまはすっかり青ぞらに変ったその天頂から四方の青白い天末までいちめんはられたインドラのスペクトル製の網、その繊維は蜘蛛のより細く、その組織は菌糸より緻密に、透明清澄で又青く幾億互に交錯し光って顫えて燃えました。」（9・277）、「氷と後光」では、末尾部分での若いお母さんの言葉、「「さあ、又お座りね。」こどもは又窓の前の玉座に置かれました。小さな金平糖のやうな美しい赤と青のぶちの苹果を、お父さんはこどもに持たせました。／「あら、この子の頭のとこで氷が後光のやうになってますわ。」」（10・97）、という具合に、それぞれの場面での登場人物の誰かによる発見あるいは説明として、タイトル表現が位置付けられる。

さらに、「カイロ団長」では、「そこでとのさまがへるは、うしろの戸をあけて、前の二人を引っぱり出しました。そして一同へおごそかに云ひました。／「いゝか。この団体はカイロ団といふことにしやう。わしはカイロ団長ぢゃ。あしたからはみんな、おれの命令にしたがふんだぞ。いゝか。」」（8・227）のように、タイトルの名称が自らの命名であることが示されるケースもある。

これらのタイトル表現は、テクストの地の文に出現するのに比べれば、各作品のストーリー展開を大きく左右する働きをしていると言える。

11

タイトル表現がテクストの冒頭部分に出現する、賢治童話における両者の関係のしかたの中心を占める作品五五編を、その出現具合によって分類すると、以下のように七つのタイプに分けられる。

A：タイトル表現が冒頭章のタイトルとしても出現するタイプ：三編

雪渡り、双子の星、北守将軍と三人兄弟の医者

B：タイトル表現がそのまま冒頭部分に出現し、かつその命名が取り上げられるタイプ：六編

「ツェ」ねずみ、クンねずみ、とっこべとら子、イギリス海岸、おきなぐさ、狼森と笊森、盗森

C：タイトル表現が冒頭部分にほぼそのまま出現するタイプ：一二編

ざしき童子のはなし、さるのこしかけ、いてふの実、なめとこ山の熊、鳥をとるやなぎ、畑のへり、雁の童子、化物丁場、車、谷、茨海小学校、紫紺染について

D：タイトル表現そのままの形ではないが、要素のほぼすべてが冒頭部分に出現するタイプ：一〇編

土神ときつね、ひのきとひなげし、マリヴロンと少女、オツベルと象、月夜のけだもの、月夜のでんしんばしら、セロ弾きのゴーシュ、耕耘部の時計、学者アラムハラドの見た着物、一九三一年度極東ビヂテリアン大会見聞録

E：タイトル表現の一部が冒頭部分に出現し、その全体が後に出てくるタイプ：六編

よだかの星、チュウリップの幻術、虔十公園林、葡萄水、烏の北斗七星、かしはばやしの夜

F：タイトル表現の一部が冒頭部分に出現し、残りが後の部分に現れるタイプ：九編

どんぐりと山猫、鳥箱先生とフゥねずみ、まなづるとダアリヤ、銀河鉄道の夜、馬の頭巾、蛙のゴム靴、ガドルフの百合、楢ノ木大学士の野宿、タネリはたしかにいちにち噛んでゐたやうだった

G：テクスト表現の一部は冒頭部分に出現するが、残りはテクストに現れないタイプ：九編

寓話　猫の事務所、寓話　洞熊学校を卒業した三人、グスコーブドリの伝記、鹿踊りのはじまり、
バキチの仕事、山男の四月、林の底、みぢかい木ぺん、よく利く薬とえらい薬

このうち、Aタイプがタイトルとテクストの関係がもっとも強く、それ以降は次第に直接的な関係が薄れてゆくが、どれかのタイプに集中するのではなく、A以外は、すべてのタイプにほぼ万遍なく分散している。

以下、順にタイプごとに、その出現のしかたの具体的な状況を見てみる。

12

まずは、Aタイプから。

「雪渡り」は、「雪渡り　(子狐の紺三郎)(一)」と「雪渡り　その二(狐小学校の幻燈会)」の二章から成り、テクスト全体のタイトルがそれぞれの章のタイトルにもなっている。ただし、テクストそのものに「雪渡り」という語はなく、「雪渡り　(子狐の紺三郎)(一)」の章の終わりに、「そこで四郎とかん子とは／「堅雪かんこ、凍み雪しんこ。」と歌ひながら銀の雪を渡つておうちへ帰りました。」とあり、これを名詞化してタイトルにしたと見られる。

「双子の星」も、「双子の星。一、」「双子の星。二、」というタイトルが付けられた二章から成っている。「雪渡り」と異なるのは、テクスト自体にも、その冒頭文から「天の川の西の岸にすぎなの胞子ほどの小

さな二つの星が見えます」とあり、冒頭第五文にも「それがこの双子のお星様の役目でした。」（8・19）とあって、それ以降も末尾まで繰り返し見られる。

「北守将軍と三人兄弟の医者」は、「一、三人兄弟の医者」「二、北守将軍ソンバーユー」「三、リンパー先生」「四、馬医リン〔プ〕ー先生」「五、リンポー先生」「六、北守将軍仙人となる」の五章から成り、各章での中心人物を表す表現がタイトルになっている。この第一章で、まずその兄弟の紹介があり、第二章で、件んの将軍が登場し、第三章から第五章で、両者の関わりが描かれ、第六章で、将軍の最期とその後が記される。

これらAタイプの三編は、そのタイトルが各章のタイトルになっていることからも明らかなように、タイトルが作品内容の中心であることを示す働きをしている。

次のBタイプは、タイトルと、テクストにおけるその出現の関係としては、実質的にCタイプと同じであるが、その重みが異なるという点で、区別される。すなわち、Bタイプは以下に示すように、テクスト冒頭部分で、タイトルが物の名前であることやその命名の由来に関する説明がわざわざ取り立てられ、それを契機あるいは中心としてテクストが展開するのであるから、タイトルの重要性は言うまでもない。

・ある古い家の、まっくらな天井うらに、「ツェ」という名まへのねずみがすんでゐました。（「「ツェ」ねずみ」8・162）

・クンねずみのうちは見はらしのいいところにありました。（略）全体ねずみにはいろいろくしゃくしゃな名前があるのですからいちいちそれをおぼえたらとてもまう大へんです。一生ねずみの名前のことだけで頭が一杯になってしまひますからみなさんどうか　クン　といふ名前のほかはどんなのが出て来てもおぼえないで下さい。（「クンねずみ」8・175）

・おとら狐のはなしは、どなたもよくご存じでせう。おとら狐にも、いろいろあったのでせうか、私の知ってゐるのは、「とっこべ、とら子」とい〔〕ふのです。／「とっこべ」といふのは名字でせうか。「とら」といふのは名前ですかね。さうすると、名字がさまざまで、名前がみんな「とら」と云ふ狐が、あちこちに住んで居たのでせうか。（「とっこべとら子」8・260）

・夏休みの十五日の農場実習の間に、私どもがイギリス海岸とあだ名をつけて、二日か三日ごと、仕事が一きりつくたびに、よく遊びに行った処がありました。／それは本たうは海岸ではなくて、いかにも海岸の風をした川の岸です。北上川の西岸でした。（「イギリス海岸」10・47）

・うずのしゅげを知ってゐますか。／うずのしゅげは、植物学ではおきなぐさと呼ばれますがおきなぐさといふ名は何だかあのやさしい若い花をあらはさないやうにおもひます。／そんならうずのしゅげとは何のことかと云はれても私にはわかったやうな亦わからないような気がします。（「おきなぐさ」9・179）

・小岩井農場の北に、黒い松の森が四つあります。いちばん南が狼森《オイノモリ》、その次が笊森、次が黒坂森、北のはづれは盗森《ぬすともり》です。／この森がいつごろどうしてできたのか、どうしてこんな奇体な名前がついたのか、それをいちばんはじめから、すつかり知つてゐるものは、おれ一人だと黒坂森のまんなかの巨きな巌が、ある日、威張つてこのおはなしをわたくしに聞かせました。（「狼森と笊森、盗森」12・19）。

13

CとDという二つのタイプは、タイトル表現を構成する要素がテクスト冒頭部分に出揃うという点では、共通している。異なるのは、タイトル表現そのままか、その要素に分かれて出ているかである。これらは、タイトルがそのテクスト全体のテーマあるいはメインのモティーフを表すものであることを、あらかじめ示している。

Cタイプの典型が「ざしき童子のはなし」で、テクスト冒頭はタイトルそのまま「ぼくらの方の、ざしき童子のはなしです。」（12・170）で始まる。

これに次いで話題性が顕著なのは、「なめとこ山の熊」の「なめとこ山の熊のことならおもしろい。なめとこ山は大きな山だ。」（10・264）、「紫紺染について」の「盛岡の産物のなかに、紫紺染といふものがあります。／これは、紫紺といふ桔梗によく似た草の根を、灰で煮出して染めるのです。」（10・184）である。

また、会話の話題としてタイトルが取り上げられるのが、「化物丁場」の「ははあ、あの化物丁場だな、私は思ひながら、急いでそっちを振り向きました。その人は線路工夫の絆纏を着て、鍔の広い麦藁帽を、上の棚に載せながら、誰に云ふとなく大きな声でさう言ってゐたのです。／「あゝ、あの化物丁場ですか、壊れたのは。」私は頭を半分そっちへ向けて、笑ひながら尋ねました。」（9・126）、「雁の童子」の「失礼ですがあのお堂はどなたをおまつりしたのですか。」／その老人も、たしかに何か、私に話しかけたくてゐたのです。だまって二三度うなづきながら、そのたべものをのみ下して、低く言ひました。／「……童子のです。」／「童子ってどう云ふ方ですか。」／「雁の童子と仰っしゃるのは。」老人は食器をしまひ、屈んで泉の水をすくひ、きれいに口をそそいでから又云ひました。／「雁の童子と仰っしゃるのは、まるでこの頃あった昔ばなしのやうなのです。〔〕この地方にこのごろ降りられました天童子だといふのです。このお堂はこのごろ流沙の向ふ側にも、あちこち建って居ります。」（9・279～280）、「鳥をとるやなぎ」の「煙山にエレッキのやなぎの木があるよ。」／藤原慶次郎がだしぬけに私に云ひました。私たちがみんな教室に入って、机に座り、先生はまだ教員室に寄ってゐる間でした。（略）／「さっきの楊の木ね、煙山の楊の木ね、どうしたって云ふの。」／慶次郎はいつものやうに、白い歯を出して笑ひながら答へました。／「今朝権兵衛茶屋のとこで、馬をひいた人がさう云ってゐたよ。煙山の野原に鳥を吸い込む楊の木があるって。エレキらしいって云ったよ。」」（9・119～120）であり、さらに独り言ではあるが、「さるのこしかけ」の「「ははあ、これがさるのこしかけだ。けれどもこいつへ腰をかけるやうなやつなら、ずゐぶん小さな猿だ。そして、まん中にかけるのがきっと小猿の大将で、両わきにかけるのは、たゞの兵隊にちがひない。いくら小猿の大将が威張ったって、僕のにぎりこぶしの位もないのだ。どんな顔をしてゐるか、一ぺん見てやりたいもんだ。」／そしたら、きのこの上に、ひょっこり三疋の小猿があらはれて腰掛けました。」（8・90）である。この最後の「さるのこしかけ」の場合、比喩に由来して一語化している植物名を、文字通りの物の名称としたうえで、童話化している点に特色がある。

Cタイプの残り五編は、タイトルが以下のごとく、冒頭部分の地の文に出て来る。「麻が刈られましたので、畑のへりに一列に植えられてゐたたうもろこしは、大へん立派に目立ってきました。」（「畑のへり」10・288）、「楢渡のとこの崖はまっ赤でした。／それにひどく深くて急でしたからのぞいて見ると全くくるくるするのでした。／谷底には水もなんにもなくてたゞ青い梢と白樺などの幹が短く見えるだけでした。」（「谷」9・104）、「赤髯の男はぐいぐいハーシュの手を引っぱって一台のよぼよぼの車のとこまで連れて行きました。」（「車」10・87）、「いてふの実はみんな一度に目をさましました。そしてドキッとしたのです。今日こそはたしかに旅立ちの日でした。」（「いてふの実」8・67）、「私が茨海の野原に行ったのは、火山弾の手頃な標本を採るためと、それから、あすこに野生の浜茄が生えてゐるといふ噂を、確めるためとでした。（略）／火山弾の方は、はじが少し潰れてはゐましたが、半日かかってとにかく一つ見附けました。／見附けたのでしたが、それはつい寄附させられてしまひました。誰に寄附させられたのかっていふんですか。誰にって校長ですよ。どこの学校？　えゝ、どこの学校って正直に云っちまひますとね、茨海狐小学校です。愕いてはいけません。実は茨海狐小学校をそのひるすぎすっかり参観して来たのです。」（「茨海小学校」9・150）

上記のうち、「畑のへり」「谷」「車」の三編は、タイトル自体も一般的な語としてのイメージしか喚起しないが、テクストの冒頭部分の地の文においても、とくに目立った取り上げられ方をしていない。むしろ、タイトルとされることによって、それらにその後のテクストにおいて何らかの展開があることが予想される形になっている。

これらに対して、「いてふの実」は、冒頭部分の擬人化によって、それがテクストで中心的な役割を果たすことがうかがえる。「茨海小学校」の場合、そのタイトルだけからでは、普通に人間の通う、地域の小学校であることが想定されるが、冒頭部分に示されるのは「狐」が挿入された形である。「愕いてはいけません。」という断りは、参観したことに対してではなく、狐の小学校であることに対してであり、あえてタイトルに「狐」を入れなかったのは、その意外性をテクストまで持ち込むためであったと推測される。

Dタイプについて、タイトルの表現構成ごとに見てみる。

一語から成る「一九三一年度極東ビヂテリアン大会見聞録」は、次のようにテクストの第一文から現れる。

去る九月四日、花巻温泉で第十七回極東ビヂテリアン大会が行はれた。これは世界の食糧問題に対する相当の陰謀をも含むもので昔は極めて秘密に開催されたものであるさうであるが今年は公開こそはしなかったが別にかくしもしなかったやうだ。／たぶんそれは世界革命の陰謀などにくらべると余りこどもじみたものなので誰もびっくりしないためであったらうと思はれる。／その代りその会合たるや極めて古典的で当時温泉に浴してこれを見聞した筆者の無為を慰すること甚大であった。

（「一九三一年度極東ビヂテリアン大会見聞録」10・338）

「一九三一年度」と「録」はテクストに出てこないが、それが内容の中心であることは冒頭文でほぼ尽きている。この作品の改稿前のタイトルは「ビヂテリアン大祭」であり、まさにその中心のみを表すものだったのであるが、それに「一九三一年度・極東・見聞・録」などを付加したのは、その年度・地域に特有であったことと、会員ではない第三者が見聞きした記録であることを明示したほうが良いと判断したことによると思われる。

「名詞＋の＋名詞」のタイトルでは、「ゴーシュは町の活動写真館でセロを〔弾〕く係りでした。」（「セロ弾きのゴーシュ」11・219）、「十日の月が西の煉瓦塀にかくれるまで、もう一時間しかありませんでした。／その青じろい月の明りを浴びて、獅子は檻のなかをのそのそあるいて居りましたがほかのけだものどもは、頭をまげて前あしにのせたり、〔〕横にごろっとねころんだりしづかに睡ってゐました。夜中まで檻の中をうろうろうろうろしてゐた狐さへ、おかしな顔をしてねむってゐるやうでした。」（「月夜のけだもの」10・292）、「九日の月がそらにかゝってゐました。そしてうろこ雲が空いつぱいでした。うろこぐもはみんな、もう月のひかりがはらわたの底までもしみとほつてよろよろするといふふうでした。（略）、さつきから線路の左がはで、ぐわあん、ぐわあんとうなつてゐたでんしんばしらの列が大威張りで一ぺんに北のはうに歩きだしました。」（「月夜のでんしんばしら」12・79～80）、「農場の耕耘部の農夫室は、雪からの反射で白びかりがいっぱいでした。（略）／みんなはそれっきり黙って支度しました。赤シャツはみんなの支度する間、入口にまっすぐ立って、室の中を見まはしてゐましたが、ふと室の正面にかけてある円い柱時計を見あげました。／その盤面は青じろくて、ツルツル光って、いかにも舶来の上等らしく、どこでも見たことのないやうなものでした。」（「耕耘部の時計」10・60〜61）のように、テクスト冒頭に現れる。

「名詞＋と＋名詞」のタイトルでは、「ひなげしはみんなまっ赤に燃えあがり、めいめい風にぐらぐらゆれて、息もつけないやうでした。そのひなげしのうしろの方で、やっぱり風に髪もからだも、いちめんもまれて立ちながら若いひのきが云ひました。」（「ひのきとひなげし」11・212）、「この木に二人の友達がありました。一人は丁度五百歩ばかり離れたぐちゃぐちゃの谷地の中に住んでゐる土神で一人はいつも野原の南の方からやって来る茶いろの狐だったのです。」（「土神ときつね」9・246）、「ひとりの少女が楽譜をもってためいきしながら藪のそばの草にすはる。（略）／かすかなけはひが藪のかげからのぼってくる。今夜市庁のホールでうたふマリブロン女史がライラックいろのもすそをひいてみんなをのがれて来たのである。（「マリヴロンと少女」10・300）、「オツベルときたら大したもんだ。（略）／そしたらそこへどういふわけか、その、白象がやって来た。」（「オツベルと象」12・161）のように、タイトルそのままではなく、現れる。

テクストにおいて、それぞれの対象の説明をするには、順番に挙げざるをえないのであるが、これらはタイトルにするにあたって、簡潔な並列表現にされたとみなされる。

なお、「マリヴロンと少女」は、全集によれば「同一草稿上で大幅に手入れ改作したもの」として「めくらぶだうと虹」と関係付けられているが、テクストそのものはまったく異なると言ってもよいほどであり、タイトルの違いはそれぞれに即したものである。

「その他の名詞句」としては「学者アラムハラドの見た着物」が相当し、「学者のアラムハラドはある年十一人の子を教へて居りました。（略）／このおはなしは結局学者のアラムハラドがある日自分の塾でまたある日山の雨の中でちらっと感じた不思議な着物についてであります。」（「学者アラムハラドの見た着物」9・330〜331）のように出てくる。テクストでは、「見た」が「感じた」になっていて、タイトルの方が、分かりやすく視覚に特定されている。

14

EとFの二タイプは、タイトル表現の一部が冒頭部分に現れる点で共通し、その後にタイトルの全体が出てくるか、残りの部分だけが出てくるかという点で相異する。

Eタイプの中でとくに印象的なのは、テクストの末尾部分にタイトル表現全体が現れる作品で、冒頭部分での一部はその布石の役割を果たし、タイトルに収斂する形でテクストが終わる。これに相当するのが、「よだかの星」における冒頭文の「よだかは、実にみにくい鳥です。」（8・83）と末尾文の「そしてよだかの星は燃えつゞけました。／今でもまだ燃えてゐます」（8・89）、「虔十公園林」における冒頭文の「虔十はいつも縄の帯をしめてわらって杜の中や畑の間をゆっくりあるいてゐるのでした。」（10・103）とほぼ末尾の「「こゝはもういつまでも子供たちの美しい公園地です。どうでせう。こゝに虔十公園林と名をつけていつまでもこの通り保存するやうにしては。」／「これは全くお考へつきです。さうなれば子供らもどんなにしあはせか知れません。」／さてみんなその通りになりました。／芝生のまん中、子供らの林の前に／「「虔十公園林」と彫った青い橄欖岩の碑が建ちました。」（10・109）、「チュウリップの幻術」における冒頭頁の「洋傘直しは農園の中へ入ります。しめった五月の黒つちにチュウリップは無雑作に並べて植えられ、一めんに咲き、かすかにかすかにゆらいでゐます。」（9・198）と末尾頁の「「あゝ、もうよほど経ったでせう。チュウリップの幻術にかかってゐるうちに。もう私は行かなければなりません。さようなら。」／「さうですか。ではさようなら。」／洋傘直しは荷物へよろよろ歩いて行き、有平糖の広告つきのその荷物を肩にし、もう一度あのあやしい花をちらっと見てそれからすももの垣根の入口にまっすぐに歩いて行きます。」（9・207）である。

Ｅタイプの残り三編は、タイトル表現の全体がテクストの中ほどに現れるもので、「葡萄水」では「耕平は髪も角刈りで、をとなのくせに、今日は朝から口笛など吹いてゐます。／畑の方の手があいて、こゝ二三日は、西の野原へ、葡萄をとりに出られるやうになったからです。」（9・388頁）と冒頭にあって、後に「「特製御葡萄水」といふ、去年のはり紙のあるのもあります。このはり紙はこの辺で共同でこしらえたのです。これをはって売るのです。」（9・392）とあり、「烏の北斗七星」では「つめたいいぢの悪い雲が、地べたすれすれに垂れましたので、野はらは雪のあかりだか、日のあかりだか判らないやうになりました。／烏の義勇艦隊は、その雲に圧しつけられて、しかたなくちよつとの間、亜鉛の板をひろげたやうな雪の田圃のうへに横にならんで仮泊といふことになりました。」（12・38）という冒頭から、中ほどで「烏の大尉とたゞ二人、ばたばた羽をならし、たびたび顔を見合せながら、青黒い夜の空を、どこまでもどこまでものぼつて行きました。もうマヂエル様と呼ぶ烏の北斗星が、大きく近くなつて、その一つの星のなかに生えてゐる青じろい苹果の木さへ、ありありと見えるころ、どうしたわけか二人とも、急にはねが石のやうにこわばつて、まつさかさまに落ちかゝりました。」（12・42）と出て来る。「かしはばやしの夜」では「いきなり、向ふの柏ばやしの方から、まるで調子はづれの途方もない変な声で、／「欝金しやつぽのカンカラカンのカアン。」とどなるのがきこえました。」（12・64）と冒頭すぐにあり、やがて「柏の木大王も白いひげをひねつて、しばらくうむうむと云ひながら、ぢつとお月さまを眺めてから、しづかに歌ひだしました。／「こよひあなたは　ときいろの／むかしのきもの　つけなさる／かしはばやしのこのよひは／なつのをどりの　だいさんや（略）」」（12・68）のように挿入歌の中に現れる。

タイトル表現の一部が冒頭部分に出現し、残りが後の部分に現れるFタイプは、ストーリーの展開にしたがって、新たな要素が登場してゆくパターンである。

そのうち、「馬の頭巾」と「タネリはたしかにいちにち噛んでゐたようだった」の二編では、タイトルのうち、「馬」と「タネリ」が冒頭部分に出現し、残りの部分がテクスト末尾近くに現れる。前者は冒頭が「甲太は、まちはづれに、おかみさんと二人すんでゐました。そして、一疋の黒い馬と、一台の荷馬車とを、有ってをりました。馬は二歳こで、実に立派なものでした。むねやしれなどは、てかてか黒光りでした。が惜しいことには、少しびっこを引くのでした。」（8・139）、末尾近くが「「（略）この頭巾はお前んとこでこさえたのか。うまい。仲々うまい。（略）」」（8・143）、後者は既に示したが、冒頭が「ホロイタネリは、小屋の出口で、でまかせのうたをうたひながら、何か細かくむしったものを、ばたばたばた、棒で叩いて居りました。」（10・75）、末尾近くが「「うん。けれどもおいら、一日噛んでゐたやうだったよ。」」

（10・82）である。

他はタイトルの残り部分がテクストの中ほどに出て来るケースで、冒頭部分から比較的連続して登場するのは、「蛙のゴム靴」における、冒頭の「松の木や楢の木の林の下を、深い堰が流れて居りました。岸には茨やつゆ草やたでが一杯にしげり、そのつゆくさの十本ばかり集った下のあたりに、カン蛙のうちがありました。／それから、林の中の楢の木の下に、ブン蛙のうちがありました。／林の向ふのすゝきのかげには、ベン蛙のうちがありました。／三疋は年も同じなら大きさも大てい同じ、どれも負けず劣らず生意気で、いたづらものでした。」（10・304）の「蛙」と、次に続く「「さうか。そんなら一つお前さん、ゴム靴を一足工夫して呉れないか。形はどうでもいいんだよ。僕がこしらえ直すから。」」（10・306）の「ゴム靴」、「まなづるとダアリヤ」における、冒頭の「くだものの畑の丘のいただきに、ひまはりぐらゐせいの高い、黄色なダァリヤの花が二本と、まだたけ高く、赤い大きな花をつけた一本のダァリアの花がありました。／この赤いダアリヤは花の女王にならうと思ってゐました。」（10・317）の「ダァリヤ」と、続けての「「ピートリリ、ピートリリ。」と鳴いて、その星あかりの下を、まなづるの黒い影がかけて行きました。／「まなづるさん。あたしずゐぶんきれいでせう。」赤いダリヤが云ひました。／「あゝきれいだよ。赤くってねえ。」／鳥は向ふの沼の方のくらやみに消えながらそこにつゝましく白く咲いてゐた一本の白いダリヤに声ひくく叫びました。「今ばんは。」白いダリヤはつゝましくわらってゐました。」（10・318）の「まなづる」、「楢ノ木大学士の野宿」における、「楢ノ木大学士は宝石学の専門だ。」（9・345）の「楢ノ木大学士」と、追って歌の中の「（略）出掛けた為にたうたう楢ノ木大学士の、／野宿といふことも起こったのだ。／三晩といふもの起ったのだ。」（9・347）の「野宿」である。

やや離れているのは、「どんぐりと山猫」における、冒頭の「おかしなはがきが、ある土曜日の夕がた、一郎のうちにきました。／かねた一郎さま　九月十九日／あなたは、ごきげんよろしいほで、けつこです。／あした、めんどなさいばんしますから、おいで／んなさい。とびどぐもたないでくなさい。／山ねこ拝」（12・9）の「山ねこ」と、中ほどの「そのとき、一郎は、足もとでパチパチ塩のはぜるやうな、音をきゝました。びつくりして屈んで見ますと、草のなかに、あつちにもこつちにも、黄金いろの円いものが、ぴかぴかひかつてゐるのでした。よくみると、みんなそれは赤いずぼんをはいたどんぐりで、もうその数ときたら、三百でも利かないやうでした。わあわあわあわあ、みんななにか云つてゐるのです。」（12・14）の「どんぐり」、「鳥箱先生とフゥねずみ」における、冒頭の「あるうちに鳥かごがありました。／鳥かごと云ふよりは、鳥箱といふ方が、よくわかるかもしれません。そこに入れられたひよどりに、鳥箱が語りかける、「おれは先生なんだぞ。鳥箱先生といふんだぞ。お前を教育するんだぞ。」」（8・169）の「鳥箱先生」と、中ほどの「親ねずみは、あんまりうれしくて、声も出ませんでした。そして、ペコペコ頭をさげて、急いで自分の穴へもぐり込んで、子供のフゥねずみを連れ出して、鳥箱先生の処へやって参りました。」（8・171）の「フゥねずみ」、「ガドルフの百合」における、冒頭の「ハックニー馬のしっぽのやうな、巫戯けた楊の並木と陶製の白い空との下を、みじめな旅のガドルフは、力いっぱい、朝からつゞけて歩いて居りました。」（9・338）の「ガドルフ」と、中ほどの「向ふのぼんやり白いものは、かすかにうごいて返事もしませんでした。却って注文通りの電光が、そこら一面ひる間のやうにして呉れたのです。／「ははは、百合の花だ。なるほど、ご返事のないのも尤もだ。」」（9・341）の「百合」、そして「銀河鉄道の夜」における、「一、午后の授業」という冒頭章の「「ではみなさんは、さういふふうに川だと云はれたり、乳の流れたあとだと云はれたりしてゐたこのぼんやりとした白いものがほんたうは何かご承知ですか。」先生は、黒板に吊した大きな黒い星座の図の、上から下へ白くけぶった銀河帯のやうなところを指しながら、みんなに問をかけました。」（11・123）の「銀河」と、テクスト後半の「（六、）銀河ステーション」の章の「気がついてみると、さっきから、ごとごとごとごと、ジョバンニの乗ってゐる小さな列車が走りつづけてゐたのでした。ほんたうにジョバンニは、夜の軽便鉄道の、小さな黄いろの電燈のならんだ車室に、窓から外を見ながら座っていたのです。」（11・135）の「夜」と「鉄道」である。

15

最後のGタイプは、テクストの冒頭部分にタイトルの一部が現れるものの、残りはテクストに現れない作品である。なぜ現れないのか、その理由によって分けると、三種類になる。

第一は、テクストの性格を示すメタ・レベルの語が含まれている場合である。「寓話　猫の事務所」「寓話　洞熊学校を卒業した三人」「グスコーブドリの伝記」の三作品における「寓話」「伝記」がそれに相当し、それらはテクストに出て来ない。

「寓話」を冠する二編は、既に指摘したように、改稿後にタイトルに付加されたものであり、他の賢治童話の多くと同様、ともに動物を擬人化して主人公とする作品であるから、寓話であることは自明であるものの、そのことをあえてタイトルに示すことによって、寓意性を強調しようとしたのかもしれない。とりわけ「寓話　洞熊学校を卒業した三人」の方は、原題が「蜘蛛となめくぢと狸」であったので、「洞熊学校を卒業した三人」と変更しただけでは、動物寓話とは受け取られない恐れがあったろう。

三編の各冒頭部分には、「軽便鉄道の停車場のちかくに、猫の第六事務所がありました。ここは主に、猫の歴史と地理をしらべるところでした。」（「寓話　猫の事務所」12・173）、「赤い手の長い蜘蛛と、銀いろなめくじと、顔を洗ったことのない狸が、いっしょに洞熊学校にはいりました。洞熊先生の教へることは三つでした。」（「寓話　洞熊学校を卒業した三人」10・273）、「グスコーブドリは、イーハトーブの大きな森のなかに生れました。お父さんは、グスコーナドリといふ名高い木樵りで、どんな巨きな木でも、まるで赤ん坊を寝かしつけるやうに訳なく伐つてしまふ人でした。／ブドリにはネリといふ妹があつて、二人は毎日森で遊びました。」（「グスコーブドリの伝記」12・199）のように、それぞれの舞台あるいは主人公の名称のほうは現れている。

このうち、「寓話　洞熊学校を卒業した三人」というタイトルの「卒業した三人」という表現も冒頭部分に出てこないが、テクスト末尾に「洞熊先生も少し遅れて来て見ました。そしてあ、三人とも賢いい、こどもらだったのにじつに残念なことをしたと云ひながら大きなあくびをしました。／このときはもう冬のはじまりであの眼の碧い蜂の群はもうみんなめいめいの蠟でこさえた六角形の巣にはいって次の春の夢を見ながらしづかに睡って居りました。」（10・287）とあり、「蜘蛛となめくぢと狸」がそれとみなされていることが明らかになる。

また、「グスコーブドリの伝記」は、冒頭部分だけからではグスコーブドリが「伝記」と称するにふさわしい人物あるいは生涯となるか否かは不明であるが、テクスト末尾で「そしてちやうど、このお話のはじまりのやうになる筈の、たくさんのブドリのお父さんやお母さんは、たくさんのブドリやネリといつしよに、その冬を暖いたべものと、明るい薪で楽しく暮すことができたのでした。」（12・229）のように普遍化されることによって、テクストが「伝記」というタイトルに見合うものになりえている。

第二は、テクストの全体あるいは諸要素を抽象的にまとめた語が含まれている場合である。「鹿踊りのはじまり」「バキチの仕事」「よく利く薬とえらい薬」における「はじまり」「仕事」「よく利く」と「えらい」がそれに相当し、テクストにそのままでは出て来ない。

「鹿踊りのはじまり」の冒頭部分には、「そのとき西のぎらぎらのちぢれた雲のあひだから、夕陽は赤くなゝめに苔の野原に注ぎ、すすきはみんな白い火のやうにゆれて光りました。わたくしが疲れてそこに睡りますと、ざあざあ吹いてゐた風が、だんだん人のことばにきこえ、やがてそれは、いま北上の山の方や、野原に行はれてゐた鹿踊りの、ほんたうの精神を語りました〔。〕」（12・87）とあり、「鹿踊り」の「はじまり」つまり起源がテクスト全体に語られる。「バキチの仕事」の冒頭部分には、「「あゝさうですか、バキチをご存じなんですか。」／「知ってますとも、知ってますよ。」」（9・403頁）とあり、それ以降にもっぱら語られるのは、このバキチという男が関わった「仕事」の数々である。「よく利く薬とえらい薬」の冒頭部分には、「清夫は今日も、森の中のあき地にばらの実をとりに行きました。／そして一足冷たい森の中にはいりますと、つぐみがすぐ飛んで来て言ひました。／「清夫さん。今日もお薬取りですか。／お母さんは　どうですか。／ばらの実は　まだありますか。」」（8・266）とあり、その薬の「よく利く」エピソードと、その反対に死に至らしめる「えらい」エピソードとが対照的に描かれる。

第三は、とくにテクスト上では重要性が認められない語が含まれる場合で、「林の底」の「底」、「山男の四月」の「四月」、「みぢかい木ぺん」の「みぢかい」が、それに当たる。

「林の底」は、「「わたしらの先祖やなんか、／鳥がはじめて、天から降って来たときは、／どいつもこいつも、みないち様に白でした。」／「黄金の鎌」が西のそらにかゝって、風もないしづかな晩に、一ぴきのとしよりの梟が、林の中の低い松の枝から、斯う私に話しかけました。」（9・260）で始まり、舞台が「林」、しかも「低い松の枝」とあるから、語り手の視点は林の下の方であるのは確かである。ただ、鳥との関係で取り上げられるのは上方の空であり、空から見れば「底」に当たるかもしれないが、この語はテクストには見られず、またそのように表現しなければならない理由も見出しがたい。

「山男の四月」は、「山男は、金いろの眼を皿のやうにし、せなかをかがめて、にしね山のひのき林のなかを、兎をねらつてあるいてゐました。」（12・55）のように、「山男」がいきなりテクストに登場するが、その時期が「四月」であることを積極的に示す文脈は見当たらない。冒頭部分の「どこかで小鳥もチッチツと啼き、かれ草のところどころにやさしく咲いたむらさきいろのかたくりの花もゆれました。／山男は仰向けになつて、碧いあをい空をながめました。お日さまは赤と黄金でぶちぶちのやまなしのやう、かれくさのいゝにほひがそこらを流れ、すぐうしろの山脈では、雪がこんこんと白い後光をだしてゐるのでした。」（5・55）という描写からは、「山男の春」としても差し支えないように思われる。

「みぢかい木ぺん」は、冒頭部分の「キッコは一寸ばかりの鉛筆を一生けん命にぎってひとりでにかにかわらひながら8の字を横〔に〕たくさん書いてゐたのです。」（9・396）や「「キッコ、汝の木ペン見せろ。」にわかに巡査の慶助が来て鉛筆をとってしまひました。」（9・397）から、それが「一寸ばかりの鉛筆」のことであることが察せられるが、その後も「みぢかい」という語自体は用いられない。ただし、明示されてはいないものの、その短さ＝貧しさが不思議な力と結び付くこととして、タイトルにする際に付加されたと見られる。

16

以上、賢治童話のタイトルのありようを見てきた。全体の主たる特徴を改めて確認すると、次の四点にまとめられよう。

- 「名詞＋の＋名詞」を中心とする表現構成
- 固有名とくに自然分野の造語の目立つ語彙
- テクストにも現れ、とくに冒頭部分に位置する出現分布
- 主役あるいは舞台を示すテクスト機能

さらに、一般に、作品タイトルは他作品と識別するだけではなく、そのテクストの意味を示すという機

能も持つとされるが、これら以外に、読み手の興味を喚起するという働きもあると考えられる。データに基づく検証にはなじまないので、ここまで触れないできたが、賢治童話のタイトルには、それだけで興味をそそって止まない魅力があると感じられる。

たとえば、「名詞＋の＋名詞」という表現構成のタイトルに限っても、「グスコーブドリの伝記」「マグノリアの木」「ガドルフの百合」「バキチの仕事」「セロ弾きのゴーシュ」などという耳慣れない固有名を含むタイトルからは、いったいそれが何なのか、つい知りたくなるし、「銀河鉄道の夜」「チュウリップの幻術」「蛙のゴム靴」「鳥の北斗七星」「月夜のでんしんばしら」などの不思議な組み合わせのタイトルからは、それで何が起きるのか、すぐにもテクストを読まずにはいられなくなるのではないだろうか。大人でもそうならば、まして子供を惹きつけるのはまちがいない。

賢治がタイトル命名にどれほどの意図・工夫をこらしたかは詳らかにしない。中には、なぜこんなタイトルを…と思わなくもないものもあるとはいえ、少なくとも改稿に伴う変更や命名からは、ないがしろにしていたとはとても思えない。そしてテクストのおもしろさは言うまでもないけれど、賢治童話のタイトルのことなら、またおもしろいのである。

神題

八木重吉詩

「むなしきは名」と　さとらしめたまへ、神よ、
何の名ぞ?!　何の名ぞ?!

――「詩稿」――

1

小説やエッセイなどにタイトルが無いというのは考えにくい。ところが、短歌や俳句となると、少なくとも一々の作品にタイトルを付けるということはないであろう。いくつかの作品をまとめてとか、詠作状況を示してとかいうことはなくもないが、そもそも対象となるテクストの言語量が少なければ、あえてタイトルを付けるまでもないからかもしれない。

それでは、詩はどうか。詩は通常、短歌や俳句よりは長いが、小説やエッセイ一般に比べれば、はるかに短い。にもかかわらず、公けにされた、日本の近現代詩を見るかぎりでは、タイトルを伴わない作品は無いと言ってよい。それはいったい何故なのか。単なる習慣なのか、それとも詩ならではの必要性、固有性があるからなのか。

そのあたりのことを、日本の近代詩人の一人、八木重吉の作品を手掛かりに考えてみたい。八木重吉を取り上げるのは、筆者の関心の対象であることもさりながら、短い詩が多く、しかも平明素朴な表現から成り、タイトルとの関係が捉えやすいと考えられるからである。

八木重吉は、明治三一（一八九八）年二月九日、今の東京都町田市相原町の農家に生まれ、昭和二（一九二七）年一〇月二七日、今の神奈川県茅ケ崎市で、結核のため亡くなる。享年二九。年譜によれば、詩作は、東京高等師範を卒業し、兵庫県御影師範学校の英語教諭になった、大正一〇（一九二一）年頃からと推定され、亡くなる直前までの約七年間、営々と続けられた。

『八木重吉全集』（全三巻、筑摩書房、一九八二年）に収録された詩稿は優に二千を越える。あらかじめ断っておきたいが、その詩稿の生前未発表分にはタイトルがほとんど付けられていない。これは、八木の詩作が、はじめにタイトルありき、ではないことを示している。その中から彼みずからが選び出し編んだ詩集には、『秋の瞳』と『貧しき信徒』の二冊があり、前者は亡くなる三年前の大正一四（一九二四）年、後者は亡くなった翌年の昭和三（一九二八）年に出版された。もちろん、この二冊に収められた詩には、すべてタイトルがある。

八木重吉の詩人としての評価については、日本近代文学館編『日本近代文学大事典』（講談社、一九八四年）は、「独自な宗教詩人」とする。また、全集第三巻解説で、田中清光は、近代詩史において「「キリスト者であると同時に詩人であることができるか」という問いを示しえた最初の詩人」とする。八木は、大正八（一九一九）年、二一歳の時に、キリスト教の洗礼を受けて以来、無教会派の信者として、聖書の研究に熱心に取り組むとともに、信仰にもとづくとみなされる詩を数多く作った。ただし、このことが彼の詩作品のタイトルの付け方そのものに大きな影響を及ぼしたとは考えがたい。

テキストとしては、右に挙げた全集を用い、引用の際には、旧漢字は新字体に改め、ルビは原則として省略した。

2

第一詩集である『秋の瞳』の一一七編、第二詩集である『貧しき信徒』の一〇三編、合計二二〇編の詩のタイトル（末尾の一覧を参照）の中で、その機能という点から、気になることが二つある。

一つは、同じタイトルが複数の詩に付けられていることである。『秋の瞳』では、「心よ」というタイトルが二編にあり、『貧しき信徒』になると、「春」が六編、「冬」が四編、「雨の日」「梅」「悲しみ（かなしみ）」「涙」「冬の夜」「夕焼」が各二編、という具合で、とくに『貧しき信徒』のほうに目立ち、全体の二割にも及ぶ。同一テーマに対する別バージョンの作品と考えれば、タイトルの重複もありえなくはないものの、番号を振って区別するわけでもないので、少なくともタイトルとしての相互区別の機能は果たせていない。

さらに、別々の詩集であれば、同じタイトルであっても差し支えないかもしれないが、同一詩人によるもので、出版時期がそう離れていなければ、相互でのタイトルの重複も気になる。『秋の瞳』と『貧しき信徒』に共通するタイトルには「秋」「雨の日」「かなしみ」「雲」「涙」「春」「ふるさとの山」（表記の違いは問わない）の七例がある。

もう一つは、これも『貧しき信徒』のほうであるが、「無題」というタイトルが付けられていることである。しかもそれは詩集最後に配列された一〇編のうちの六編にも及び、さらに「病床無題」も合わせれば、七編になる。「無題」という、タイトルとしては矛盾する語が複数の詩に見られるということは、相互区別の機能も内容説明の機能も持たないということであって、タイトルそのものを付ける意味がないはずである。

『貧しき信徒』の編集は、亡くなる前年の昭和元（一九二六）年、症状が重くなる一方の中で行われた。その点を考えれば、もはやタイトルを考える気力も失われ、形式を整えるだけで精いっぱいだったのかもしれない。とはいえ、次のことにも注意を要する。

全集には、二冊の詩集に収められた詩の元になる詩稿（初稿や浄書稿など）のほとんどが掲載されている。それらと詩集のタイトルを比べてみると、『秋の瞳』では、一一七編のうち、詩稿段階でタイトルが無かったのが半分以上の六六編もあるのに対して、『貧しき信徒』では、一〇三編のうちタイトルが無いのは、一割強の、わずか一四編に過ぎない。これは、『貧しき信徒』の詩が、たまたまタイトルの付いた詩稿を中心として選ばれたということではなく、すでに詩誌にも発表された、つまり公表を前提とした詩稿が多く、その時点で付けられたタイトルをほぼそのまま用いたからと考えられる。

ところが、事はそう単純ではない。『貧しき信徒』で最多重複の「春」というタイトルを見ると、同タイトルの六編のうちの四編は詩稿も「春」であるが、残り二編は「朝」と「春の朝」からあえて「春」に改変されているのである。また、「無題」のほうは、六編のうち四編は詩稿にタイトルが無かったので、とりあえず付けたとも言えるが、残り二編は「しどめ」と「雪」という個別のタイトルからの、わざわざの改変である。これに準じる「病床無題」も詩稿では「詩神へ」という、テクストと結び付けやすいタイトルであった。

ちなみに、『貧しき信徒』でのタイトルの改変は右記の例を除けば、他に一二編に見られ、表記のみの違い以外の例としては、

もぢやもぢやの犬↓犬、天といふもの↓天

夜↓冬の夜、冬↓冬の野
こども が歩るく↓美しくあるく
うたを歌わう↓雨の日

のように、方向性は異なるものの、テクストとタイトルとの関係として、それぞれの意図が説明可能な改変である。

いっぽう、『秋の瞳』における唯一の重複例である「心よ」の場合、詩稿では一編はタイトルが無く、もう一編は「秋思」というタイトルであって、詩集にする際に同一になってしまったものである。その二編は『秋の瞳』前半の二二番目と二九番目と、比較的近い位置に置かれている。最初のは、

ほのかにも　いろづいてゆく　こころ
われながら　あいらしいこころよ
ながれ　ゆくものよ
さあ　それならば　ゆくがいい
「役立たぬもの」にあくがれて　はてしなく
まぼろしを　追ふて　かぎりなく
こころときめいて　かけりゆくよ

であり、二つめが、

こころよ
では　いつておいで
しかし
また　もどつておいでね

やつぱり
ここが　いいのだに

こころよ
では　行つておいで

である。詩稿で「秋思」というタイトルだったのが前者、タイトルが無かったのが後者であるが、どちらのテクストにも「こころよ」という表現があり、詩想にも類似性が認められるので、ともにそれがタイトルになったとしても不自然ではない。前者のタイトルとしては、秋という季節との関連性はあっても、「秋思」よりも「心よ」のほうが適切のように感じられる。とすれば、このタイトルの改変・重複はやむをえない、偶然の結果とも言えよう。

以上のように、『秋の瞳』と『貧しき信徒』における、各詩のタイトルの推敲過程を見てみると、『秋の瞳』のほうは、詩稿に新たにタイトルを付けるというのがもっぱらであったのに対して（タイトル自体の改変は他に三例しかない）、『貧しき信徒』のほうは、すでにあるタイトルを基にしつつも、あえての「無題」というタイトルの無化を含めて、重複をいとわず、また成否もともかくとして、個々の作品単位での、なんらかの捉え直しが行われたのではないかと推定される。

3

冒頭で、八木重吉の詩は短いと述べたが、実際には以下のとおりである。『秋の瞳』における行単位での詩の編数を示すと、

一行：3、二行：10、三行：8、四行：33、五行：12、六行：13、七行：12、八行：13、九行：2、一〇行：4、一一行：2、一二行：2、一四行：1、一六行：1、二六行：1

で、一行から二六行までの幅があり、平均は約六行であるのに対して、『貧しき信徒』は、

一行：4、二行：17、三行：34、四行：22、五行：12、六行：4、七行：4、八行：1、九行：2、一二行：2、一五行：1

で、一行から一五行までしかなく、『秋の瞳』よりも幅が狭く、平均は約四行である。

次に、空白行を置いた前後の行のまとまりを連とすると、連の数は、『秋の瞳』では一連から五連までの幅があり、その中で一連と二連が大半を占めるのに対して、『貧しき信徒』では二連の二編を除き、他はすべて一連のみである。

各詩における一行あたりの長さを文節単位で見ると、『秋の瞳』は一文節から九文節まで分布するが、一文節から五文節までにほぼ均等に集中していて、平均文節数は二・九である。『貧しき信徒』のほうも同様の分布で、平均文節数は三・三であり、『秋の瞳』とそれほど違わない。

行数と一行あたりの文節数との兼ね合いはさまざまで、たとえば『秋の瞳』の「夜の薔薇」詩では、

ああ
はるか
よるの
薔薇《そうび》

のように、四行構成で、各行が一文節のみという詩もあれば、「感傷」詩の

赤い　松の幹は　感傷

のように、一行のみで、複数文節から成るという詩もある。ただし、これらは極端なケースであって、行数・文節数ともだいたいは平均値周辺に多く分布している。

このような結果から、日本の近現代詩一般の長さに対するイメージと比べて、八木の詩は短い、と言えるのではないだろうか。このことが、タイトルそのものに、またタイトルとテクストとの関係に、どのような影響をもたらすのか、以下に具体的に取り上げてみたい。

4

まず、タイトル全体の表現形式を整理すると、『秋の瞳』では、タイトルの文節数ごとの例数は、一文節が二九例、二文節が七三例、三文節が一三例、四文節が二例となり、六割以上のタイトルが二文節に偏っている。『貧しき信徒』のほうは、一文節が七三例、二文節が二八例、三文節が〇例、四文節が一例、五文節が一例のように、一文節のみのタイトルが全体の七割を占める。どちらの詩集のタイトルにせよ、一文節か二文節という、きわめて短い表現がほとんどである。例外的に長いのは、「はらへたまつてゆく

かなしみ」「くちばしの黄な黒い鳥」（以上『秋の瞳』）、「水や草はいい方方である」「花がふってくると思ふ」（以上『貧しき信徒』）くらいである。

各タイトル末尾の文節を品詞別に見ると、一文節のみのタイトルは『秋の瞳』でも『貧しき信徒』でも、すべて名詞節（名詞単独か名詞＋助詞）から成る。二文節以上のタイトルは両詩集とも連体修飾節＋名詞節から成るのが中心的であるものの、それ以外の例も、『秋の瞳』では二割程度、『貧しき信徒』では一割ほど、次のように見られる。

名詞文節で終わるタイトルでは、「鉛とちようちょ」「死と珠《たま》」「沼と風」「空と光」（以上『秋の瞳』）という並列表現や、「哭くな　児よ」（『秋の瞳』）という命令表現もある。形容詞文節が最後に来るタイトルとして、「春も晩く」「柳もかるく」（以上『秋の瞳』）という中止表現がある。

名詞以外で多いのは動詞文節であり、「赤ん坊がわらふ」「静寂は怒る」「霧がふる」「丘をよぢる」「水に嘆く」「石塊《いしくれ》と語る」（以上『秋の瞳』）、「水や草はいい方方である」「日が沈む」「風が鳴る」「こどもが病む」「花がふってくると思ふ」「母をおもふ」「草をむしる」「美しくすてる」（以上『貧しき信徒』）などという終止表現が主で、他には、「息を殺せ」「花と咲け」（以上『秋の瞳』）という命令表現、「人を殺さば」「花になりたい」「何故に色があるのか」（以上『秋の瞳』）、「ひびいてゆかう」「水瓜を喰わう」（以上『貧しき信徒』）という仮定・願望・疑問、意志表現なども見られる。

各タイトルを構成する自立語数を集計すると、『秋の瞳』は異なり一六〇、延べ二一九、『貧しき信徒』は異なり九四、延べ一三六、どちらも一語の平均使用頻度は約一・四である。

品詞別にすると、両詩集ともタイトル末尾を中心に、名詞が圧倒的に多く、『秋の瞳』では異なり一〇五（六五・六％）、延べ一五三（六九・九％）、『貧しき信徒』では異なり七四（七八・七％）、延べ一一三（八三・一％）であり、異なり・延べとも『貧しき信徒』のほうの名詞率の高さが際立っている。

参考までに、名詞以外の品詞の語数は、『秋の瞳』では、動詞（異）31・（延）36、形容詞（異）14・（延）18、形容動詞（異）6・（延）8、連体詞（異）2・（延）2、副詞（異）2・（延）2、『貧しき信徒』では、動詞（異）15・（延）16、形容詞（異）3・（延）5、形容動詞（異）1・（延）1、連体詞（異）1・（延）1、となっている。

タイトルの中心を成す名詞の各語を、五十音順に挙げると、以下のとおりである（＊は両詩集に出て来る語。数字は用例数で、無表示は一回）。

『秋の瞳』

＊秋5、赤ん坊、朝、＊あめ、あやうさ、暗光、息、いしくれ2、一群、稲妻、祈り、像《イメエジ》、色、植木屋、ウオツチ、宇宙、海づら、海、枝、おおぞら2、丘、おもい2、おもいで、外景、画家、かげ、哀しさ、かなしみ7、＊壁、甕、がらす、感傷、キーツ、矜恃、郷愁、夾竹桃、＊霧、きりぎし、＊草2、くちばし、国、＊雲3、くらげ、毛虫、児2、こころ9、梢、胡蝶、死、しづけさ、しのだけ、相《すがた》、静寂、薔薇《そうび》、空7、大木、たま2、たましい、ちようちよ、追憶、つばね、壺、剣、手、鳥、ながれ2、鉛、＊泪、虹、人間、＊葉、鳩、＊花3、はら、＊春3、はるけさ、＊日《ひ》7、＊光2、

＊人、ひとつ、＊響、火矢、風景、フヱアリ、＊不思議、ふくろ、船出、ぶよ、＊ふるさと、穂、焔、実、水3、＊路、むなしさ、もの2、柳、山、大和行、夢、宵、＊夜2、龍舌蘭、良心、黎明

『貧しき信徒』

＊秋2、あさがほ、＊雨3、蟻、石、犬、梅2、お銭《あし》、大山とんぼ、お月見、踊、お化け、顔、柿、陽遊《かげろう》、風、方方、かなかな、かなしみ、＊壁、神、川、木3、奇蹟、桐、＊霧、＊草、果物、＊雲、こうぢん虫、木枯、琴、こども2、桜、霜、障子、水瓜、太陽、月、天、＊涙2、憎しみ、寝衣《ねまき》、人形、野、＊葉、萩、＊花2、母2、＊春6、＊日《ひ》5、＊ひかり2、＊人、瞳、＊響、病気、病床、＊不思議、豚、冬7、冬日、＊ふるさと3、水、＊みち2、虫、無題7、森、山、山吹、夕焼2、＊夜3、麗日、私、童

右の一覧から、一回しか登場しない語が『秋の瞳』では八六例（約八二％）、『貧しき信徒』では五七例（約七六％）に及ぶ。つまり、これはタイトルにそれぞれ相異なる語を用いているということであるから、大方はタイトルとしての区別性の機能が保たれていると言える。

頻度として目立つ語としては、『秋の瞳』では、「こころ」九回（「心」表記の三回を含む）、「かなしみ」七回（「哀しみ」表記の三回を含む）、「空」七回、「日」七回、「秋」五回など、『貧しき信徒』では、「無題」七回、「冬」七回、「春」六回、「日」五回、などが挙げられる。この中で、その一語のみでタイトルとなって重複しているのは、既に示したように、『貧しき信徒』における「無題」「春」「冬」（六回中四回）の

三語だけであり、これら以外の頻出語はそれぞれ別の語を伴った、異なるタイトルになっている。

両詩集のタイトルに共通に用いられる語には、「秋」「雨」「壁」「霧」「草」「雲」「涙」「葉」「花」「春」「日」「光」「人」「響」「不思議」「ふるさと」「みち」「夜」の一八語があり、人事関係に比べれば、自然分野が圧倒的に多く、両詩集で相異なる他の語を一覧しても、八木重吉の詩のモティーフとなる対象への関心の持ち方には、そのような明確な傾向があることがうかがえよう。語種的にも、そのことを反映して、日常的な和語がほとんどであって、異質と言えば、『秋の瞳』の「暗光」「矜恃」「薔薇」「黎明」、『貧しき信徒』の「麗日」など、ややなじみの薄い漢語が見られる程度である。

名詞以外で目ぼしい語を挙げると、特徴的なのは形容詞と形容動詞で、「美しい」が五回（『秋の瞳』二回、『貧しき信徒』三回）、「白い」が四回（『秋の瞳』）、「静か」が三回（『秋の瞳』）、用いられていて、次のような類似する修飾関係にあって、一定の使用傾向が認められる。

白い枝、白き響、白い雲、白い路
しづかな画家、静かな焔、しづかなるながれ
うつくしいもの、美しい夢／美しくすてる、美しくみる、美しくあるく

5

タイトルの表現がテクストの中にそのとおりに出てくれば、タイトルとテクストの関係は把握しやすい。

詩の場合は言語量が少ないので、とりわけそのことが指摘できる。しかも、八木はまずは詩を作ってからタイトルを付けたと考えられるので、タイトルは当該のテクストの中から選ばれることが多かったのではないかと想定される。

『秋の瞳』の一一七編のうち、そのタイトルがそのままテクストにも現れているのは九六編（八二％）、『貧しき信徒』一〇三編では六八編（六六％）が相当する。ただし、各タイトルは長さ（文節数）が異なるので、それによってテクストでの出現度に差があるかどうかを見てみると、『秋の瞳』では、一文節のタイトルを持つ二九編のうち二六編のテクストにそのタイトルが現れ、以下、二文節のタイトルは七三編中の六〇編、三文節のタイトルは一三編中の九編、最長の四文節のタイトルは二編中の一編に現れる。『貧しき信徒』の方では、一文節のタイトルが七三編中の五一編、二文節のタイトルが二八編中の一六編、四文節のタイトルは一編中の一編、そして最長の五文節のタイトルは一編あるがテクストには現れない。

これによれば、文節数が増えれば、そのままの形ではテクストに現れにくい傾向があると言えそうである。また、両詩集を比べると、一文節（一単語）でも、テクストに出現する割合は、『秋の瞳』で約九割、『貧しき信徒』で約七割であるから、前者のほうがタイトルとテクストの関係が密接である。これは、すでに述べたタイトルの推敲過程にも関わっている。なお、タイトルの出現度には、一編あたりのテクスト全体の言語量の違いも影響があると考えられるが、行数単位で見るかぎりでは、それは認められない。

八木重吉の詩においては、タイトルがテクストにも現れるのが大勢であるとすると、むしろ出現しない作品のほうに何か事情があることが考えられる。『秋の瞳』の一文節のタイトルで、それがテクストに見られない三編について、その点を確認してみたい。

かへるべきである　ともおもわれる　（「おもひ」）

山のうへには
はたけが　あつたつけ
はたけのすみに　うづくまつてみた
あの　空の　近かつたこと
おそろしかつたこと　（「追憶」）

大和の国の水は　こころのようにながれ
はるばると　紀伊とのさかひの山山のつらなり、
ああ　黄金のほそいいとにひかつて
秋のこころが　ふりそそぎます
さとうきびの一片をかじる

きたない子が　築地からひよつくりとびだすのもうつくしい、
このちさく赤い花も　うれしく
しんみりと　むねへしみてゆきます

けふはからりと　天気もいいんだし
わけもなく　わたしは童話の世界をゆく、
日は　うららうららと　わづかに白い雲が　わき
みかん畑には　少年の日の夢が　ねむる

皇陵や、　また　みささぎのうへの　しづかな雲や
追憶は　はてしなく　うつくしくうまれ、
志幾の宮の　舞殿にゆかをならして　そでをふる
白衣の　神女は　くちびるが　紅い　（「大和行」）

たまたまではあるが、詩の長さとしては、「おもひ」詩は一行のみの最短、「追憶」詩は平均的、「大和行」詩は最長から二番目と、バラバラであるとはいえ、タイトルがそのとおりにはテクストに現れていない点で共通する。

最初の「おもひ」詩の場合、テクストに「おもわれる」という表現が出てくるので、タイトルを付けるにあたり、その命名パターンとして名詞化したと見られ、「おもわれ」よりも「おもひ」の方を採ったのであろう。また、「大和行」詩の場合は、それを構成する「大和」という語が地名として冒頭行にあるので、そこへの旅行という意味で、件んのタイトルが付けられたのであろうが、詩の内容を考えてみると、ありきたりの感は拭えない。

以上の二編は、そのままではなくても、当該のタイトルにつながる語がテクストの中に見出されるのに対して、「追憶」の場合は、直接的な手掛かりが無い。両者の関連性としては、第一連の「山のうへには／はたけが　あつたつけ」という気付きの表現が、第二連に記された回想内容を導くとすれば、テクスト全体を要約的に示す表現として「追憶」というタイトルが選ばれたと考えられる。

ただし、八木重吉の詩のタイトルに、「追憶」のような観念的な語が用いられるのはまれで、他には「感傷」「郷愁」「宇宙の良心」（以上『秋の瞳』）があるくらいである。「感傷」詩はすでに引用したが、一行のみのテクストの中にその語が現れ、「郷愁」も「宇宙の良心」もそのままでテクストに出てくるのであって、「追憶」詩のような、タイトルとテクストの関係は、他には見られない。

6

詩のテクストにおいても、読み手に注目されやすいのは、冒頭と結末であろう。そこにタイトルと同じ表現が出てくれば、その表現が重要な意味を持つこと、あるいはそれゆえにタイトルにされたことが想定される。短いテクストである詩の場合は、そのことが一目瞭然である。さらに、タイトルがテクストの中で反復されていれば、その意味合いはより強化されよう。

『秋の瞳』においてタイトルがそのままテクストに出現するのは九六編あったが、そのうち冒頭行、結末行、あるいはその両行に見られるのは、約八割の七七編ある。同様に、『貧しき信徒』では六八編の約七割の四九編の、それらの行にタイトル表現が用いられている。ともに、きわめて高い出現率である。

各タイトルの長さ（文節数）ごとの、行の位置の分布を見てみると、次のとおりである（各スラッシュの上が総編数、下の数字が冒頭行、結末行、あるいはその両行にタイトルが現れる編の総数）。

『秋の瞳』
一文節：26／19（冒15、結3、両1）、二文節：60／48（冒30、結15、両3）、三文節：9／9（冒6、結3）、四文節：1／1（冒1）、計96／77（冒52、結21、両4）
『貧しき信徒』
一文節：51／33（冒20、結11、両2）、二文節：16／16（冒9、結5、両2）、四文節：1／0、計68／49（冒29、結16、両4）

両詩集を通してみると、タイトルの文節数つまり長さの如何にかかわらず、タイトルがテクストに出現する場合、冒頭行あるいは結末行に位置付けられる確率がきわめて高い。その中では、冒頭行に出てくるのが最も多く、約六四％を占める。冒頭行と結末行の双方に出てくるのも八編あるが、これ自体が反復となり、タイトルのインパクトが強くなる。その短かめの例をいくつか挙げてみよう（傍線は筆者による。また、同一性の認定にあたり、表記の違いや活用形の違いは問わない）。

かなしみを乳房のようにまさぐり
かなしみをはなれたら死のうとしてゐる　（「かなしみ」『貧しき信徒』）

白い　枝
ほそく　痛い　枝
わたしのこころに
白い　えだ　（「白い枝」『秋の瞳』）

草をむしれば
あたりが　かるくなつてくる
わたしが
草をむしつてゐるだけになつてくる　（「草をむしる」『貧しき信徒』）

壺のような日　こんな日
宇宙の　こころは
彫みたい！といふ　衝動にもだへたであらう
こんな　日
「かすかに　ほそい声」の主は
光を　暗を　そして　また
きざみぬしみづからに似た　こころを
しづかに　つよく　きざんだにちがひあるまい、
けふは　また　なんといふ
壺のような　日なんだらう
（「壺のような日」『秋の瞳』）

さらに、冒頭、結末だけにこだわらず、タイトルがテクスト内で反復される例を見ると、『秋の瞳』では二六編、『貧しき信徒』では一二編に認められ、そのうち最多は五回で、次の二編である。

甕　を　いつくしみたい
この日　ああ

甕よ、こころのしづけさにうかぶ　その甕
なんにもない
おまへの　うつろよ

甕よ、わたしの　むねは
『甕よ！』と　おまへを　よびながら
あやしくも　ふるへる　　（「甕」『秋の瞳』）

葉よ、
しんしん　と
冬日がむしばんでゆく、
おまへも
葉と　現ずるまでは
いらいらと　さぶしかつたらうな

葉よ、

葉と　現じたる
この日　おまへの　崇厳

でも、葉よ
いままでは　さぶしかつたらうな　（「葉」『秋の瞳』）

これらに準じて、テクストにタイトルが四回出てくる詩に、次の二編がある。

泪、泪
ちららしい
なみだの　出あひがしらに
もの　寂びた
哄が
ふつと　なみだを　さらつていつたぞ　（「泪」『秋の瞳』）

あの　雲は　くも

くも

あのまつばやしも
あすこいらの
ひとびとも
雲であればいいなあ　（「雲」『貧しき信徒』）

どの例も、単純語の名詞一語であり、短いテクストの中でこれほどに反復されれば、否応なく、それが各詩のテーマになっていることが知れる。

7

詩は改めて言うまでもなく、そのテクストはなんらかの比喩性を帯びているものである。あるいは、詩はそのようなものとしてテクストを読むことを求めるとも言える。平明素朴と言われる八木重吉の詩といえども、例外ではない。ただし、各テクストが何を喩えているかを明らかにするのは容易なことではない。むしろ容易ではないからこそ、詩というスタイルを選んだと言えるかもしれない。ここで問題にするのは、そのことではなく、テクストを予告するタイトルの表現自体の比喩性、およびタイトルがテクスト内に位置付けられる際に帯びる比喩性の如何である。

まずは、タイトルの表現そのものから、比喩性が感じられる例を形式別に分けて挙げると、次のようになる（mは『貧しき信徒』の例）。なお、比喩性の認定根拠となりうるとは、タイトル内の語相互の意味関係に感受される不整合性あるいは違和性である。

A1　名詞＋の＋名詞：10例
宇宙の良心、おほぞらのこころ、おほぞらの水、哀しみの秋、哀しみの海、哀しみの火矢、こころの海づら、こころの船出、むなしさの空、夜の空のくらげ

A2　形容詞・形容動詞＋名詞：7例
おもたいかなしみ、白き響、悩ましき外景、静かな焰、素朴な琴m、痴寂な手、無雑作な雲

A3　その他の修飾語＋名詞：8例
壺のような日、ひかる人m、ひびくたましい、蝕む祈り、彫られた空、矜恃ある風景、空を指す梢、はらへたまつてゆくかなしみ

B1　動詞句：5例
石塊と語る、皎々とのぼつてゆきたい、花と咲け、花になりたい、ひびいてゆかうm

B2　一文：3例
静寂は怒る、空は凝視てゐる、水や草はいい方方であるm

右の全体にわたる特徴として、以下の五点が指摘できる。

第一に、比喩性のあるタイトルは計三三例あるが、タイトル全体の一五%に満たない。第二に、『貧しき信徒』の該当例はわずかに四例であり、比喩性のあるタイトルは『秋の瞳』のほうに集中している。第三に、比喩性の認定上、当然の結果であるが、一文節の例はなく、二文節のタイトルが大半を占める。第四に、連体修飾表現のタイトルが全体の四分の三にも及ぶ。第五に、自然物の擬人化もしくは精神の擬自然物化という関係が目立つ。

第一点が物語ることは、八木重吉のタイトルは詩テクスト同様に、全体的には、その表現自体に目立つ所の無い、字義どおりのものであるということである。第二点については、両詩集の編集時における、詩に対する八木重吉の姿勢や意欲または状況が反映されていると考えられる。第三、第四点については、八木重吉詩においてはもとより、近代詩におけるタイトル一般の傾向に基づく結果と言えよう。第五点は、まさに八木重吉詩ならではの特徴であり、信仰と実人生をふまえた、精神の自然との合一化への希求がタイトルに端的に表れていると見ることができる。

8

右の分類ごとに、それぞれのタイトルの比喩性が詩テクストの中でどのように機能しているかを見るが、まずは該当タイトルが四例（A2の「素朴な琴」、A3の「ひかる人」、B1の「ひびいてゆかう」、B2の「水や草はいい方方である」）しかない『貧しき信徒』のほうから見てみたい。

各タイトルの比喩性は、「素朴な琴」については、「琴」という楽器に対し「素朴な」という形容がやや異和性を帯びている点、「ひかる人」については、普通「人」に関して「光る」とは表現しない点、「ひびいてゆかう」についても同様で、人間主体の行為として「響く」は考えにくい点、そして「水や草はいい方方である」については、「方方」が「水や草」を擬人化している点から感受されるものである。以下に、各詩のテクストを順に引用し解説する。

この明るさのなかへ
ひとつの素朴な琴をおけば
秋の美しさに耐へかね
琴はしづかに鳴りいだすだらう　　　　（「素朴な琴」）

このテクストでは、タイトルがそのまま第二行にあり、さらに「琴」が結末行にも現れている。琴の擬人化は第三行の「耐へかね」に認められ、それをふまえて結末行の「鳴りいだす」という表現が導かれている。琴の素朴さは「秋の美しさ」と対置されるが、第二行の仮定表現からは、そのような琴は一転して、「秋の美しさ」に感動せずにはいられない、素朴な詩人みずからを喩えていると解釈される。

私をぬぐらせてしまひ
そこのとこへひかるような人をたたせたい　　　　（「ひかる人」）

「ひかる人」というタイトルは、テクスト第二行では「ひかるような人」と直喩形式になっている。タイトルはその表現を隠喩形式に簡潔化してある。第一行にある「ぬぐらせ」という語は未詳であるが、拭い取る、あるいは拭い去るの意とすれば、「ひかる」に相当しない、今の「私」を物のように客体化して、「ひかる人」になることを望む気持を表している。

おほぞらを
びんびんと　ひびいてゆかう　（「ひびいてゆかう」）

タイトルがそのまま結末行に出ているが、テクストは一文を二行に分割した表記にしてある。その主体が人間＝私であるとすれば、「大空を行く」という表現自体も比喩的に自由な行動を想像させ、さらに「びんびんとひびいて」という修飾表現もまた比喩的であって、その自由な行動の勢いある様子を強調していると言える。

はつ夏の
さむいひかげに田圃がある
そのまわりに

ちさい　ながれがある
草が　水のそばにはえてる
みいんな　いいかたがたばかりだ
わたしみたいなものは
顔がなくなるような気がした　（「水や草はいい方方である」）

この詩のタイトルは、テクストの第五行から第六行にかけての表現を縮約したものであろう。「水や草」という自然の擬人化は、結末二行の「わたしみたいなもの」との対比からも明らかである。そして、「いい方方」と評することによって、初夏を迎え生き生きとした「水や草」よりも、「もの」のように動けずにいる「わたし」のほうが劣っているという、人間たる「顔がなくなるような」自責・自虐の思いが示されている。

9

今度は、メインとなる『秋の瞳』のほうのタイトルに関して、分類ごとに、顕著な例を一つずつ取り上げ検討したい。具体的には、A1からは「夜の空のくらげ」、A2からは「痴寂な手」、A3からは「矜持ある風景」、そしてB1の「皎々とのぼつてゆきたい」、B2の「花と咲け」である。

最初に、「夜の空のくらげ」詩。

くらげ　くらげ
くものかかつた　思ひきつた　よるの月

タイトルにおける「夜の空」と「くらげ」の意味的な不整合から、「くらげ」が何かの比喩であることが予想される。それがテクストの第一行と第二行のつながりから「月」であると判明する。形状的に満月か半月の、どちらもありえるものの、くらげとの視覚的な類似性は容易に認められよう。そのうえで、この詩のポイントになるのは「思ひきつた」という擬人的な形容であろう。「くものかかつた」月であるにもかかわらず、鮮やかにそのくらげなす姿が見えることへの驚異が詩作を促したと見られる。

次は、「痴寂な手」詩。

痴寂な手　その手だ、
こころを　むしばみ　眸《め》を　むしばみ
山を　むしばみ　木と草を　むしばむ
痴寂な手　石くれを　むしばみ
飯を　むしばみ　かつをぶしを　むしばみ

ああ、ねずみの　糞さへ　むしばんでゆく
わたしを、小さい　妻を
しづかなる空を　白い雲を
痴寂な手　おまへは　むさぼり　むしばむ

おお、おろかしい　寂寥の手
おまへは、まあ
じぶんの手をさへ　喰つて　しまふのかえ

「痴寂」という語は大漢和辞典にも日本国語大辞典第二版にも載っていないので、「痴」と「寂」それぞれの字義から推定するしかない。詩テクストで繰り返される「むしばむ」や第一〇行の「おろかしい」、「寂寥」との言い替えなどからは、どのみちプラス的な意味ではあるまい。また、「手」の形容としては違和が感じられ、その表現が詩テクストに三回も出てくるのは、この語に託した八木重吉のしかるべき意図があったからであろう。その意図は、この詩が手そのものを対象化・主題化したわけではなく、いわば換喩的に、生きてゆくために、その手を持ち、動かさざるをえない八木重吉自身の比喩へとつながっている。だからこそ、そこには「痴寂」に対する否定だけではない、アンビバレントな思いがある。

そして、「矜恃ある風景」詩。

矜恃ある　風景
いつしらず
わが　こころに　住む
浪《らう》、浪、浪　として　しづかなり

タイトルそのものとしては、「矜持」という語によって「風景」を擬人化していることになるが、詩テクストの第三行「わがこころに住む」という表現によって逆転し、じつは「こころ」が「風景」に擬物化されるという仕組みになっている。その風景として、結末行にある「浪」という漢字によって、海辺のイメージが喚起させられるとともに、「らう」という音の反復によって、その激しい波音も想起される。にもかかわらず、「しづかなり」というしめくくりは、「わがこころ」の矜恃のありようを物語っている。
今度は、タイトルの表現形式の異なる「皎々とのぼつてゆきたい」詩について。

それが　ことによくすみわたつた日であるならば
そして君のこころが　あまりにもつよく
説きがたく　消しがたく　かなしさにうづく日なら

君は　この阪路《さかみち》をいつまでものぼりつめて
あの丘よりも　もつともつとたかく
皎々と　のぼつてゆきたいとは　おもわないか

「皎々とのぼる」のが月ならば、ごく自然であるものの、「のぼつてゆきたい」という人間主体の願望表現であることによって、比喩性を帯びた表現となる。それは、詩テクストの結末行に、テクスト全体から成る、長い一文における述語として現れている。その主語となる「君」と呼びかける相手は、おそらく人間であろうし、それゆえに「皎々と」が擬物的な表現ともなる。とはいえ、いっぽうで擬人化された月という解釈の可能性も排除しきれない。
最後に、「花と咲け」詩について。

鳴く　虫よ、花　と　咲　け
地　に　おつる
この　秋陽、花　と　咲　け、
ああ　さやかにも
この　こころ、咲けよ　花と　咲けよ

タイトルからは、「咲く」に対する「花と」という連用修飾語が「花のように」という比喩を表し、それによって「咲く」という動詞もまた何らかの動作あるいは状態、「花と咲く」にふさわしい、成就、実現、発露などを比喩することになる。詩テクストに四回繰り返される「咲け（よ）」の対象となるのは「鳴く虫」「この秋陽」そして「このこころ」と推移するが、並列の中でも、結末行に置かれた「このこころ」に主眼があろう。ただし、重要なのはそのことではなくして、それらが並列的であるという点である。この点から考えるならば、「花と咲け」という表現は、非在のイメージとしてだけではなく、実際にその場に秋の花が咲いていることも想像させる。

10

8・9節において、サンプル的に、八木重吉詩のタイトルそのものおよびそのテクストにおける比喩性の発現の仕組みを見てきた。しかし、先に述べたように、タイトルに使用された語彙傾向からうかがえる「精神の自然との合一化への希求」という点から見るならば、少なくとも八木重吉自身には、それらの説明はまるごと否定されるかもしれない。あるいは、そのように受け取ってほしくないかもしれない。なぜなら、比喩関係が成り立つのは、当該の対象同士が相異なる存在であることを前提とするからであり、双方をそもそも区別しようという発想がないところには、比喩表現は成り立たず、文字どおりの表現でしかないからである。

これは、幼児の発する、一般には比喩とみなしうる表現が、いわゆる相貌的知覚、つまり人間とそれ以外を区別しない知覚に基づいたものであるというのと重なる。もとより、近代的な知識人である八木重吉が幼児期の知覚をそのまま維持していたとは考えにくい。あくまでも「合一化への希求」とみなすのは、それが現実的には不可能だからこそであって、そういう希求には、神の下にあってはすべてが平等という、宗教的な観念が働いていたとも考えられよう。ともあれ結果として分析的たらざるをえない言語表現となった、彼の詩のタイトルなりテクストなりを、素朴と評するにしても、恐るべき巧緻と評するにしても、その根源に変わりはない。

表現形式のありようから見るかぎり、八木重吉詩のタイトルもテクストも、おおむね簡潔・平易であり、むしろパターン化しているとさえ言いうる。それはとりわけタイトルに顕著であり、身近な自然物か自らの内面にほぼ限定された対象をそのまま指し示すことばによってのみ構成されている。そのようなタイトル自体からなんらかの寓意を読み取ることは困難である。見方を変えれば、彼のタイトルはそのような読み取りをテクストに先だって拒否しているとも言える。

いくつかサンプルとして取り上げた、比喩性が認められるタイトルにしても、一般の用法に照らせばということであって、八木重吉自身がその表現にどれほどの違和を感じていたか、定かではない。ただ、確かに言えるのは、かりに読み手が違和を感じることがあったとしても、書き手の八木重吉にとっては、その表現・そのタイトルはテクストから導かれた必然であって、それがゆえの効果を狙ったわけではない、ということである。このことは、テクスト内でのタイトル表現の出現度の突出した高さからも、その出現の冒頭行・結末行への集中と反復の多さからも、指摘することができる。

このようなタイトルが文学タイトル一般の持つ内容説明の機能を果たしているかと言えば、八木重吉の詩全体を見渡しても、その意図を積極的に持つことはなかったと推測される。さらに突き詰めれば、タイトル後付け方式を採っていたと見られる八木重吉にすれば、タイトルはせいぜい詩相互を区別する程度の便宜に過ぎなかったのかもしれない。もちろん、テクストというものはタイトル込みで、書き手の意図を離れて存在するのであるから、それに拘泥する必要はないのであるが。

そのうえで、ことのほか興味深いのは、八木重吉詩におけるタイトルとテクストにおける比喩関係の逆転あるいは交替の様相である。タイトルを喩えられるべきテーマとみなしてテクストにあたってみると、じつは喩えるイメージであったという様相であり、両者は相互的な比喩関係にある。これはタイトルが簡素かつ具体的な表現であるために生じるとも言えるが、それだけではなく、文学タイトル一般がテクストとの提喩的な関係から成り立っているのとは異なって、逆転可能な、つまりどちらが主でどちらが従ということではない関係をテーマとして設定しているからであると考えられる。

このことが、やはり八木重吉詩だからこそなのか、他の文学ジャンルとは異なる「詩ならではの必要性、固有性があるからなのか」、振り出しに戻って、また考えざるをえまい。

【参考】八木重吉詩タイトル一覧（配列順）

『秋の瞳』

息を殺せ・白い枝・哀しみの火矢《ひや》・朗《ほが》らかな日・フヱアリの国・おほぞらのこころ・植木屋・ふるさとの山・しづかな　画家・うつくしいもの・一群の　ぶよ・鉛と　ちようちょ・花になりたい・無雑作な雲・大和行・咲く心・剣《つるぎ》を持つ者・壺《つぼ》のような日・つかれたる心・かなしみ・美しい夢・心よ・死と珠《たま》・ひびくたましい・空を指《さ》す梢《こずゑ》・赤ん坊がわらふ・花と咲け・甕《かめ》・心よ・玉《たま》・こころの海《うな》づら・貫《つら》ぬく光・秋のかなしみ・泪《なみだ》・石くれ・龍舌蘭・矜恃ある風景・静寂は怒る・悩ましき外景・ほそいがらす・葉・彫られた空・しづけさ・夾竹桃・おもひで・哀しみの海・雲・或る日のこころ・幼い日・痴寂な手・くちばしの黄な黒い鳥・何故に色があるのか・白き響き・丘をよぢる・おもたいかなしみ・胡蝶・おほぞらの水・そらのはるけさ・霧がふる・空が凝視《み》てゐる・こころ暗き日・蒼白いきりぎし・夜の薔薇《そうび》・わが児・つばねの穂・人を殺さば・水に嘆く・蝕む祈り・哀しみの秋・静かな焔・石塊《いしくれ》と語る・大木《たいぼく》をたたく・稲妻・しのだけ・むなしさの空・こころの船出・朝のあやうさ・あめの日・追憶・草の実・暗光・止まつたウオツチ・鳩が飛ぶ・草にすわる・夜の空のくらげ・虹・秋・黎明・不思議をおもふ・あをい水のかげ・人間・皎々とのぼつてゆきたい・キーツに寄す・はらへたまつてゆくかなしみ・怒《いか》れる相《すがた》・かすかな像《イメエジ》・秋の日のこころ・白い雲・白い路・感傷・沼と風・毛虫をうづめる・春も晩く・おもひ・秋の壁・郷愁・ひとつのながれ・宇宙の良心・空と光・おもひなき哀しさ・ゆくはるの宵・しづかなるながれ・ちいさいふくろ・哭くな児よ・怒り・春・柳もかるく

『貧しき信徒』

母の瞳・お月見・花がふつてくると思ふ・涙・秋・光・母をおもふ・風が鳴る・こどもが病む・ひびいてゆかう・美しくすてる・美しくみる・路・かなかな・山吹・ある日・憎しみ・夜・日が沈む・果物・壁・赤い寝衣・奇蹟・私・花・冬・不思議・人形・美しくあるく・悲しみ・草をむしる・童・雨の日・蟻・大山とんぼ・虫・あさがほ・萩・水瓜を喰わう・こうぢん虫・春・春・陽遊・春・梅・冬の夜・病気・太陽・石・春・春・春・桜・神の道・冬・冬日・森・夕焼・霜・冬・日をゆびさしたい・雨・くろずんだ木・障子・桐の木・ひかる人・木・踊・お化け・素朴な琴・響・霧・故郷・こども・豚・犬・柿の葉・涙・雲・お銭《あし》・水や草はいい方方である・天・秋のひかり・月・かなしみ・ふるさとの川・ふるさとの山・顔・夕焼・冬の夜・麗日・冬・冬の野・病床無題・無題・無題・無題・梅・雨・木枯・無題・無題・無題・無題

私題

さだまさし歌詞

リルケのようにそれは耳に屹立する詩と呼べるかもしれない。

――辻邦生――

1

シンガー・ソングライターのさだまさしは、一九七三年のプロ・デビュー以来、四〇年以上経った今もなお、現役で活躍し続けている。この間、日本のアーティストとしては最多を誇る四千回以上のコンサートをこなし、NHKの紅白歌合戦にも一九回出場、ファンクラブの会員も二万人以上。自らが作詞あるいは作曲した歌は五〇〇曲を越えるという。

このように、日本のシンガー・ソングライターを代表するさだまさしであるが、音楽界にとどまらず、社会的にも何かと物議を醸すことが多かった。二〇一七年一一月三〇日放送のNHK「SONGS」という番組に出演したさだは、「ああ、いわれなき炎上の45年」と題して、その回顧を行っている。たとえば、一九七四年の日本レコード大賞作詩賞を得た「精霊流し」ではネクラ、一九七七年の同賞受賞作品「雨宿り」では軟弱、「無縁坂」ではマザコン、そして一九七八年の「関白宣言」では女性蔑視、「防人の詩」では戦争賛美、といった具合である。

これらが「炎上」したのは、もちろん曲のせいではなく、歌詞の如何による。つまり、賛否の評価はともかく、さだの歌詞における言語表現が聞く人々を刺激したのであって、逆に言えば、さだは当時の世相のありようを敏感に感じ取り触発したとも言えよう。

『さだまさし　時のほとりで』（新潮社、一九八〇年）が刊行されたとき、さだはそのまえがきに、次のように記している。

正直に告白しますと、これらは歌詞であって、凡そ「詩」と呼べる代物ではありません。「詩」は、言葉や文字だけで、リズムやメロディを持っているはずですが、残念乍ら、自分の「歌詞」は、あくまで「歌詞」の域を超えておりません。

「詩集」を名乗るとは、おこがましくも恥ずかしいものです。

だが、恥ずかしい理由をたどれば、それは常に、創作時に於いて、メロディと同時進行で作ってゆく、自分の方法に於いての妥協点の低さ、という処に行き着くのです。

このように謙遜するいっぽうで、別の箇所では次のようにも述べる。

僕は、当時の日本人フォークシンガーの「反戦歌」を、奇妙な思いで見つめていた者の一人でした。旋律の無いメロディと、詩ではない言葉をもって鮮やかにアジテートするパワーと才能に驚くと同時に、二つの大きな疑問が生まれました。(235頁)

「詩ではない言葉」というところに注目したい。ここには、たとえ歌詞であろうとも「詩」であることをめざそうとする、さだの姿勢が読み取れる。当時、若者にもてはやされた、「詩ではない言葉」を用いた社会的なメッセージ・ソングから見れば、さだの歌詞が詩的かつ私的であるがゆえに、「炎上」することになったのである。ＮＨＫの番組の中で、歌詞を最後までちゃんと読めば、批判は的外れと分かるはずなのに…、と語っているが。

そのような中にあって、同書末尾に添えられた、作家の辻邦生の「さだまさし幻想」という文章は、以下のように、ほとんど絶賛！に近い。


私は年甲斐もなく中島みゆきが好きだし、何人かのニュー・ミュージックの旗手たちに好意を抱いている。彼らの作りあげる新しい情感の歌は、港町や女の涙や酒の溜息より、はるかに私の心の生の鼓動を感じさせる。

しかし〈さだまさし〉は違っていた。違っていたというより、明治以後の日本で、生みだすことのできなかった何かが、この詩人＝作曲家＝歌手によって作りだされている――そんな思いが私の胸に溢れた。（253頁）

そのうえで、辻は「彼の本領は、真の意味での抒情」であり、「さだまさしの詩はほとんどが短篇小説的状況の上に成立」し、「単に抒情的な表現によって訴えるより、状況（死、別れ等）の構造が持つ情緒喚起力が適確に効果として使われている」として、あげくは「リルケのようにそれは耳に屹立する詩と呼べるかもしれない」とまで言う。

もちろん、さだの著作の解説であるから、多少割り引いて捉える必要はあるが、単なる提灯とみなすのは不当であろう。当時にあっても、現在においてはなおさら、そのすべてとまでは言わないものの、詩性という点において、さだのそれはやはり他から際立っていると考えられる。

2

ここで取り上げるのは、さだの歌詞そのものではなく、タイトルである。歌詞の表現に対するこだわり意識がタイトルにも及ぶのは、文学作品全般におけるテクストとタイトルの関係を考えるならば、そして大衆文化の一つとしてのタイトルのアピール力の必要性も勘案するならば、当然であろう。

たとえば、さだのライナー・ノートには、「桃花源」という曲のタイトルについて、「陶淵明の『桃花源記』からとった題名です」、「セロ弾きのゴーシュ」というタイトルには、「僕の大好きな童話作家の題名そのままなのですが、物語そのものには全く関連がありません。心優しい、下手なセロ弾きという主人公が大好きです」、「検察側の証人」というタイトルには、「アガサ・クリスティの名短編小説と同名です。ストーリィは無関係です」などのように、わざわざタイトルの由来を明かしてみせている。

また、「安曇野」というタイトルには、「この歌は安曇野という題名どおりはっきりと舞台を明らかにした。何故かというとまず、安曇野という字づらが好きだ」、「僕にまかせてください」というタイトルには、「最初この歌を作った時、題名を「彼岸過迄」としたのですが、それはもちろん、漱石の同題名小説のもじりのつもりでした。だが、墓参り、というもののとらえ方、彼岸、という言葉のとらえ方が、僕と一般的な人々との間に相当な、ずれがあった様で、この題名は「暗いのでは」というクレームが付きました」、「第三者」というタイトルには、「初め、「ラスト・オーダー」という主題だったこの歌ですが、途中で作者がぽっきりと折れてしまいました」などのように、それぞれのタイトルを決めるまでの経緯を示すコメントも見られる。

ごく一部に関するコメントではあるが、これらからだけでも、タイトルを付けるにあたって、相当の配慮がされていることをうかがわせるのには十分であろう。

対象とするタイトルは、インターネットで公開中の「さだまさし歌詞リスト」(http://j-lyric.net/artist/a0004ab/)をメインの資料として収集し、その中のさだ単独の作詞のみを取り上げ、それに出ていない分を『さだまさし　時のほとりで』(新潮社、一九八〇年)、『さだまさし　旅のさなかに』(同、一九八二年)、『さだまさし　夢のかたみに』(同、一九八四年)の三冊で補った。計四六五タイトルとなり、さだの、これまで作った歌詞の全部ではないものの、九割近くはカバーすることになるであろう。

なお、複数曲に同一のメインタイトルで異なるサブタイトルがある場合は、同一とみなして処理した(たとえば、「シラミ騒動」には、他に「シラミ騒動組曲第一楽章「シラミ騒動」」、「シラミ騒動組曲第二楽章「シラミ逃亡」」、「シラミ騒動組曲第三楽章「シラミ・ナイト・フィーバー」」のように、メインが同一でサブタイトル相当部分にのみ違いのあるものは、歌詞の重なりもあるので、一つとした。ただし、「雨やどり」と「もうひとつの雨宿り」のように、メロディは同じであっても、メインタイトルの一部が異なり、歌詞も異なる場合は別に扱った)。また、漢字表記のタイトルは、歌詞に出てくる語形を採用した(たとえば、「異邦人」というタイトル表記の場合、歌詞には「いほうじん」はなく「エトランゼ」と出ているので、それをを採用した。「時差」というタイトルの歌詞では、「じさ」と「タイム・ラグ」の両方が出てくるが、この場合はそのままの読みの「じさ」のほうを採った)。

3

さだまさしの歌詞タイトル全体の量的な傾向を示す前に、歌詞一般のタイトルとは異なる、目立った点をいくつか指摘しておきたい。

まず、さだの歌詞が短篇小説的であるという指摘を先に紹介したが、タイトルにも「短篇小説」というそれ自体があり、他に「推理小説《ミステリー》」「童話作家」というのもある。ちなみに、「短篇小説」というタイトルは、その歌詞の中で、「短篇小説の始まりの様に／ガラス細工の言葉で／明日という文字をあなたの背中に／いつもつづっていたのに」と「短篇小説のおしまいの様に／ふいにつき落とさないで／お願いあなたを思い出の人に／どうぞしないで下さい」のように、比喩として用いられている。

さだの小説好きが歌詞やタイトルに反映していることは、すでに挙げた「セロ弾きのゴーシュ」や「検察側の証人」もそうであるが、これら以外にも、「イーハトーヴ」（宮澤賢治）、「草枕」（夏目漱石）、「檸檬」「城のある町」（梶井基次郎）、「つゆのあとさき」（永井荷風）、「桜の樹の下で」（坂口安吾）、「教室のドン・キホーテ」（セルバンテス）、「夜間飛行」（サン・テグジュペリ）、「ハックルベリーの友達」（マーク・トウェイン）など、小説の題名や場所・人物を採っていることから、分かる。まあ、多少、文学青年臭が鼻に付かなくもないけれど。

日本の古典文学に対する関心から意図的に付けたと見られるタイトルも、いろいろある。今回の調査で対象とした歌詞はさだ単独の作詞によるものに限り、他との共作あるいは補作によるものは除外したが、「風の宮」と「桜人〜終章　しづ心なく〜」と題する二曲だけは取り上げた。理由は、前者が西行、後者は紀友則・西行との共作！ということで、これら大昔の歌人の和歌の引用を主としてまとめられた歌詞は、他とは明らかに性質が異なるからである。

「桜人」の歌詞は次のとおりであり、その大部分を占めているカギカッコ内が二人の有名な和歌である。

今宵　桜人
「久方の　光のどけき　春の日に
しづ心なく　花の散るらむ」
今宵　想ひ人
「願はくは　花の下にて　春死なむ
その如月の　望月のころ」
はらりはら　はらはらり　はらはらり
ゆらりゆら　ゆらゆらり　ゆらゆらり

さらに関連して、文語とりわけ雅語（歌語）の使用も目立つ。たとえば、「いにしへ」「空蝉《うつせみ》」「糸遊《かげろう》」「片恋」「とこしへ」「春告鳥《はるつげどり》」「飛梅《とびうめ》」「紫野《むらさきの》」「まほろば」「篝火《かがりび》」「防人《さきもり》の詩《うた》」など、古典和歌にちなむ語をタイトルにしている。

一方で、漢語しかも一般にはなじみの薄い、やや難解な漢語をあえて使用した節も見られる。たとえば、

「邂逅」「勧酒」「寒北斗」「告悔」「驟雨」「逍遥歌」「沈吟」「白雨」などのタイトルである。中には、「破」や「烈」という漢字一字のタイトルもあり、これらは歌詞にも出てこないので、読みも特定できない。おそらくは読みに関係なく、漢字自体の意味を示そうとしたかと考えられる。これらのタイトルからは、日常的ではない、それぞれの語あるいは漢字からの詩的なイメージが喚起されやすいと言えよう。

他には、普通はタイトルにしないと思われる、「一期一会」「生生流転」「多情仏心」のような四字熟語、「となりの芝生」「猫に鈴」「六日のあやめ」のような日本の諺、「MOTTAINAI」と、あえてローマ字表記にしたことで示される流行語、「0―15（ラブ・フィフティーン）」というテニス用語、「がんばらんば」「死んだらあかん」「GENAH!」などの方言も見られる。

また、いかにもユーモラスなタイトルもあり、たとえば、「虫くだしのラプバイ」「シラミ騒動」「ねこ背のたぬき」「私は犬に叱られた」などのように生き物を取り上げたり、「豆腐が街にやって来る」「昨日・京・奈良、飛鳥・明後日」のようなもじりや、「AじゃないかEじゃないか」「So It's a 大丈夫 Day」「凛憧《りんどう》」のような文字遊びを採り入れたりもしている。

さだの愛用語あるいは彼の歌詞のキーワードと思われる語もある。「夢」と「愛」と「しあわせ」そして「桜」の四語である。「夢」の出てくるタイトルに「夢」「夢唄」「夢一匁」「夢一色」「夢街道」「夢百合草」「夢の続き」「夢の夢」「夢の轍」「夢の吹く頃」「夢見る人」「強い夢は叶う」「夢と呼んではいけない」「夢ばかりみていた」「Dream」、「愛」には「愛」「愛について」「愛の音」「風が伝えた愛の唄」「題名のない愛の唄」「もう愛の歌なんて唄えない」「君の歌うラブソング」「オールド・ファッションド・ラブ・ソング」、「しあわせ」には「しあわせについて」「幸せブギ」「しあわせの星」「たくさんのしあわせ」「幸福《しあわせ》になる一〇〇通りの方法」、そして「桜」には「桜桜咲くラプソディ」「サクラサク」「桜散る」「さよならさくら」があり、さだのタイトル全体の総語彙数からすれば大した数ではないものの、意味分野別に見るならば、それぞれかなり際立っていて、さだの歌詞の主題と嗜好の如何が読み取れる。

最後に、一例だけ「題名のない愛の歌」という、「題名のない」という断わりの入ったタイトルがある。この表現は歌詞の中にはまったく出てこないので、「愛」と「愛の歌」のどちらを修飾しているのかも判然としない。もしかしたら、さだの「まほろば」という歌に出て来る「例えば君は待つと／黒髪に霜のふる迄／待てると云ったがそれは／まるで宛て名のない手紙」というフレーズの中の「宛て名のない手紙」と同工異曲かもしれない。

ともあれ、このように、さだまさしの歌詞タイトルには、彼自身の個性がかなり色濃く現れた、独自で多様な特徴が認められる。

4

さて、タイトルの表現形式を見てみると、全体の約八割（三七五／四六五例）が名詞止めになっている。ただし、名詞（句）に集中するのはタイトル一般に見られる傾向であって、さだに限ってのことではない。むしろ表現形式上の、さだのタイトルの特徴となりそうなのは、残りの約二割のほうで、そのほとんどが一文から成る。それを便宜的に、平叙文、命令文、挨拶文の三種に分けると、次のとおりである（スラッシュは表現類型の別を示す）。

〔平叙文〕

あなたが好きです、茨にもきっと花咲く、思い出はゆりかご、君は歌うことが出来る、サクラサク、桜散る、強い夢は叶う、天空の村に月が降る、豆腐が街にやって来る、薔薇ノ木ニ薔薇ノ花咲ク、So It's a 大丈夫 Day、空になる／やさしい歌になりたい、私は犬になりたい／銀杏散りやまず、きみを忘れない、もう愛の歌なんて唄えない／天文学者になればよかった、何もなかった、みるくは風になった、私は犬に叱られた、夢ばかりみていた

〔命令文〕

男は大きな河になれ、君は穏やかに春を語れ、天までとどけ、Close Your Eyes／SMILE AGAIN、ちからをください、僕にまかせてください／夢と呼んではいけない、死んだらあかん／泣クモヨシ笑フモヨシ、Aじゃないか E じゃないか、たまにはいいか

〔挨拶文〕

さよならさくら、さよならにっぽん、Bye Bye Guitar、Bye Bye Blue Bird／前略、ごめん

文と語の本質的な違いは、ことがらを表すか、こと・ものを表すか、表現意図を示すか、示さないかにある。一文によるタイトルは、何らかのことがらを、特定の表現意図をもって表すということであって、

それはさだの歌詞のありよう、つまり「短篇小説的な状況性」のみならず、「メッセージ性」にも呼応していると考えられる。タイトルとしては、簡潔なほうが記憶に残りやすいはずであるが、あえて長めとなる一文にするところには、タイトルに対する、さだの、そのような強い意図があると言えよう。

名詞止めではないタイトルで、一文以外は、動詞句のタイトルであり、「煌《きら》めいて／抱きしめて／君を信じて／心にスニーカーをはいて／素直になりたくて／南風に吹かれて／勇気を出して／若葉は限りなく生まれつづけて／青空背負って」などのように、テ止めの一句になっている。これらも一文に準じた、状況性やメッセージ性を有していると見られる。

5

名詞止めのタイトルのうち、名詞一語から成るのは二四九例で、約三分の二、タイトル全体においても、その過半に及ぶ。

この二四九語を語種によって分類すると、和語が七二語（二八・九％）、漢語が九七語（三九・〇％）、外来語が四八語（一九・三％）、混種語が三二語（一二・九％）、となる。文章一般における語種分布から見れば、さだのタイトルには、外来語や混種語の割合が相対的に高い。これは、先に指摘した、和語や漢語の目立ち具合からすると、意外の感もある。もっとも、それは次のような事情含みだからである。

一つは、外来語に関して、その表記の事情である。「カーテンコール」「ヴァージン・ロード」「ラストレター」などのカタカナ表記、あるいは「DREAM」「SUNDAY PARK」「Forget-me-not」などのアルファベット表記ならば一般的であり、すぐに外来語と認知できるが、四八例のうち、半数近くの二〇例が漢字表記で、ほとんどは漢語なのである（*はサブタイトルとして示されているもので、その他は歌詞内）。

住所録（アドレス・ノオト）、聖野菜祭（*セント・ヴェジタブル・デイ）、異邦人（エトランゼ）、極光（*オーロラ）、金糸雀（カナリア）、秋桜（コスモス）、療養所（サナトリウム）、上海小夜曲（シャンハイセレナーデ）、非因果的連結（シンクロニシティ）、交響楽（シンフォニイ）、小夜曲（セレネード）、孤独（*ソリテュア）、歳時記（*ダイアリィ）、距離（*ディスタンス）、理想郷（*ニライカナイ）、肖像画（ポートレート）、推理小説（*ミステリー）、霧（*ミスト）、好敵手（ライバル）、檸檬（レモン）

これらの漢字表記にもかかわらず、外来語と認定したのは、歌詞の中には、そのままの音読みではなく、意味的に対応する外来語として出てくるからである。「住所録」「交響楽」「肖像画」などは漢語としてもごく普通であるが、歌詞に「アドレス・ノオト」「シンフォニイ」「ポートレート」としか出てこないので、外来語に分類したにすぎない。また、「非因果的連結」というのはなじみが薄い語であり、「シンクロニシティ」と歌詞に出てきても、両者を結びつけにくいかもしれない。

このような、タイトルにおける語と表記の関係は、謎かけという遊び的な性質によるものではあるまい。語よりも意味を優先したからとも考えられるが、「ETERNALLY」という、外来語というよりは外国語の場合は本来のアルファベット表記であるし、逆に「GENAH!」というアルファベット表記は、一見、外国語風であるが、歌詞を見れば、方言の文末表現の「げな」ということもあり、徹底しているとは言いがたい。おそらくは、メロディに乗せるにはふさわしい、歌詞における外来語と、タイトルには好みの漢字表記あるいは漢語という使い分けがされたのであろう。

なお、名詞一語のタイトルにおいて、漢字のみによる表記が一七七例で、全体の約七割を占める。それに対して、ひらがなのみによる表記はわずか一五例で、ほとんどが和語であるが、二例だけ「すろうらいふすとーりー」と「かすてぃら」という外来語に当てられている。

もう一つの事情は、混種語の成り立ちである。組み合わせとしては、和語+漢語が二一語、和語+外来語が八語、漢語+外来語が三語であるが、成り立ちとしては、次の三種類に分けられる。

一つは、一般的な語の場合で、「時代はずれ」「線香花火」「春爛漫」「フェリー埠頭」が相当する。二つめは、固有名詞の場合で、「縁切寺」「心斎橋」「廣重寫眞館」「無縁坂」「邪馬台」「軽井沢ホテル」「春女苑」「冬薔薇《ふゆそうび》」、さらに「精霊流し」や「TOKYO HARBOR LIGHTS」も準じる。これらの混種語は、歌詞の内容に関わる主要な素材や設定などを表す語であり、それなりの必然性によってタイトルに選ばれたと見られる。

もう一つは、さだの造語と想定される場合で、これが最も多く、「アパート物語」「上海物語」「東京物語」「玻璃草子《ガラスぞうし》」「どんぐり通信」や「幸せブギ」「長崎小夜曲《ながさきシティセレナーデ》」のように、歌詞の内容や曲の種類をメタレベルで示す語を含む場合と、「あなた三昧」「笑顔同封」「おもひで泥棒」「シラミ騒動」「ほたる列車」「夢一夕」「夢街道」「鳥辺山心中」「おむすびクリスマス」「黄昏アーケード」「長崎 BREEZE」のように、多くはタイトルの表現そのものが比喩性を帯びた組み合わせになっている場合とがある。どちらも、タイトルならではの造語と考えられる。

名詞一語のタイトルで、同語種同士の複合語には、和語同士が四二語、漢語同士が四五語、外来語同士が一五語あるが、第三の造語のケース、つまりタイトルらしい造語に当てはまるのは、次のようなものがある。

〔和語同士〕
詩島唄《うたじまうた》、夢唄、Kana-shimi 橋、さよなら橋、やすらぎ橋、絵はがき坂、黄昏坂《たそがれざか》、春待峠《はるまちとうげ》、秋麗《あきうらら》、恋人擬《こいびともどき》、さくらほろほろ、夢一色《ゆめひといろ》

〔漢語同士〕
不良少女白書、逍遥歌、白秋歌、恋愛症候群

〔外来語同士〕
すろうらいふすとーりー、SUNDAY PARK、ミスター・オールディーズ

6

名詞一語以外の、名詞句のタイトル（一二六例）の中で最も多いのが、「名詞＋の＋名詞」の七三例で、

六割近くを占める。この表現形式を中心として、名詞句タイトルの全体的な特徴を三点、挙げる。

第一に、混種語の場合と同様に、作品自体を示す語を含むタイトルがある点である（該当語を傍線で示す）。

紫陽花の詩《うた》、苺ノ唄、ガラパゴス携帯電話の歌、防人の詩《うた》、ふきのとうのうた、山ざくらのうた、
空色の子守歌、歌紡ぎの小夜曲《セレナーデ》、道化師のソネット

「名詞＋の＋名詞」以外の名詞句タイトルにも、同様の例が認められる。

風が伝えた愛の唄、題名のない愛の唄、君の歌うラブソング、
オールド・ファッションド・ラブ・ソング、誰も知らない二番目のうた、古い時計台の歌、
桜桜咲くラプソディ、大きな森の小さな伝説

第二に、固有名詞が多く含まれる点である。「紫陽花の詩」「苺ノ唄」「茨の木」「桐の花」「胡桃の日」「向日葵の影」「ふきのとうのうた」「六日のあやめ」「山ざくらのうた」のような植物名、「あこがれの雲《ユン》南《ナン》」「オレゴンからの愛」「ガラパゴス携帯電話の歌」「長崎の空」「広島の空」などの地名、「教室のドン・キホーテ」「セロ弾きのゴーシュ」「建具屋カトーの決心」「ハックルベリーの友達」「マグリットの石」のような人物名、その他に「ねこ背のたぬき」「冬の蝉」や「ソフィアの鐘」（「ソフィア」は上智大学

と思しい）というのもある。

「名詞＋の＋名詞」以外の名詞句タイトルを見ても、植物名として「桜桜咲くラプソディ」「バニヤン樹に白い月」、地名として「昨日・京・奈良、飛鳥・明後日」「八ヶ岳に立つ野ウサギ」「フレディもしくは三教街」、人物名としては「ステラ、僕までの地図」と前掲の「フレディ」、動物名として「風に立つライオン」「猫に鈴」「空缶と白鷺」「つばめよつばめ」などと前掲の「野ウサギ」、という具合である。

名詞句タイトル全体としてみれば、植物名と地名の二つの固有名詞が出て来る頻度が高い。これは、さだにとって、個別・具体的な植物や場所がとりわけ歌詞あるいはタイトルを発想する際のきっかけとなることを示唆していると思われる。

第三に、自然に関わる語が目立つ点である。すでに示した、名詞一語の場合も含め、それらの固有名詞を加えれば、さらにその傾向は強まる。たとえば、季節関係の「春」「春爛漫」「残春」「惜春」「春への幻想」「君は穏やかに春を語れ」「春の鳥」「つゆのあとさき」「遠い夏」「秋麗」、時間帯関係の「黄昏迄」「白夜の黄昏の光」「雨の夜と寂しい午後は」「十三夜」、自然現象関係の「風の篝火」「風の宮」「風の谷から」「風が伝えた愛の歌」「風に立つライオン」「風を見た人」「みるくは風になった」「南風に吹かれて」「向い風」「夕凪」、「秋の虹」「虹の木」、「雨の夜と寂しい午後は」「驟雨」「白雨」「春雷」「初雪の頃」「雪の朝」「霧に消えた初恋」「霧《ミスト》」、天体関係の「空になる」「青空を背負って」「天までとどけ」、「月の光」「赤い月」「バニヤン樹に白い月」「天空の村に月が降る」「月蝕」、「しあわせの星」「ふたつならんだ星」「病んだ星」「天狼星に」「流星雨」、「落日」「残照」、地象関係の「地平線」「遠い海」「なつかしい海」「ひき潮」「潮騒」「渚にて」「岬まで」「男は大きな河になれ」、植物関係の「大きな森の小さな伝説」「少年達の樹」「夢の樹の下で」「木を植えた男」「記念樹」、「花の色」「しおれた花」「名もない花」「明日咲く花」、「若葉は限りなく生まれ続けて」などである。

さだの歌詞の内容も、一般の歌詞と同様、人事・心情を中心としたものであるが、タイトルにおける、このような自然語彙への志向は、彼の表現方法が人事・心情を自然と関わらせて歌う、いわゆる寄物陳思という、和歌の伝統に則そうとしていることを物語っている。さらに言えば、人事系よりも自然系、あるいは動物系よりも植物系という傾きは、さだの歌の印象・イメージとも重なるであろう。

7

視点を変えて、今度は、さだの付けたタイトルが歌詞のテクストの中にどのように現れているかを見てみたい。

タイトル表現がそのまま、あるいは一部、または類義表現として歌詞に現れるのが、四一三曲、まったく見られないのが五二曲ある。全体のほぼ九割の歌詞にタイトルが現れるわけであるから、さだのタイトルはおおよそ、歌詞との関連が認めやすい、もしくは歌詞の中の表現から採られたと言える（その逆は考えにくい）。

問題は、タイトル表現がまったく見られない五二曲のほうである。中には、「前夜」というタイトルのサブタイトルに「桃花鳥《トキ》」とあり、それが歌詞に出てくるケースもあるが例外的である。また、たとえば

「記憶」というタイトルで「思い出」、「吸殻の風景」というタイトルで「煙草」、「空色の子守歌」というタイトルで「空」、「第三病棟」というタイトルで「病室」、「朝刊」というタイトルで「新聞通」、「昔物語」というタイトルで「あの頃」、「夕凪」というタイトルで「凪」というように、それぞれのタイトルと関連する表現が歌詞に出てくるケースもあるが、そのままとは言えない。

歌詞に現れないタイトル表現の全体的な特徴として指摘できるのは、抽象的あるいは概念的な内容を表す語が含まれるという点である。

「晩鐘」や「茨の木」「追伸」などのように具体的な語のタイトルもなくはないが、これらはそれ自体が素材として歌詞の中に出てくるのではなく、歌詞の内容全体の比喩としてタイトルに用いられたと見られる。たとえば「晩鐘」の歌詞（一番のみ）をあげてみる。

風花が　ひとひら　ふたひら　君の髪に舞い降りて
そして紅い唇沿いに　秋の終わりを白く縁取る
別れる約束の次の　交差点向けて
まるで流れる水の様に　自然な振りして　冬支度
僕の指にからんだ　最後のぬくもりを　覚えていたくて　つい立ち止まる
君は信号が待ちきれない様に　向こう岸に向かって駆けてゆく
銀杏黄葉の舞い散る交差点で　たった今　風が止まった

この歌詞には、「晩鐘」という語そのものはもとより、その時間帯あるいは「晩鐘」の代わりになる物は、二番にもまったく出てこない。「晩鐘」というタイトルは、歌詞全体が描く恋愛の終わりを告げる場面のありようを、その喚起する情景イメージによってたとえる表現として位置付けられる。

抽象的あるいは概念的な語としては、すでに示した「破」や「烈」という漢字一字の語は言うに及ばず、以下のタイトルが相当しよう。

家路、一万年の旅路、邂逅、片恋、いのちの理由、関白宣言、関白失脚、決心、告悔、殺風景、聖域、静夜思、誓いの言葉、沈吟、勇気凛々、ゆ・ら・ぎ、生生流転、多情仏心

これらは、歌詞のテクストとはレベルを異にする語として、その内容全体をまとめてタイトルにしたものであり、インパクトはともかく、タイトル一般としての質量的な条件を満たしたものと言える。

たとえば、「烈」の歌詞（一番）は、

遠すぎて　遠すぎて　届かない恋
近すぎて　近すぎて　聞こえない愛

滅びない恋を　捜しています
掌で包む程　小さくて良いのです
朽ち果てぬ夢を　知りませんか
ため息で融ける程　短くて良いのです

わたしがこわれても　あなただけ守りたい
それは正しいことじゃないのですか

であり、「烈」はこの歌詞に歌われた思いの痛烈・激烈なさまを、この一字で端的に表そうとしたと考えられる。

ただし、先に挙げた中の「関白宣言」というタイトルの歌は、冒頭に紹介したように、おそらくはこの「関白」という語によるまとめ方が、時代に逆行するものとして、その大いなるインパクトにより、猛烈な反発を受けた。歌詞だけならば、ちょっと強がりを見せてプロポーズする、ごく普通の、ウブな男にしか受け取られなかったはずであるから、さだはあえて挑発的に「関白」という語をタイトルに用いたにちがいない。さだは世間の反発を誤解だと反論していたが、じつは思うツボだったのではあるまいか。なお、「関白失脚」という曲は、「関白宣言」と同じメロディで、その後の失脚の様子を表わすことで、世間にフォローしたと見られる。

8

さだの歌詞には、その九割にタイトル表現が現れるわけであるが、その現れ方はけっして一様ではない。出現回数を見ると、最低一回から最高四〇回まで分布している。分布状況は次のとおりである（なお、ここでは、タイトルの一部のみ、あるいはその主要語が複数あり、それが一続きではなく、バラバラに出てくるものは除いてある）。

一回：93例、二回：89例、三回：65例、四回：34例、五回：23例、六回：13例、七回：4例、八回：8例、九回：4例、一〇回：2例、一一回：1例、一二回：4例、一六回：2例、一八回：1例、二四回：2例、四〇回：1例

これによれば、一回のみが全体の四分の一強、二回までで半分を越え、三回までだと約七割となる。歌詞によって長短はあるものの、一回から三回あたりが、さだの歌詞におけるタイトル出現の平均的なところであろう。

なお、出現回数のカウントのしかたについて、補足説明しておくべき点がある。

第四位の一六回出現する「問題作～意見には個人差があります～」であるが、じつは、この歌詞で一六回も繰り返されるのは「問題作」というメインのほうではなく、「意見には個人差があります」というサブのほうである。メインタイトルを対象とするという基準からすれば、〇回になる例であるが、サブタイ

トルの出現がとくに目立ったので例外扱いとした。一文をタイトルにすることを辞さないさだであるから、この歌もサブのほうだけをタイトルにしても良さそうなのであるが、歌詞の内容がかなりドギツイ世相批判になっているので、多少その色を薄めるための韜晦かもしれない。類似例としては、一回しか出て来ない「夢と呼んではいけない」というタイトルの歌詞に、そのサブタイトルである「星屑倶楽部」という語が八回見られる。

一二回出現する一つに「ハックルベリーの友達」というタイトルがあるが、反復されるのは「Huckleberry Friends」という英語のほうのみであり、タイトルはその翻訳となる。また、三回出て来る「Close your eyes」「シバス　パラ　チリ」、二回の「夢《ゆめ》百《ゆ》合《り》草《そう》」「道の途中で」「時差」、一回の「ETERNALLY」は、歌詞の中でそれぞれに加えて、意味的に対応する、「瞳を閉じて」が一回、「もしもチリに行くなら」が二回、「あるすとろめりあ」が八回、「on the way」が四回、「TIME LAG」が六回、「永遠」が三回、登場する。

最多の四〇回の歌は「がんばらんばMotto」というタイトルで、「がんばらんばMotto Motto がんばらんば／がんばらんば　何でんかんでん　がんばらんば／がんばらんばMotto Motto がんばらんば／がんばらんば　どいでんこいでん　がんばらんば」というフレーズが五回も繰り返される（タイトルの「Motto」が付くのだけならば一〇回）。第二位の二四回出現の例も、「がんばらんば」というタイトルの歌で、こちらの歌詞にはまだ他の表現も見られるのであるが、後続の「がんばらんばMotto」はほとんど掛け声だけの応援歌になっている。

他の、一〇回以上のタイトルを列挙すると、「チャンス」（二四回）、「SMILE AGAIN」（一八回）、「Dream」（一六回）、「明日檜」「みらいへ」（ともに一二回）、「MOTTAINAI」（一一回）、「ちからをください」（一〇回）、「しあわせについて」（一〇回、ただし「しあわせ」のみ）である。

当然ながら、反復回数の多いタイトル表現は、総体に短かめであり、かつ一、二語の場合の反復は、それを含むフレーズのリフレインとしてだけでなく、外来語（外国語）の場合が典型のように、歌詞の文脈からは独立していることが多い。たとえば、「SMILE AGAIN」という歌の場合、「SMILE AGAIN　祈りは海を越え／SMILE AGAIN　願いは風に乗り／SMILE AGAIN　夢を忘れないで／愛は時を渡る」というフレーズ全体が歌詞の中で反復するだけでなく、その中で「SMILE AGAIN」というタイトル表現が歌詞文脈の中に挿入されて反復している。

なお、出現回数という点だけから言えば、ここでは対象外にした、歌詞にはそのまま出て来ないタイトル表現ながら、その一部が極端に多く出て来る例がある。「遙かなるクリスマス」というタイトルはその一部の「クリスマス」が歌詞の中に二八回、「So it's a 大丈夫 Day」というタイトルはその一部の「大丈夫」が二五回も見られる。

9

タイトル表現は、それが歌詞の中で反復されればされるほど、その重要性が示されることにもなるし、聞き手の記憶にも残りやすい。普通、反復箇所はメロディも同じ、いわゆるサビに相当する部分であるから、なおさらである。逆に考えれば、歌詞の中の反復表現だからこそ、タイトルに選ばれたのであり、そのような歌詞とタイトルとの関係は一般的でもあり必然的でもあろう。

それでは、歌詞の中に一回しか出て来ない表現がタイトルになる場合は、どうであろうか。歌詞の冒頭行と最終行に現れるタイトルを見ると、次のとおりである（〔　〕内は歌詞における表現）。

〔冒頭行〕一九例

住所録〔アドレス・ノオト〕、木根川橋／甲子園、秋桜〔コスモス〕、桜月夜、桜人、さくらほろほろ、窓、まりこさん、名画座の恋、夢と呼んではいけない、夢ばかりみていた、ラストレター／君の歌うラブソング〔君の歌うせつないラブソング〕、

君は穏やかに春を語れ〔君はうたぐることなく君の新しい春を語れ〕、空缶と白鷺〔白鷺が一羽一輪の白菊の様に　汚れた河のほとりで　空缶に埋もれ〕、霧に消えた初恋〔霧の中に消えた初恋〕、

月の光〔月光〕、ふきのとうのうた〔ふきのとう〕

〔最終行〕一四例

あなたへ〔あなた：六回〕、ETERNALLY、いにしへ、指定券、シラミ騒動、距離〔ディスタンス〕、

名もない花、もう愛の歌なんて唄えない、八ヶ岳に立つ野ウサギ、私は犬になりたい／

吾亦紅〔吾もまた紅なり、吾亦紅：一回〕、六ケ月の遅刻〔半年も遅刻〕、

あこがれの雲南〔はるかなる雲南：二回〕、冬薔薇〔真冬の薔薇〕

双方を合わせると三三例となり、一回の九三例中の三分の一以上になる。冒頭行あるいは最終行は、歌詞の途中行に比べれば、印象に残りやすく、反復がない分だけ重要度も高いので、そのどちらかからタイトルが採られる可能性も高い。タイトルとしての形式を整えるための、多少の改変がされたとしても、その対応関係は明白である。右のタイトル一覧を見ても、その歌詞における主要なテーマあるいは素材が冒頭行あるいは最終行に提示されていることの見当が付く。

残りの三分の二のタイトルについては、これと言った傾向は見出しがたい。ただ、なぜ歌詞の表現の中から、それがタイトルになったかをうかがわせる例は見られる。

たとえば、比喩。「絵はがき坂」という歌では、歌詞全一八行の一六行目にその語が現れるが、それに先立って八行目と一四行目に「絵はがきどおりの坂」という表現があり、最後に一語の比喩語にしたと見られる。「加速度」という歌では、全二二行の二〇行目に「あたかも二人の加速度の様に」という直喩表現が一回だけ出てくる。「残照」という歌では、全一六行の一一行目に、「それを承知で　いつも笑顔で思い出を守った」という前行を受け、「僕が今更みつめているのは　そんな君の残照」という隠喩表現が出てくる。「冬の蝉」という歌では、一番の歌詞の一・二行目に「時として人は季節を違えて／生まれることがある　冬の蝉のように」、同じく二番の歌詞の一・二行目に「時として花は季節を違えて／咲き匂うことがある　早い春のように」と、直喩表現が対になっているが、タイトルには最初のほうが選ばれている。

このように、単に比喩だからというわけではなく、それぞれの歌詞全体のモティーフを的確に表すとみなされる表現だからこそ、タイトルとして抜き出されたと考えられる。

10

最後に、先の出現回数において除外した、タイトルの一部しか現れない、あるいはその主要語が複数あり、それが一続きではなく、バラバラに出てくるものを取り上げる。それに該当するタイトルは、六七例ある。

ただし、この中には、まるごとの出現に準じてもよいと見られる例もある。たとえば、「上海物語」というタイトルで、歌詞に「上海」が出て来る場合、「物語」は歌詞全体を示すのであるから、タイトルと歌詞内の表現との実質的な対応は「上海」だけとなる。同様の例は、「上海小夜曲《セレナーデ》」と「上海」、「紫陽花の詩」と「あじさい花」、「アパート物語」と「アパート」、「苺ノ唄」と「苺」、「古い時計台の唄」と「古い時計」（四回）、「白秋歌」と「秋」（二回）、「ガラパゴス携帯電話の歌」と「ガラケー」（四回）・「携帯」（一回）、「虫くだしのララバイ」と「虫くだし」、「道化師のソネット」と「道化師」（二回）、「東京物語」と「東京」（八回）、「玻璃草子」と「玻璃細工」（二回）、「どんぐり通信」と「どんぐり」（二回）、などである。とはいえ、「歌紡ぎの小夜曲《セレナーデ》」では「セレナーデ」が四回、「風が伝えた愛の唄」では「愛の唄」が二回、「大きな森の小さな伝説」では「小さな伝説」が一回と、歌詞の中に当該の語が取り込まれている場合もあるにはある。

また、複数の語から成るタイトルの場合、一続きでなくても、それぞれが歌詞の中に出て来る場合は、タイトルにするにあたって結び付けたと考えられるのであって、タイトルと歌詞との関係そのものは緊密であると言える。たとえば、「思い出はゆりかご」というタイトルに対して、歌詞には「思い出」と「ゆりかご」が「思い出というものは　泣き疲れて眠る時の／私にたったひとつ許された　ゆりかごなの」のように、一文内ではあるが、かなり離れて出て来る。「こころとからだ」では「こころ」と「からだ」が「からだのままに生きるなら／必ずこころが邪魔になる／こころのままに生きるなら／いつでもからだが邪魔になる」のように現れる。同様にして、「最期の夢」では「最期」（三回）と「夢」（四回）、「十七歳の町」では「十七歳」と「町」（各一回）、「向日葵の影」では「向日葵の花」と「影」（二回）、「フレディもしくは三教街」では「フレディ」（七回）と「三教街」（二回）、「ほたる列車」では「ほたる」と「列車」（各一回）、「みるくは風になった」では「みるく」（一四回）と「風になってしまった」（一回）、「雪の朝」では「雪」（二回）と「朝」（一回）、「恋愛症候群」では「恋」（八回）と「愛」（六回）と「症候群」（一回）、のように、回数にバラつきはあるものの、それぞれ歌詞に現れていて、タイトルにおいて簡潔に一つにまとめられている。

複数の語から成るタイトルのうち、そのうちのどれかしか歌詞に出現しない場合もある。たとえば、「秋の虹」では「虹」のみ、「あなたを愛したいくつかの理由」では「愛」のみ、「親父の一番長い日」では「親父」のみ（一六回）、「金糸雀《カナリヤ》、それから…」では「カナリヤ」のみ（四回）、「教室のドン・キホーテ」では「ドン・キホーテ」のみ、「胡桃の日」では「胡桃」のみ（四回）、「賢物の贈り物」では「贈り

物」のみ、「最后の頁」では「最期」のみ、「サクラサク」では「桜」のみ（三回）、

「しあわせの星」では「しあわせ」のみ（三回）、「セロ弾きのゴーシュ」では「cello」のみ（二回）、「題名のない愛の唄」では「愛」のみ、「たくさんのしあわせ」では「しあわせ」のみ（八回）、「建具屋カトー」のみ（三回）、「天然色の化石」では「化石」のみ（三回）、「豆腐が街にやって来る」では「豆腐」のみ（一〇回）、「鳥辺山心中」では「鳥辺山」のみ、「薔薇の木ニ薔薇ノ花咲ク」では「バラの花」のみ（二回）、「春への幻想」では「春」のみ（二回）、「必殺！人生送りバント」では「送りバント」（五回）と「人生」、「普通の人々」では「普通」のみ、「立ち止まった素描画」では「スケッチ」のみ、「病んだ星」では「星」のみ、などである。

これらは、歌詞に現れる語が中心的であり、タイトルにする際には、それにまつわる状況なり内容なりを示す語が新たに付加されたと考えられる。名詞一語のタイトルにも、そういうケースがあり、「詩島唄」では「島」のみ（八回）、「片おしどり」では「おしどり」のみ、「天狼星に」では「星」のみ、「白雨」では「雨」のみ（二回）、「フェリー埠頭」では「フェリー」のみ（二回）、「もうひとつの雨やどり」で「雨やどり」のみ、などが見られる。

もう一つは、言い換えである。たとえば、「春雷」というタイトルは歌詞の中の「春」と「稲妻」をまとめて言い換えたものであり、同様にして、「夜間飛行」は「夜空」（二回）と「飛ぶ」（三回）を、「惜春」は「春の名残り」（二回）を、「転宅」は「移り住む」や「家を替わる」を、「Final count down」は「一〇数える」を、それぞれ言い換えたものであろう。

11

以上、さだまさしの歌詞のタイトルを縦覧してきたが、「名詮自性」さながら、彼の歌詞の表現および内容の特徴はほぼそのままタイトルに表わされている。

めざすところには、詩としての歌詞があったとしても、さだの歌詞はけっして一様ではなく、内向的・詩的なものばかりではなく、外向的・メッセージ的なものもあることが、タイトルだけからでもうかがえる。どちらにしても、タイトルは単なる作品の区別という便宜的なレベルにとどまることなく、歌詞と同等あるいはそれ以上の、多様な工夫が施されていると言えよう。

中には、あえてタイトルに挑発性を意図したものもあり、たとえ「炎上」することがあっても、それは大衆文化としての歌のタイトルのもつ表現力によるのであって、さだはその力のありようを熟知し、それを宣言するかのように、示してきたにちがいない。

即題

新聞投稿

90歳になって　スマホに変えた

―投稿文見出し―

1

実用文にもさまざまなジャンルがあるが、ここではその一ジャンルとして新聞の投稿欄の文章のタイトル（見出し）を対象とする。投稿文は当該の新聞の一般読者が書いたものであり、内容は意見あり主張あり感想あり随想ありと多種多様である。新聞の投稿規定には分量が示される程度であって、内容の如何はもとより、タイトルを付けることも要求されていない。おそらくは、新聞社内の投稿担当者が文章の校正も含めタイトルを付けているのであろう。

新聞の投稿欄のタイトルとしての条件を考えてみれば、まず第一に、その長さがある。一つの投稿文を二段に収めるとすれば、その二段分を一行として、その範囲内の、あまり短かくも長くもないものになっている。第二に、投稿文の内容を反映した表現にすることである。中立・公正を建前とする新聞においては、文学作品のように書き手が個性を出そうとしたり、大衆雑誌のように奇をてらったりすることは避けられ、あくまでも内容をできるだけそのまま反映した表現を良しとすると考えられる。

実際に資料としたのは、朝日新聞の投稿欄である「声」欄で、二〇一四年二月一日から二月二八日までの一カ月に掲載された、一八四例の投稿文である。新聞および時期の選択に格別の意図はなく、新聞投稿文のサンプルとしてとくに差し障りがないと判断される。

件んのタイトルに関して、実際に注目して取り上げるのは、使用語彙・表現構成・表現末形式・テクストとの対応関係、の四項目である。

2

最初に、対象とするタイトルにおいてどのような語が、どのくらい用いられているかを明らかにする。自立語（＝文節）単位で計算すると、一八四例のタイトルに、八〇一語が用いられている。一タイトルにつき、平均四・四語ということになる。

このうち、品詞で分類すると、名詞が六〇九語で全語彙の七六・〇％つまりタイトル全体の四分の三は名詞ということである。

日本語では、話し言葉よりも書き言葉が、表現のまとまりが大きいものよりも小さいほうが、名詞比率が高くなることはよく知られている。これは表現において情報を集約的に担うのが名詞だからであり、新聞の投稿文のタイトルも、一行という長さで本文の内容を示す必要から、このような結果になったと考えられる。

名詞のうち、六〇九語という延べ数に対して、異なり数は四七七語であり、一語あたりの平均頻度は約一・三回ときわめて低い。これは投稿文の内容がいかに多岐にわたるか、そしていかにそれぞれの内容に即したタイトルになっているかを示していると言えよう。四七七の異なり語のなかで、一回しか出てこないのが四〇〇語（全体の八三・九％）もあることが、それを端的に表している（もとより、投稿されたすべての文章が採用されるわけではないので、これらの結果にはその選択上の配慮も関わっているはずである）。

タイトルの全自立語において、二回以上用いられている語を挙げると、以下のとおりである（各語の後の数字は使用回数）。

〔名詞〕首相8／原発7／NHK5／知事選5／都《と》5／若者5／大雪4／介護4／がん4／子4／五輪4／配慮4／人4／平和4／会長3／学校3／感謝3／心3／幸せ3／実感3／少年3／選手3／戦争3／体験3／地域3／連れ3／答弁3／都民3／前3／理解3／悪法2／安倍2／違和感2／運動2／改憲2／基地2／吃音2／教員2／苦痛2／声2／国家2／子どもたち2／子ども2／再稼働2／賛成2／三分《さんぶん》2／自衛権2／試験2／仕事2／施設2／障害者2／消費増税2／スマホ2／政治2／選挙2／センター2／選択2／脱原発2／誰2／力2／チョコ2／電力2／時《とき》2／ドラマ2／認識2／母2／非正規2／必要2／日《ひ》2／不安2／米軍2／報道2／舛添氏2／もの（もん）2／靖国2／雪かき2／歴史2

〔動詞〕する23／学ぶ6／くれる5／感じる3／ある2／いる2／受ける2／考える2／支える2／知る2／救う2／助ける2／問う2／なる2／励ます2／見る2／やめる2

〔その他〕ない5／いい3／ほしい3／集団的2／もっと2

全体を通しての上位語を順に抜き出すと、「する／首相／原発／学ぶ／NHK／知事選／都／若者／くれる／ない」となる。

このうち、「する」（サ変動詞は語幹と分離して採ってある）や「ない」などの基本語や、「首相」「原発」「NHK」、「知事選」「都」（この二語は実際には別々ではなく「都知事選」の形で現れる）など、当該時期の出来事に基づく実質語は、どちらも新聞投稿文のタイトル全般の特徴的な使用語とはみなしがたい。

これらに対して、「若者」や「学ぶ」「くれる」（「〜してくれる」の形で）などには新聞の投稿文らしい傾向が認められる。たとえば「若者」は、投稿者が年配に多いことと関係があるとみなされる（「子／子ども たち／子ども／少年」なども加えられよう）。ちなみに、今回の調査範囲では、五〇歳代以上の投稿者が全体の約八割を占める。また、「学ぶ」や「くれる」などは、投稿文の内容に何らかの体験に基づく教訓なり感謝の念なりを述べるものが目立つことと関連があると考えられる。

3

次に、タイトルの表現がどのように構成されているかを示す。

タイトルが一文から成ると想定した場合、一文の基本は文法レベルでは主語＋述語という形をとり、それは談話レベルでは話題＋説明という関係になる。この話題（T）と説明（C）という関係から、当該タイトルの表現を整理すると、次の三パターンになる。用例および用例数とともに挙げる。

① T＋C：119例（六四・七％）

・パキスタンのポリオ　悲しい（二月一四日）

・首都圏自治体、大雪対策を急げ（二月二〇日）

② Tのみ：35例（一九・〇％）

・渋滞時に料金割り増しとは（二月二四日）
・飯舘村民が配ったおにぎり（二月二七日）

③

Cのみ：30例（一六・三%）

・上村選手の笑顔から学んだ（二月一三日）
・地域の〝子育て支援〟に感謝（二月二一日）

この結果を見ると、話題と説明が揃った一文として成り立っているのが約六五%ということで、ほぼ全体の三分の二に相当し、残りの三分の一では、話題のみと説明のみとが同程度である。これは、タイトルを見ただけでも、大方は投稿文の内容の見当が付けられるということを意味する。

「話題＋説明」という構成の一文において、話題部分と説明部分をつなぐ役割を果たすのは一般的には「は」などの助詞である。タイトルの表現においてはどうか見てみると、何らかの助詞が間に入るのは一一九例中の三八例（約三割）しかないのに対して、もっとも多いのは空白の四七例（約四割）で、残りの三割は読点と無表示が半々である。このもっとも多い空白による話題表示は、一般の文章のタイトルには見られないものであって、新聞投稿文のタイトルの一つの特色といえよう。

上記の「パキスタンのポリオ　悲しい」（二月一四日）の例では、「ポリオ」の後に一字分の空白があり、その前が話題部分、その後が説明部分になっているのが明らかである。以下に同様の例をいくつか掲げる（空白部分は目立つように■で表示した）。

日韓交流■小学生に教わった（二月二日）
秘密法の是非■都知事選で問え（二月七日）
携帯持つ人■マナー気を付けて（二月一一日）
羽生君■金メダルおめでとう（二月一六日）

もっとも、空白の前後が必ずしもT↓Cとはならない場合も、次のように、なくはない。

特攻の日控え■心壊れた者も（二月一八日）
続けたい■核廃絶の草の根運動（二月二一日）
もっと欲しい■都会の体験農地（二月二四日）

後の二例は空白があることにより、連体修飾ではなく、倒置であることを示していて、C↓Tという逆順になっている。

4

今度は、タイトル表現の終わり方について検討する。

新聞投稿文のタイトルは先に述べたように、スペースが限られているので、一定の長さ以内に収める必要がある。その長さの調整はタイトルの表現全体において施されると考えられるが、もっとも顕著なのは終わりの部分であろう。そこは普通は述語つまり説明の部分の最後でもあるから、その説明のしかた、意図の示し方が表れるところでもあるので、投稿文本文の内容にも密接な関わりを持つ。

この終わり方の形式を整理するうえで、まずそれが述語として言い切りの形になっているかいないかで分けると、

言い切り形　：66例（三五・九％）
非言い切り形：118例（六四・一％）

という結果になる。つまり、言い切らない形が言い切りの形の倍近くにもなるということである。このように言い切らない形のほうが多い理由として考えられるのは、次の二つである。

一つは、言い切らず省いても、後に続く表現がほぼ想定される場合である。たとえば「若い力　地域に役立つと実感」（二月一三日）なら「した」、「原発被災地は放置されたまま」（二月六日）なら「である」、「吃音の人の心理に理解深めて」（二月三日）なら「ほしい」、「五輪でアピールできる景観を」（二月一〇日）なら「望む」、「センター試験　小説やめたら」（二月一二日）なら「よい」（あるいは「どうか」）などのように。ただし、これらは想定されるということにすぎず、省略されていない場合に比べれば、文末の意図性

が明確にされているわけではない。

もう一つは、名詞止めである。名詞止めには第一の理由に関わるケースもあるが、文章のタイトル一般に認められる傾向である。その終わり方には、表現に含みを持たせる効果があるが、その分だけ積極的に書き手の意図を示すものにはならない。じつは、一八四例のタイトルのうちタイトル末に名詞文節が位置するのは一〇六例（約六割）にも及び、そのなかでいわゆる名詞止めになるのが六七例、全タイトルの三分の一以上になる。

ちなみに、最後が名詞文節であって、名詞止め以外で言い切らない形になるのは二六例（名詞＋を：一二例、名詞＋に：六例、名詞＋とは：四例、名詞＋も：四例）ある。また、タイトル末が名詞文節以外になる場合は七八例あり、うち言い切らない形がその約四分の一の二〇例（〜て：六例、〜で：三例、連用形：三例、〜が〔接続助詞〕：二例、その他：六例）ある。

いっぽう、言い切り形になる六六例において、その活用形の点から整理すると、もっとも多いのが終止形で四二例（約六四％）あり、そのうち、動詞終止形二二例以外では、〜た：一〇例、〜ない：二例、〜ほしい：二例、〜べきだ：二例、名詞＋だ：四例、が見られる。この中では、「〜ほしい」や「〜べきだ」などはそれぞれの意図が明示されている表現である。

終止形以外では、疑問形（〜か）が一〇例、勧誘形（〜う）六例、命令形が四例、禁止形（〜な）が三例、挨拶語（おめでとう）が一例あり、その形に応じた意図が示された終わり方になっている。

以上から指摘できることは、読み手に何らかの積極的かつ明確な働きかけをする表現になっているタイトルは、ゆるやかに見ても三〇例にも満たず、非常に少ないということである。

その理由としては、新聞投稿文の内容がすでに述べたように、実にさまざまであって、必ずしも読み手に強い働きかけをするものとは限らないということ、そしてタイトルを付ける担当者が長さの問題としてだけではなく、ある程度、その働きかけの度合いを加減しているということが考えられる。

5

最後に、タイトルとテクストとの対応関係について取り上げる。

何度か述べてきたように、新聞投稿文のタイトルは、テクストの内容を反映しているとみなされるが、それを要約として考えるならば、その一般的な方法を大きく分けると、抜き出し型と言い換え型の二種類ある。基本としては前者が選ばれやすく、テクストにおけるキーワード的な語を組み合わせて一つの表現とする。

今回対象とした新聞投稿文のタイトルは平均四〜五語の自立語から構成されているが、それらがテクストにおいて、そのまま、あるいはかなり近い形で出てくるかどうかで、タイトルとテクストの対応関係を見てみると、次のような結果が出た。

全語対応　：69例（三七・五％）
一語不対応：68例（三七・〇％）

二語不対応：33例（一七・九％）
三語不対応：12例（六・五％）
四語不対応：1例（〇・五％）
五語不対応：1例（〇・五％）

タイトルにおける自立語の全部が対応するのと一語のみが不対応であるのとを合わせて、全体の七割以上、四分の三近くに及び、逆に自立語の半分以上が対応しないのはわずか一四例で一割にも満たない。このことから、新聞投稿文のタイトルに要約的性格があることがうかがえる。

なお、四語あるいは五語が不対応という極端な二例は、どちらも「語りつぐ戦争」という特集の（二月一八日）に掲載されたもので、それぞれのタイトルは「特攻の日控え　心壊れた者も」と「負け戦口にし、憲兵恐れた時代」で、ともにやや長めである。前者は全六語の自立語のうち「特攻」と「者」の二語以外が不対応、後者は全七語の自立語のうち「戦」と「憲兵」の二語以外が不対応となっている。

また、タイトルそれぞれに用いられた語のうち一語しか対応していないのは、以下のように、五例見られる（テクストと対応する語に傍線を施す）。

小保方さん快挙に自分励ます（二月五日）
少年の更生が保護司の幸せ（二月一七日）

障がい児に適した教育の場を（二月二一日）
自民党のバランス感覚どこに（二月二五日）
がんの苦しみやわらげたい（二月二七日）

これらは、傍線部の語がテクスト全体の話題相当を表し、そのまま用いているのに対して、そのテクストでの説明が具体的で長いため、タイトルとするにあたって包括的な表現に言い換えたケースと考えられる。

この言い換えのイメージを示すために、最初に挙げた「小保方さん快挙に自分励ます」というタイトルのテクストを示してみる。

「今日一日、明日一日だけ頑張ろうと思ってやっていた」――。新型の万能細胞（STAP細胞）作成に成功した小保方晴子さんが、暗中模索の中で続けた研究生活を振り返っての言葉だ。

記者会見での言葉には奇抜さはないが、英科学誌ネイチャーに当初、「愚弄している」と論文を突き返されながらも研究を続けた人の言葉だけに重い。

ソファに腰掛けながら、のんびりと新聞を読んでいた私は、思わず背筋を伸ばしてしまった。私自身、今はついつい何もせずに一日を終えることが多いが、身を投じたいと若いころに夢見た分野がある。その勉強をこれからすることは、年金生活の私にも可能だ。たとえ誰に言う機会は訪れずとも

「今日一日をがんばった」と自らに言えるような日々を過ごさなければ、という気持ちにさせられたのだった。

傍線部はタイトルの対応語、波線は「快挙に自分励ます」というタイトル部分に相当する具体的な表現である。

なお付言すれば、タイトルに用いられた語がテクストにおいて一語も見られないという例は見当たらなかった。

6

今度は、対応語のうち、それがテクストのどの位置に最初に現れるかを、段落単位で見てみると、次のような結果となった。なお、ここで取り上げるのは、あくまでも当該の語が「最初に」出てくる段落であって、それ以降に繰り返し現れることがあっても、それは問題にしていない。

第一段落：339例（五一・二％）
第二段落：118例（一七・八％）
第三段落：129例（一九・五％）
第四段落：69例（一〇・四％）

第五段落：　7例（一・一%）

投稿文により段落数に多少の異なりはあるものの、タイトルと対応する語が最初に現れるのは、第一段落が半分以上を占めていることが分かる。

すべての自立語がテクスト中に確認されるタイトルは全一八四例中六九例（三七・五%）あるが、そのうち第一段落に一語でも含まれるのが五七例（八五・一%）にものぼる。また、一語以上が対応していない、残りの一一五例のタイトルにおいても、第一段落に対応語がまったく見られないのは二五例（二一・七%）にすぎない。

全語対応のタイトルとテクストの関係を、本文におけるタイトル対応語の分布からより詳しく見てみると、三つのパターンに分けられる。

一つめは、本文における一つの段落のみに全語が見られるパターンで、全部で一八例（二六・一%）あり、そのうち第一段落のみが一五例とほとんどを占める。ほかに第二段落のみが二例、第三段落のみが一例ずつある。

それぞれの該当例を一つずつ挙げる（本文中の対応語には傍線を施す）。

タイトル：90歳になって　スマホに変えた（二月二日）

テクスト：第一段落

スマホに変えました。60歳の息子がスマホに変えたのをみならって、90歳になった時にスマホにしたのです。

タイトル：顔を合わせて話すだけでいい（二月二三日）
テクスト：第二段落（＝結尾段落）

私の両親は亡くなり方は違いますが二人とも突然の死でした。最後に会って交わした言葉はいつまでも心に残って忘れられません。娘はそんな私の思いを知りません。「行きなさい」と言われて渋々行くのです。それでもいいのです。大切なのは、たまにでも顔を合わせて会話すること。話すことで芽生える相手を思う気持ちを、心の片隅にとどめておいて欲しいのです。

タイトル：解釈改憲で若者を戦場に送るな（二月二八日）
テクスト：第三段落（＝結尾段落）

これは憲法の平和主義や9条の否定である。国民投票での9条改正が困難だからといって、一内閣の思惑で、96条の改憲要件を緩和しようとしたり、内閣法制局長を交代させて実質的な憲法解釈の変更を図ろうとしたりするなどの姑息な手段を取るべきではない。ましてや、閣議決定で解釈改憲ができるとする安倍晋三首相の発言は看過できない。何よりも、このような手段で未来のある若者を再び戦場に送ることは許されない。

二つめは、タイトル語のそれぞれの初出が二つの段落にまたがっているパターンで、三二例（四六・四%）あり、全語対応のタイトルの中ではもっとも多い。段落の組み合わせとしては、第一段落と第三段落が一二例、第一段落と第二段落が一一例で、この二つの組み合わせで約七割を占める。以下、第一段落と第四段落が三例、第二段落と第三段落、第二段落と第四段落、第三段落と第四段落が各二例である。

第一段落が本文冒頭に位置することは当然としても、テクスト結尾は全体が何段落から成るかによって異なる。全体的には二段落から五段落まで幅があり、この段落の取り方も、タイトル同様、最終的には投稿担当者によるものと推測される。

対応語が見られる第二段落以降の段落三二例のうち二〇例はその段落がテクスト結尾になっていて、第一段落と第三段落（うち第三段落が結尾となるのは一二例中八例）、第一段落と第二段落（うち第二段落が結尾となるのは一一例中三例）の二つの組み合わせ以外では、すべて後者の段落が結尾段落となっている。この二〇例のうち、タイトル語の過半が後者段落で対応するのが一四例ある。

その、大半を占める二種の組み合わせの例を挙げる。

タイトル：反戦・平和の象徴だったピート（二月四日）

テクスト：第一段落と第三段落（＝結尾段落）

〈第一段落〉

ピート・シーガー氏の訃報を知り、驚くと共にある思い出がよみがえった。彼が最後に来日したのは1986年の広島市で開催された「ノーモア・ヒロシマ・コンサート」とされているが、実はその後も非公式に来日していて、一緒に訪れた家族とも交流できた。

〈第三段落〉

彼が米国の公民権運動運動を象徴する歌として広めた「ウィ・シャル・オーバー・カム」は、反原発運動や環境保護運動などで現在も広く歌い継がれている。代表曲「花はどこへいった」はベトナム反戦運動の時に広く歌われ、1994年開催のリレハンメル五輪女子フィギュアではカタリナ・ビット選手が戦禍に苦しむサラエボへ平和の祈りを込めて演じ、今も語り継がれている。反戦・平和の象徴だった。冥福を祈りたい。

タイトル：非正規教員　精神的にきつい（二月二五日）

テクスト：第一段落と第二段落

〈第一段落〉

私も非正規教員11万人の一人である。以前は正規教員だった。転勤族と結婚して教職を退き、引っ越しを重ねた。わが子の小学校入学を機に一所に落ち着き、再び学校教育の仕事を望んだが、子育て真っ最中で夫は単身赴任がち、採用試験のための勉強時間の確保が難しい。講師の道を選んだ。

〈第二段落〉

講師とはいえ、子どもや保護者には正規教員と同じ「先生」。しかし正規教員のような研修、賞与はない。昇給も数年で頭打ち。年休も次年度に繰り越せない。わが子の体調や学校行事などの予定を計算してぎりぎり取っている。任用期間も1年、病休や育休の代替はもっと短い。そのたびに転勤を余儀なくされる。やっと慣れた頃には次の職場で再びゼロからスタートで、精神的にもかなりきつい。

こういう条件で多くの講師が教育現場を支えているのである。


三つめのパターンは、タイトル語のそれぞれがテクストの三つの段落に分散して現れるもので、一六例ある。その半分の八例が第一・第二・第三段落の組み合わせであり、以下、第一・第三・第四段落の組み合わせが四例、第一・第二・第四段落の組み合わせが二例、第一・第四・第五段落、第二・第三・第四段落が各一例で、一六例のうち一五例までが第一段落にタイトル語を含んでいる。

また、タイトルの語順どおりに各語の初出段落が推移するのは一六例中五例しか見られないものの、タイトルの冒頭語がテクストの最初の段落に出てくるのは一二例ある。

これらからうかがえるのは、タイトル語がテクストの各段落に分散して現れる場合にも、テクスト全体の話題が示されることの多い第一段落を起点として、投稿担当者が必ずしもテクストの流れに即してではなく、タイトルらしい説明部分相当の表現の組み立てを考えているのではないかということである。

7

新聞投稿文のタイトルとテクストとの対応関係について、ここまで示してきた調査結果は、おのずとテクストの文章構造類型をも反映する、つまり頭括型になっているものが多いことを予想させる。

ところが、整理の詳細は示さないものの、今回取り上げた新聞投稿文テクストのほとんどは尾括型の構造類型であって、双括型も含め、冒頭部が全体を統括しているとみなされるものは一〇例程度しか見られない。新聞投稿文のタイトルがテクストの正当な要約としての機能を果たしているとすれば、抜き出す中心とすべきところは統括部分すなわち結尾部になるはずであるが、タイトルの大半がそうなってはいないのである。

尾括型を成す新聞投稿文の結尾部には、「〜してほしい」という要望型と「〜すべきだ」という当為型という二つの表現のパターンが際立っている。逆に言えば、それらの要望であれ当為であれ主張表現があるからこそ、結尾部がテクスト全体を統括するところとして認定されるわけであり、実際にタイトル対応語が結尾段落に見られる場合には、そのように認めることができたのである。

タイトルが話題と説明のセットで構成されていても、それぞれのテクストでの対応が冒頭部つまり第一段落に偏っているということは、結尾部におけるテクスト全体の中心的な主張を明確な形では取り込んでいないことを意味する。

ここで改めて確認しておきたいのは、タイトルの表現末形式に関して指摘した「読み手に何らかの積極的かつ明確な働きかけをする表現になっているタイトルは、ゆるやかに見ても三〇例にも満たず、非常に少ないということ」と、それは「タイトルを付ける担当者が長さの問題としてだけではなく、ある程度、その働きかけの度合いを加減しているからではないかということ」である。
具体的に、尾括型のテクストで、要望型と当為型の表現になっている例を一例ずつ、見てみる。

タイトル：文楽の皆さん、東京へどうぞ（二月三日）
テクスト：全文
大阪市の国立文楽劇場の年間入場者数が目標に達しなかったため、市が補助金を削減するとの記事を読んだ。文楽協会の皆さん、どうぞ東京にお引っ越しください。
東京・三宅坂の国立劇場では、大阪より料金が高い場合も多いのだが、毎度大入り満員で切符が取れず困っている。東京で取れないので、大阪に文楽を見に出かけることがある。なるほど、気の毒なほどに客の入りが悪い。
文楽が大阪で生まれた芸術であることは百も承知だが、「武士は食わねど」の時代ではない。食わなければそれこそ文楽がなくなってしまう。ここ十数年、若い技芸員が突然舞台からいなくなってしまうのに接する。芸道の厳しさに耐えられない人もあろうが、収入の不十分さに去っていく人も多いと察している。
ファンとしては、昭和20～40年代の、大名人揃《ぞろ》いの伝統舞台がいま一度実現することを望んでいる。どうか、文楽協会の皆さんには柔軟にお考えいただき、足元を固める方策を立てていただきたい。

この「文楽の皆さん、東京へどうぞ」というタイトルの投稿文では、タイトル語のすべてが第一段落に見られ、その段落末尾の「どうぞ東京にお引っ越しください」の要望（依頼）表現が意図を示しているとみなされる。しかし、それはテクスト結尾の「どうか、文楽協会の皆さんには柔軟にお考えいただき、足元を固める方策を立てていただきたい」という要望（依頼）表現の具体策の一つとして提示されていると位置付けられる。とすれば、このテクストは尾括型とするのが適切なはずであるが、タイトルには結尾文の、話題に対する説明に当たる語はまったく採用されていない。とはいえ、それを生かして、たとえば「文楽の皆さん、足元を固める方策を」というタイトルにしたとしても、漠然としていて、「東京へどうぞ」に比べて、具体性によるインパクトが乏しいことは事実である。

タイトル：安全保障上　沖縄の米軍は必要（二月二二日）

テクスト：全文

大間原発の建設に対し、原発よりも沖縄の普天間飛行場を移設してはどうかという意見があった。私は沖縄の米軍機能を県外に移設することに反対だ。

確かに、米軍基地誘致に伴う地域活性化とともに、沖縄の基地負担軽減という観点から見ればメリットはあろう。しかし、米軍の基地が沖縄にあることには大きな意味がある。

それは沖縄が東シナ海に面していて、中国や北朝鮮の脅威に対して抑止力が働くこと、万が一の有事の際に即座に対応できることだ。安全保障条約を結んでいる以上、日本は米軍と共に地域全体の安全を考える必要があると思う。

尖閣諸島の国有化以降、中国の挑発行為は増している。なかでも、中国軍艦による海上自衛隊へのレーダー照射は不測の事態を招きかねなかった。また、北朝鮮の核やミサイルの問題も解決されていない。日本を取り巻く安全保障情勢は近年、厳しさを増していると感じる。このような情勢のなかで、在沖縄米軍の機能を県外に移設し、東シナ海から遠ざけるのは安全保障上、良くないのではないか。

沖縄の米軍は県外に移設せず、県民の負担を軽減するための経済的な支援拡充を図るべきだと思う。


右の「安全保障上　沖縄の米軍は必要」というタイトルの投稿文では、タイトル語の初出はすでにテクスト前半に見られ、第一段落末尾の「私は沖縄の米軍機能を県外に移設することに反対だ」という一文が書き手の立場を示している。しかし、テクスト全体を統括しているのは結尾の一文一段落「沖縄の米軍は県外に移設せず、県民の負担を軽減するための経済的な支援拡充を図るべきだと思う」という当為表現であって、冒頭部の立場表明をふまえた尾括型の構造といえる。

結尾文の当為表現からすれば、タイトルの「安全保障上　沖縄の米軍は必要」というのは、あくまでもその前提となることがらであり、これ自体にとくに具体性があるわけでもない。にもかかわらず、この表現がタイトルに選ばれたのは、結尾文にある「経済的な支援拡充」よりも「沖縄の米軍は必要」という、一般とは異なった見方を示すほうが読み手にインパクトがあると判断されたからではないだろうか（この投稿者が一七歳であるという情報も加味される)。

以上が示しているのは、新聞投稿文のタイトルは、単純にテクストの意見・意図の中心に対応する要約をしているとは言えないということであり、また必ずしもテクストにおける「働きかけの度合いを加減している」だけでもないということである。

テクスト中からキーワード相当の語を抜き出し、それらを話題—説明の形でタイトルにしてはいても、その表現はテクスト全体のあり方から論理的に帰納された構造類型（おもには尾括型）の統括部分を中心とした、つまり全体の要約というよりはむしろ、読み手を意識した、インパクトのある内容の表現が志向されているということである。

付言すれば、このことは、購読料で成り立っている一般紙としては当然のことかもしれないが、それによって付けられるタイトルの、ある種の偏向性が、投稿者の意図を越えて示されてしまうという危険性を蔵していると見ることもできよう。

8

ここまで、新聞投稿文のタイトルについて明らかにしてきたことを、項目ごとにまとめると、次のようになる。

(1)　タイトルの使用語彙としては、一つのタイトルの平均使用自立語は四・四語であり、そのうち名詞が全体の四分の三を占める。これはタイトル一般に認められる傾向である。また、その多岐にわたる内容を反映して、平均使用頻度は約一・三回と低い中、「若者」や「学ぶ」「くれる」などの高頻度語には、新聞投稿文らしい特色がうかがえる。

(2) タイトルの表現構成については、話題と説明が揃った一文として成り立っているのがほぼ全体の三分の二にも及び、それらは投稿文のテクスト全体の内容を反映したものになっている。また、話題と説明の関係を示すマーカーとしては、一般的な助詞や読点などよりも、一字分の空白が全体の約四割ともっとも多く、それが新聞投稿文のタイトル表現の一つの特色となっている。

(3) タイトルの表現末形式としては、言い切らない形が言い切る形の約二倍もあり、言い切らない形の典型がその半分を占める名詞止めである。これは文章一般にも認められる傾向であるが、新聞投稿文においても、言い切り形によって表現意図を明確に示す終わり方は避けられがちであることを示している。

(4) タイトルとテクストとの対応関係については、タイトルに使用された自立語のすべてがテクスト中に認められる場合と一語以外はすべて認められる場合を合わせると、全体の四分の三に相当する。これは新聞投稿文のタイトルがテクストからの抜き出し型の要約法を基本として付けられていることを示している。また、タイトルの語それぞれの、テクストにおける初出段落としては、第一段落が五割以上を占め、一つのタイトルの語すべてがテクスト中に見られる例のうち、一語でも第一段落に出現しているのはその八五％にも及ぶ。ただし、それはテクストの統括部分が冒頭部にあることを意味するものではない。

以上を総じて言えば、新聞投稿欄の文章のタイトルは、テクスト全体の内容を反映しつつも、文字どおりの要約としてよりも、読み手に対するインパクトを重視した付け方になっている、ということになろう。したがって、実用文としての新聞投稿文におけるタイトルの実用性は、テクスト自体の要約としてよりも、読み手の興味喚起としてのほうに、顕著に認められる、ということである。ただし、それは文学作品や大衆雑誌のように、タイトルの表現そのものが比喩的で特徴的ということではなく、あくまでもテクストの内容に即したうえでのことである。

対題

大江千里集

僅かに古句を捜し新謌を構成す
――「序文」――

1

『大江千里集』（別名『句題和歌』）は、平安前期に、漢詩一句を採って歌題とし、それを元に詠んだ和歌を中心に編んだ、大江千里の私家集である。私家集ではあるが、その序文によれば、「去二月十日参議朝臣伝勅曰古今和歌多少献上」という勅命を受けたものであるから、まったく個人の趣味的な歌集とは言えない。しかも「古今和歌多少献上」からすれば、千里個人の歌とも限らないし、まして句題を設定することも求められたわけではなかった。

句題によって和歌を詠み、それを歌集とする試みは、この『大江千里集』が初めてであり、古今集成立直前の時期にあって、和歌の世界に新境地を開いたものとして、たとえば、「四季の風物の素材、テーマ、表現など、多岐にわたって、『古今集』及びそれ以後に展開する和歌史の新しい方向を先んじて獲得しつつあり、ここに『句題和歌』という詩句を歌題としたこの歌集の新しさと、和歌史上の意義を認めることができる」（川村晃生「句題和歌と白氏文集」『白居易研究講座　第三巻　日本における受容（韻文篇）』勉誠出版、一九九三年）のように、文学史的な意義付け・評価がされてきた。しかし、和歌そのものについては、単に題とする漢詩句を直訳しただけの、稚拙生硬なものとして、ほとんど評価されることがない。

もっとも、中には、佐山済「古代の和歌と漢詩」（『岩波講座日本文学史』第三巻、岩波書店、一九五九年）の「千里の和歌は、決して「句」を題にしているといっても、決して翻訳でも模倣でもない。やはり、詩句をヒントにした一つの独立した歌とみるべきであろう。そこには想像力と日本的なデフォルメが働いている」（17頁）や、津田潔「『大江千里集』に於ける白詩の受容について」（『国学院雑誌』八〇－一二、一九七九年）の「千里は詩句をそのまま素直に訓み下そうとしているのではなく、あくまでそれを解釈して詠んでいるのである」（29頁）などのように、和歌を積極的に評価することも見られなくはない。また、金子彦二郎『平安時代文学と白氏文集　句題和歌・千載佳句研究篇　増補版』（培風館、一九五五年）は、『句題和歌』＝『大江千里集』の和歌を、単に直訳で済ませるのではなく、「原詩句を直訳せるもの」「原詩句の直訳に増義を施せるもの」「原詩句の巧に摂取醇化せられしもの」（329〜330頁）の三種に分類することも行われ、直訳とはいえ、一様ではないことも示されてはいる。

しかし、これらが世に出てから、すでに半世紀前後経過するが、小池博明・半澤幹一「釈論大江千里集（二）」（『長野工業高等専門学校紀要』第五一号、二〇一七年）の「先行研究の整理」によれば、総じて『大江千里集』の和歌に対する「直訳」という否定的な評価そのものに大きな変化はないようである。

2

そもそも「直訳」とは、国語辞典（『新明解国語辞典　第三版』）には、「原文の一語一語を忠実に生かすように訳すこと」であり、これに対する「意訳」とは、「原文の一つ一つの語句に必ずしもこだわらず、全体の意味が確実に取れるように訳すこと」であり、両者は翻訳方法の違いにすぎないのであって、訳としての優劣ではない。にもかかわらず、一般的には、意訳よりも直訳のほうが初歩的かつ稚拙と評価されがちである。『大江千里集』の和歌についても、同様であろう。

しかし、じつはそれ以前の、重大な問題がある。大江千里は漢詩句の翻訳をしようとしたのか、ということである。件んの序文には「僅捜古句構成新詞」とあるのみで、翻訳に関わるようなことには一切触れていない。当たり前であるが、漢詩句を翻訳するだけのことなら、それはいわゆる漢文訓読であって、わざわざ和歌という形式をとる必要はなかった。「句題」と言われるように、漢詩句をあくまでも題として和歌を作成したのであって、題と作品との関係であれば、両者が比喩関係になることはあっても、翻訳関係とは言えまい。

このことは、なぜ大江千里は、「古今和歌多少献上」という、明快な勅命に対して、このような手の込んだことを、しかも後に生硬稚拙と評価されてしまうようなことをしたのかという問題に関わる。おそらく彼には彼なりの野心があったからであろう。それは、歌人としての自身の力量をアピールするとともに、漢風賛美の風潮がなお続いていた状況にあって、漢詩に拮抗しうるだけの和歌の価値を分かりやすく示すという意図もあったと考えられる。そのために選んだのが句題和歌という初めての試みであった。

そのように考えるならば、もともと漢詩句の単なる翻訳つまり直訳というねらいは、ありえなかったはずである。あえて言えば、意訳ともなるかもしれないが、漢詩句「全体の意味が確実に取れるように訳すこと」を、和歌作りの目的としたともみなしがたい。

題とする漢詩句一句は、典拠となる絶句であれ律詩であれ、複数の句で構成される作品の一部にすぎない。つまり、その一句だけでは完結しえないのに対して、和歌のほうは一首として完結した作品である。この、表現としての存在様態の違いからしても、「全体の意味」云々の性質が異なるのである、また、言語量（情報量）を比較しても、自立語（文節）の単位で見れば、漢詩句が五言あるいは七言つまり五あるいは七単位であるのに対して、和歌は平均八単位以上になり（実際『大江千里集』での和歌の構成単位数の分布は、六が六首、七が二五首、八が四一首、九が三三首、一〇が一〇首）、一単位ずつの単純対応と見るならば、和歌のほうにつねに余剰が生じることになる。つまり、原理的に考えても、直訳という関係は成り立ちようがないのである。

3

以下では、実際に『大江千里集』において、句題と和歌の関係がどうなっているか、確認してみよう。ただし、一首ずつの対応関係については、半澤幹一「『句題和歌』の漢和〈接触〉ノート」（『共同研究〈接触〉問題』共立女子大学総合文化研究所研究叢書二三、二〇〇五年）を参照されたい。ここでは、歌集全体の和歌と句題における表現上の対応関係を、おもに量的な観点から明らかにしたい。

テキストには、書陵部本を底本とする『私家集大成』本を用い、その中の句題を持たない和歌、重出する和歌を除いた、計一一五首を対象とする。

各和歌がどのように記載されているか、一四番を例として示す。

〔句題〕花下忘帰因美景（私訓：花の下　帰るを忘るるは美景に因る）
〔和歌〕花をみてかへらむことをわするゝは色こきかぜによりて成りけり

句題と和歌をそれぞれの単位に分けると、

花／下／忘／帰／因／美／景：7単位

花を／みて／かへらむ／ことを／わするゝは／色こき／かぜに／よりて／成りけり／：9単位

となる。

このそれぞれの単位ごとの対応関係を、①逐語的に対応、②間接的に対応、③不対応、の三種に分類して、当てはめてみると、①には「花」と「花を」、「帰」と「かへらむ」、「忘」と「わするゝは」、「因」と「よりて」の計四単位、②には「美」と「色こき」、「景」と「かぜに」の計二単位、③には句題の「下」の一単位、和歌の「みて」「ことを」「成りけり」の三単位となる。一四番において、厳密には①の四単位、つまり句題および和歌それぞれの約半分に、一対一の対応関係が認められることになる。したがって、句題と和歌はその半分ずつは、「直訳」的な関係にあると言えるものの、残りの半分については「直訳」とは言いがたい。ただし、ゆるく②も含めるとするならば、句題と和歌との対応は、六単位というほぼ全体に認められると言えなくもないが。

4

【表1】は、『大江千里集』の一一五首における対応関係を、句題のほうを基準として、和歌の表現がどのくらい対応しているかを示したものである。なお、句題と和歌の対応関係は、句題は漢字一字を単位とし、「全単位対応」とは、当該句題を構成する単位すべてに対応する表現（先の分類の①だけでなく②も含む）が和歌に認められるということであり、以下、一単位ずつ少なく対応している和歌の数を示している。

この表から、次の三点が指摘できよう。

第一に、合計で見ると、句題のすべての単位が和歌に対応しているケースがもっとも多いということである。ただし、留意したいのは、それでも全体の半分に満たないということであり、しかも分類の①と②を合わせた、ゆるい基準によってさえもそれくらいであるということである。逆に言えば、半分以上は対応関係に、程度差はあれ、ズレが認められるということである。

【表1】句題から見た和歌の対応度

	五言句	七言句	合計
全単位対応	25 (62.5)	31 (41.3)	56 (48.7)
1単位不対応	13 (32.5)	26 (34.7)	39 (33.9)
2単位不対応	1 (2.5)	13 (17.3)	14 (12.2)
3単位不対応	1 (2.5)	3 (4.0)	4 (3.5)
4単位不対応	0	2 (2.7)	2 (1.7)
合計	40	75	115

第二に、五言句と七言句の句題を比べてみると、五言句のほうの全単位対応が六割以上であるのに対して、七言句のほうは二割以上も少ないということである。これは句題が短い分だけ和歌で対応させやすいからと考えられるが、先にも述べたように、和歌のほうは八単位以上から成るので、句題の全単位が対応したとしても、残りの三単位以上は、和歌のほうの独自に付加された表現になっているのである。

第三に、句題が五言句であれ七言句であれ、そのすべての単位が和歌で対応しない場合は無いということである。ごく少数例ではあるものの、五言句では最低でも二単位は対応し、七言句でも最低三単位は対応している。つまり、句題と和歌との表現上のつながり、句題に対する和歌という関係は担保されているということである。

5

前節の【表1】は、句題のほうを基準としたが、今度は、和歌のほうから見て、どのくらい句題に対応しているかを整理すると、次頁の【表2】のようになる。なお、縦軸は和歌における①の対応単位数ごとの用例数であり、横軸は句題のほうの和歌との対応単位数である。

この表からは、次の三点が指摘できよう。

第一に、和歌が句題と一対一の関係ですべて対応するのは、五言句で六首、七言句で五首であり、全体の一割に満たないということである。全対応の例を、五言句と七言句の句題で、一つずつ挙げる。

二六番

〔五言句題〕蟬不待秋鳴（私訓：蟬　秋を待たず鳴く）

〔和歌〕〈空蟬の〉身とし成りぬる我なれば〈秋を〉〈また〉〈ずぞ〉〈鳴きぬべらなる〉

二番

〔七言句題〕鶯声誘引来花下（私訓：鶯の声に誘引せられて花の下に来たり）

〈和歌〉〈うぐひすの〉なきつる〈こゑに〉〈さそはれて〉〈花の〉〈もとにぞ〉我は〈来にける〉

【表2】和歌から見た句題との対応度

	五言句					七言句					
	5	4	3	2	計	7	6	5	4	3	計
7						5					5
6						3	1				4
5	6				6	4	6	3			13
4	8	5			13	12	8	6	1		27
3	6	4	1		11	5	4	3	2	1	15
2	4	3		1	8	1	5	2		1	9
1		2			2		2				2

和歌の〈　〉内が句題の各単位に対応し、全対応の場合、和歌は句題をそのまま訓み下しているように表現されているが、そのうえで、一首と成すにあたり、句題にはない表現が補われ、さらに付属語による関係付けや情意が付加されている。これらの補足や付加は、句題に対する千里独自の解釈あるいは和歌としての趣向であって、全対応の場合であってさえも、単なる「直訳」ではない。

第二に、和歌の対応単位数としては、五言句でも七言句でも四単位のケースが最多で、ともに全体の三分の一程度を占めるということである。このうち、五言句の句題では、一三首中の八首、七言句の句題では、二七首中の一二首、つまり半分程度が、全対応である。これはつまり、一対一の場合とは異なり、句題の五単位あるいは七単位が和歌では四単位で賄われているということである。以下に五言句題と七言句題の該当例を挙げる。

五番
〔五言句題〕不見洛陽花（洛陽の花を見ず）
〔和歌〕神さびてふりにしさとにすむ人は〈都に〉ゝほふ〈花をだに〉〈み〉〈ず〉

七六番
〔七言句題〕非暖非寒漫々風（暖かならず寒からざる漫々たる風）
〔和歌〕あつから〈ず〉〈さむくも〉〈あらず〉よきほどにふきくる〈風は〉まずもあらなん

当然ながら、和歌で対応する表現が少なくなれば、補う部分が増えるのであり、それが和歌表現全体の半分を以上を占めるとなれば、千里自身の創作性が顕著となる。とりわけ五言句の句題の場合は、それが顕著であり、句題自体にはすべて対応するとしても、例とした五番のように、句題の原拠詩（『白氏文集』巻五八・二八一三番「恨去年」詩）を参照したところで、「神さびてふりにしさとにすむ人は」などという上句表現が生み出される可能性はほとんどない。

第三に、和歌では一単位しかそのままの対応が見られないケースも、少数ながら見られることである。

一八番
〔五言句題〕春翁易酒悲（私訓：春　翁は酒に悲しみ易し）

〈和歌〉〈はる〳〵に〉あひておいぬる身なればやゑひに涙のあかれざるらむ

五八番
〈七言句題〉中宵似有春風至（私訓：中宵は春風至りて有るに似る）
〈和歌〉さ夜ふけて猶ねられねば〈春風の〉ふきくることもおもほゆる哉

一八番では、「春」と「はる〳〵に」、五八番では、「春風」と「春風」が、そのまま対応する。もちろん、これに準じて、一八番では、「翁」と「おいぬる身」、「酒」と「ゑひ」、五八番では、「中宵」と「さ夜ふけて」、「似」と「おもほゆる哉」、「至」と「ふきくる」が関連し合っているから、句題と和歌とで、内容的にまったく異なるものにはなっていない。

ここで指摘したいのは、「直訳」が一語ずつ対応する同義的関係を意味するならば、複数単位対応あるいは類義的関係という、それに当てはまらないケースも、『大江千里集』には存在するということである。

6

句題と和歌の全体の対応関係は、以上のとおりであるが、もとより句題のすべての単位が同じ程度に和歌と対応しているわけではない。中には、ほぼ対応しているのもあれば、まったく対応がないのも見られる。もとより、これには、句題におけるそれぞれの単位の出現頻度も関わる。

各句題における単位語（字）を頻度順にまとめたのが、次頁の【表3】である。なお、総異なり数は三一七、延べ数は七二二、平均頻度が約二・三になる。

この表において、上位で目立つのは、自然に関わる語（花・風・山・霜・雲・月・光・水・鴬など）や季節・時間に関わる語（春・秋・年・日・朝・夜など）で、そのほとんどは名詞として用いられている。このことは、結果的に自然や時間・季節に関する語を含む句題が漢詩から多く採られたことを意味する。『大江千里集』は、春・夏・秋・冬・風月・遊覧・離別・述懐・詠懐という九部立から成るが、春から遊覧までの六部立は季節および自然を詠むものであるから、句題にも当然、それに関係する内容が求められたわけであり、それに基づく句題の選択がなされたと考えられる。

その他では、人事に関わる名詞（心・人など）や、助動詞相当の「不」、形容詞相当の「無・多・長」、動詞相当の「別・老・浮」、代名詞相当の「何・是」なども比較的多く見られる。大方は和歌にも相当する和語が用いられるが、「老・浮」などは句題の原拠詩の六割以上を占める『白氏文集』の作品の表現傾向、また「是」は漢詩の特有表現の結果であろう。

今、便宜的に五回以上用いられた三〇語にしぼって、和歌との対応関係を見てみると、そのすべてが和歌の同一の語で対応しているのは、その四分の一弱の、次の七語しかない（カッコ内は用例数）。

秋↓あき（14）、風↓かぜ（11）、霜↓しも（8）、月↓つき（6）、水↓みづ（6）鴬↓うぐひす（5）、見↓みる（5）

これらについては、「直訳」しかもほぼ一律の対応と言える。

右に準じる例として、句題の語のほとんどに、和歌の同一の語が対応するものに、次の九語がある（該当数／総数）。

春→はる（18／21）、花→はな（15／17）、不→ず（11／15）、山→やま（8／10）、心→こころ（8／9）、別→わかる（6／7）、老→おゆ（5／6）、雲→しらくも（4／6）

【表３】句題における語（字）の出現分布

語例	種類	回数
春	1	21
花	1	17
不	1	15
秋	1	14
風	1	11
山	1	10
心	1	9
霜・人・年・無	4	8
一・処・別	3	7
雲・月・光・水・多・長・日・老	8	6
鴬・何・見・紅・是・朝・浮・夜	8	5
於・下・可・覚など	23	4
愛・逢・灰・雁など	32	3
暗・陰・遠・仮など	64	2
掩・已・咽・因など	168	1

これらも、それぞれに対して想定される訓（和語）としてはもっとも一般的な語が対応している。ただし、たとえば「雲」に対して「くも」（一一一番に一例あり）ではなく「しらくも」が選ばれていたり、「花」に対して「はな」だけでなく、「はぎ」（九一番）、「不」に対して「ず」だけでなく「なし」（七・一一番）などのように、別語

が当てられたりする場合も見られる。

以上で「直訳」的な関係にあるのは、五回以上の三〇語の半分になるが、残り半分のほとんどは、対応する和歌の語の種類の多様性が際立つ。たとえば、句題の「紅」に対して和歌では「くれなゐ・からくれなゐ・もみぢ」、「朝」には「あした・あさ」、「浮」には「うかぶ・うく」、「多」には「おほし・あまた」など、類義的な語が偏りなく当てられている。また、二字漢語に対応する形で、「一」には「ひとつ・ひとり・ひと〜」、「何」には「いくつ・いづれ・いつも・いかに」のように、それぞれに応じた異なる語が用いられている。さらに、四回の例であるが、「似」には「たとふ・みゆ・おもほゆ・なす」のように、一回ずつ異なった語が対応している。

残りの中には、使用頻度は多いのに、和歌に対応する語がない方が目立つというケースもある。「光」と「是」の二語で、「光」は六回中二回は「ひかり」が対応するが、他の四回には対応語がない（しかも六回のうち四回は「春光」であるが、そのうちの三回は「春」のみで対応している）。同じく「是」も五回中一回のみ「それ」が対応するが、他の四回には対応語がない。

参考までに、「光」と「是」それぞれの対応語がある例とない例を示す。

六八番（「光」の対応語あり）
〈句題〉長年都不惜光陰（私訓：長年すべて光陰を惜しまず）
〈和歌〉かくばかりおいぬと思へばいまさらにひかりのつくるかげもをしまず

一七番（「光」の対応語なし）
〈句題〉両処春光同日尽（私訓：両処春光同日に尽く）
〈和歌〉春をのみこゝもかしこもをしめどもみなおなじ日につきぬるがうさ

一〇〇番（「是」の対応語あり）
〈句題〉後時相見是何時（私訓：後時に相見ること是れ何時なり）
〈和歌〉別れての後もあひみむと思へどもそれをいづれのときとかはしる

六七番（「是」の対応語なし）
〈句題〉年々只是人空老（私訓：年々只是れ人空しく老ゆ）
〈和歌〉としく〵とかぞへこしまにはかなくて人は老いぬるものにぞありける

さらに、四回以下の例でも、句題の「来」は四回中二回、「有・残」は三回中二回、和歌に対応語が見られない。

これら対応語のない例は、決して和語に「直訳」的な語がないからではなく、それぞれの和歌一首を構成するための表現上の都合を優先して、結果的に欠落することになったと考えられる。

7

それでは逆に、和歌の表現がどの程度、句題をふまえているかを見てみたい。

すでに述べたように、和歌の方が句題よりも言語量つまり単位語数が多いのであるから、和歌には句題にはない語が出てくるのは当然、予想されることであるが、だからといって、句題に対応する語がないことを意味するわけでもない。

【表3】同様に、和歌に用いられた単位語（自立語に限る）を頻度順にまとめたのが、次頁の【表4】である。異なり数は三八六、延べ数は九四一、平均頻度は約二・四で、どれも句題のそれをやや上回る。一覧すると、上位語は句題の場合とほぼ似通っていると言えるが、「鳴く・身・有り・事・時・思ふ・知る・成る・我が」などは、和歌のほうのみに目立つ。

これらのうち、便宜的に六回以上の中で、句題に対応語が一回も認められないのは、次の三語で、どれも動詞である。

見ゆ（10）・吹く（7）・置く（6）

句題においても「見」は五回用いられているが、和歌ではすべて「みる」が対応し、「みゆ」はない。また、句題の「吹」は一回のみ「ふきおくる」（九番）に、「置」も一回のみ「をきまさる」（五〇番）に、複合語の一部として対応する例が見られるが、単独語としては対応していない。

【表4】和歌における語の出現分布

例	種類	回数
春	1	20
鳴く	1	18
秋・花・身	3	16
有り／事	2	15
風・心	2	13
無し／見る	2	12
時	1	11
思ふ・知る・成る・見ゆ／我が	5	10
別る／人	2	9
聞こゆ／深し／霜・年・山・夜	6	8
はかなし／吹く・行く・惜しむ／声・水	6	7
寒し・高し／飽く・置く・老ゆ・来／ただ／物	8	6
悲し／照る／鶯・雁・限りナド	9	5
くれなゐ・白雲・月・夢・枝ナド	16	4
浮かぶ／蟬・鳥・灰・独りナド	34	3
多し／思ひ知る・帰る／髪ナド	59	2
明し・暖けし／遊ぶ／明日ナド	229	1

これらの実質的な意味を有する語に対して、句題で対応する語がないということは、和歌において新たに付加されたのであり、それによる一首としての表現の整序が図られたとみなせる。たとえば、「見ゆ」は一〇回中七回が、五言句の句題の和歌に見られるが、句題では視覚的描写であることを示す、「見ゆ」相当の表現が省かれている。また「吹く」と「置く」については、それぞれ「風」と「霜」を連体修飾する用法がほとんどであり、和歌の音数律に合わせるために補われたと考えられる。

五回以下で、句題に対応語がないものには、「音《ね》」（4）、「間《ま》」（4）、「今」（3）、「晴る」（3）などがある。

全体として、句題における語で、和歌に対応しない例は約一二％（八六／七二四）であるのに対して、逆の場合は約三八％（三六〇／九四一）つまり前者の三倍以上にも及ぶ。これは、句題と和歌の単純な言語量の差以上であって、それほど和歌において独自な表現が補充・付加されていることを示している。

これを品詞別に見てみると、句題との対応度がもっとも低いのが副詞や連体詞（五〇％）、以下、動詞（五一％）、形容詞（約六〇％）、と続き、もっとも対応度が高いのが名詞（約七一％）や形容動詞（約七二％）である。このうち、名詞は和歌の自立語の半分近く（約四五％）を占めているので、このことも勘案すると、このような品詞ごとの対応具合からは、句題の名詞相当部分はできるだけ和歌でも対応するように表現し、それ以外はそれぞれの和歌の詠み具合に応じて、適宜取捨されたことが想定される。

なお、蔵中さやか「「大江千里集」の歌風」（甲南女子大学大学院『論叢』一一、一九八八年一月）は、『大江千里集』の和歌における形容詞の使用の少なさについて、「千里の詠に、句題中の全ての文字を逐語的に用いたため、歌の情趣を膨らませる形容ということを置き去りにしている感があるのは否めない」（12頁）と述べているが、「句題中の全ての文字を逐語的に用い」るという点でも、「形容」には形容動詞も含まれるという点でも、不適切であろう。

8

以上、『大江千里集』における和歌が句題の「直訳」と言えるかどうかについて、全体的な表現上の対応関係から検討してきたが、要点をまとめれば、次の三点になる。

第一に、和歌は言語量的には句題のすべての表現に一語ずつ対応することが可能だったにもかかわらず、それに該当するのはわずかである。

第二に、句題に対応する表現は和歌のほぼ半分を占める名詞が中心であり、それ以外は和歌においてそれぞれの必要に応じて、適宜補充されている。

第三に、句題に対応する語であっても、機械的に同一語を当てるのは特定の場合に限られ、多くは和歌ごとにふさわしい、相異なる語・表現が選ばれている。

これらから言えば、『大江千里集』の和歌が句題の「直訳」であるという評価は否定されなければなるまい。もとより、これはあくまでも句題と和歌の表現上の対応関係全体の数量的な結果から導き出されたものにすぎないが、そもそも「意訳」とは異なり、「直訳」自体が一語ずつという表現上の対応関係を言うものなのであるから、その限りでの正当性は担保されるはずである。

それでは、なぜ「直訳」という否定に偏る印象が根強くあるかと言えば、ひとえに句題と和歌を対にするという形式に起因しよう。金子彦二郎の前掲書『平安時代文学と白氏文集』には、いみじくも「一体句題和歌には、歌想歌語等の着想や表現に於ける新と奇との発見や利用の上で便益するところは多いが、其の反面に於て、非常な天才者ならざる限り、原詩の詩想詩語から厳しい拘束を感受し、自由闊達な諷詠が妨げられる上に、更に原詩句と同時に相対比して鑑賞されねばならぬ立場から、若し原拠句題を明示してない和歌に於てならば、或は指摘や非難の的とならずに済むかも知れない場合に於てさへも、必ず真偽・巧拙・適否等の批評の目から免れることが出来ないと言ふ、頗る重大な不利を伴ふものである」(399頁)と述べられているとおりである。

あとは、大江千里が「非常な天才者」か否かという歌人としての評価に関わるが、これは、当該の個々の作品の評価に即して行われるべきものであり、結局は堂々巡りにしかならない。

改めて考えてみれば、「句題」とは漢詩一句を題としたものであるが、この「題」をどのように位置付けるかという問題に戻る。この「題」を「タイトル」に置き換えるならば、タイトルとテクストとの関係を普通、「直訳」の関係とみなすことはありえない。タイトルがテクストの提喩という関係はありえても、表わす内容のレベルが異なるのであるから、そもそも「直訳」にはふさわしくない。

にもかかわらず、句題和歌という形式が「直訳」とみなされてしまうのは、逆説めくが、句題と和歌の言語量の差が少ないからである。これまでは、その差のあることが「直訳」にそぐわない理由としてきたが、それでもともに言語から成るタイトルとテクストの関係ならば、一般的には言語量の差はあえてあげつらう必要もないほど圧倒的である。それに比べれば、句題と和歌の場合は、「直訳」としても成り立ちうるほどの差でしかないのである。

もう一つの要因としては、句題はそもそも題としてではなく、漢詩の表現の一部として存在していたということである。『大江千里集』に句題として採られた漢詩一句は、原拠詩の判明している範囲で言えば、その詩の中ほど（絶句で言えば、承句か転句）からが非常に多く、しかもすでに述べたように自然に関わるものが目立つ。つまり、表現としては具体的な描写になっているということであって、いかにもタイトルらしいメタレベルの表現ではない。和歌もまた基本は具体的な描写であるから、句題と和歌は同じ表現レベルに位置することになるのである。

したがって、そのような漢詩一句をあくまでも和歌の題＝タイトルとするならば、それなりの抽象化あるいは集約化が必要となる。その上での歌作が、まさに大江千里の苦心のしどころであったのである。

非題

マグリット絵画

一番いい題名とは詩的な題名だと思う。
――R・マグリット――

1

F・ソシュールの『一般言語学講義』（小林英夫訳、岩波書店、一九七二年改版による）の第Ⅰ編「一般原理」第1章「言語記号の性質」の§1「記号、所記、能記」は、次のように始まる。

ある人々にとっては、言語は、つきつめてみれば、ひとつの用語集にほかならない。いいかえれば、もののかずに相当する名称の表である。たとえば：この見解はいくたの点で批判の余地がある。それは語より前に存在する既成観念を予想する（略）：それは名前というものが、声音的性質のものであるか、心的性質のものであるかを、語ってくれない、なぜならarborはいずれの側からも考察できるからである：さいごに、それは、名前をものに結びつけることが、ぞうさもない操作であるかのように思わせる：これこそ真相を遠ざかることははなはだしきものである。（95頁）

今、この言説そのものを問題にするわけではない。取り上げたいのは、この説明に添えてある、次頁の【図1】の方である。

右側の「ARBOR」はもちろん、書記された語＝「名称」であり、左側はその語と結び付けられた「もの」＝樹を示すことになろう。ただ、当たり前すぎることのようであるが、その「もの」＝樹は実物ではなく絵である。つまり、樹を描いた絵は、樹という「もの」と等価であることを前提にしている。

この前提は、この絵を見れば、大方は実物の樹を描いたものと認識するであろうという、あるいは個別の樹としてはそういうものもあるであろうという予測のもとに成り立つ。だから、もしこの絵が何なのか分からないような人がいたとしたら、かりに「ARBOR」という語は知っていたとしても、ソシュールの説明理解の役には立たないはずである。

それにしても、この絵に描かれた樹は何の樹なのだろうか。個別には特定されえない、一般的なあるいは典型的な樹というのが、はたしてありえるのだろうか。もしこの絵が実物の樹を模写したのではないとすれば、そしてそれでもそれを樹と認識できるとすれば、この絵は、じつは「ARBOR」という語の概念＝意味を表わすものとなるだろうか。「名前をものに結びつけることが、ぞうさもない操作であるかのように思わせる」とソシュールは言うけれども、そうさせるのは、「もの」の絵を介在させ、その絵が「もの」と同じというお約束があるからであって、ソシュール自身もまた、当然のごとく、そのお約束に従っている（ように見せている）。

ソシュールは先の説明に続けて、本題に入り、「言語記号が結ぶのは、ものと名前ではなくて、概念と聴覚映像である。」と述べ、さらに「言語記号は、それゆえ、二面を有する心的実在体であって、図示すれば：この二つの要素はかたくあい結ばれ、あい呼応する。ラテン語のarborの意味を求めるにせよ、ラテン語が「樹」という概念を示すのに用いる語を求めるにせよ、言語が認めた照合のみが真相にかなうものと思われることは明らかであって、このほかに

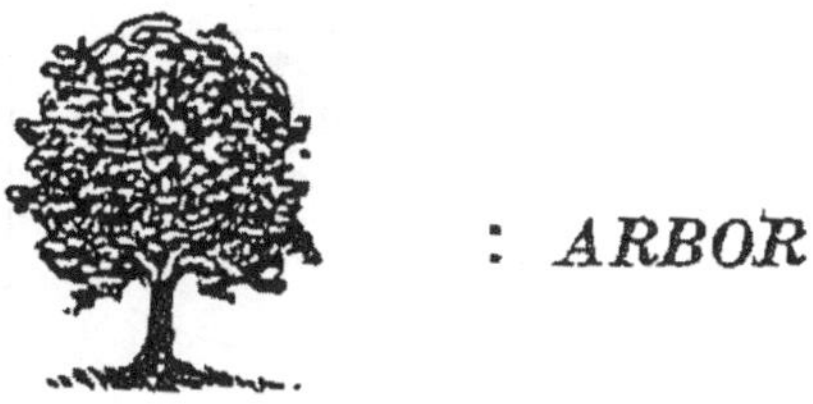

【図1】

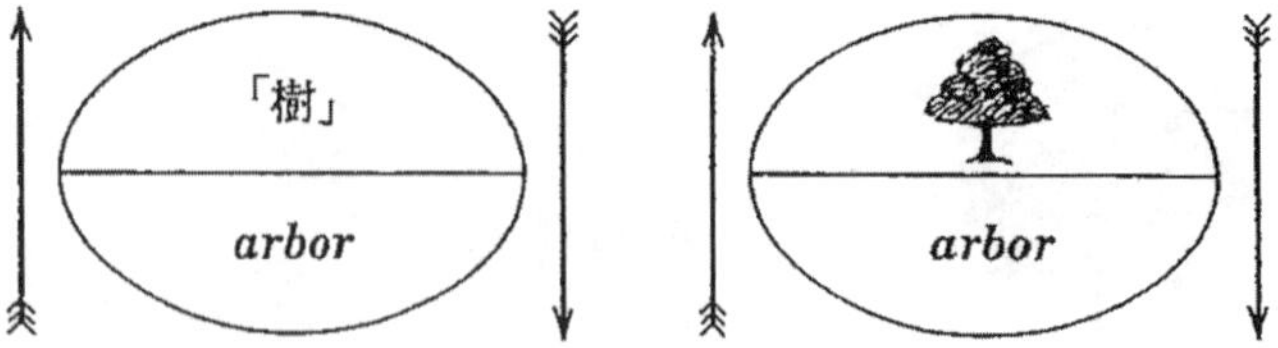

【図2】

随意の照合を想像しえようが、われわれはそれらをすべて斥けるのである。」（96～97頁）と述べる。この中で示されたのが【図2】である。

この図で注目したいことが、二つある。一つは、概念に相当するところに、「樹」と表示された、おそらくは概念を表わすものと、樹の絵とが並べられていること、もう一つは、先に示した絵とこの絵とでは、同じく樹ではあろうが、形があきらかに違っていることである。

どちらについても、ソシュール自身はとくに説明していないし、後のソシュール研究者がこれらを取り立てて論じることもなかったが、ここには看過できない問題がある。

一つめに関しては、ソシュールは、実物と言葉の概念との峻別を説いたにもかかわらず（そして語とその能記は大文字と小文字で区別しているにもかかわらず）、なぜどちらにも樹の絵を用いたのか、である。「ラテン語のarborの意味を求めるにせよ、ラテン語が「樹」という概念を示すのに用いる語を求めるにせよ」という並列的な説明に即せば、「樹」という「概念」に対して、樹の絵の方は「意味」に対応しそうであるが、「概念」と「意味」、さらに「イメージ」との違いは何かとなり、問題はさらに厄介になる（困ったことに?ソシュールは、言語の記号内容を「概念（concept）」とする一方で、能記＝記号表現の方を「聴覚映像（image acoustique）」

のように、「イメージ」という語を用いている）。

二つめは、同じ樹の絵であるにもかかわらず、なぜその形を変えたのか、である。よもや、形の違いによって、実物と概念との区別を示そうとしたわけではないだろうけれども、描いたのがソシュール自身であれ弟子たちであれ、理論の基礎を論じるもっとも重要なところで、樹と分かりさえすれば、どのような絵でもよかったという、杜撰な描き方をしたとも思えない。いっそのこと、もっと抽象化した形だったならば概念性をはらんでいるかのように見えたかもしれないが、なまじリアルなので、樹の種類の違いを喚起させる、形の差の持つ意味が際立ってしまうのである。

この二つの問題に共通するポイントは、「もの」に関わる概念とイメージとの関係である。繰り返すが、実物と、それを描く絵（視覚イメージ）と、その概念とは、どれも本来は互いに別個の存在なのである。

ソシュールは以上をふまえて、「言語記号には、二つの本原的特質があ」り、その第一原理として「言語記号は恣意的である」を挙げ、この「恣意性（arbitraire）という語にも注意が必要である。」として、次のように述べる。

それは能記が話手の自由選択にまかされているもののように思わせてはならない（一言語集団のうちでいったん成立した記号にたいしては、個人はこれに寸毫の変化も与える力のないことは、後章で見られよう）∴われわれはいいたい∴それは無縁（immotivé）である、つまり所記との関係において恣意的であり、これとは現実においてなんの自然的契合をもたない。（99頁）

この点に関して予想される反論の例として、ソシュールは擬音語と感嘆詞を示し、これらは「副次的重要性しかなく、それらの象徴的起原は、いくぶん論議の余地がある。」（100頁）として排除する。

では、「副次的重要性しかな」いとはとても言えない、きわめて日常的に用いられる固有名詞や指示語はどうなるのであろうか。これらの語は、いわゆる概念としての意味を持つことなく、対象を指示する機能を有する。彼の言う恣意性は、形式と意味がある語に関してのみ成り立つのであれば、そもそもこのような固有名詞や指示語は論外として扱われるのだろうか。ソシュールも用いる「名称」や「名前」とは普通、固有名詞のことであるが。じつは、ここで取り上げるタイトルも、固有名詞の一つなのである。

2

M・フーコーが『これはパイプではない』（豊崎光一・清水正訳、哲学書房、一九八六年による）において議論の対象としたのは、その書の扉絵に示されたR・マグリットの描いた、次頁のデッサン画【図3】である。このデッサン画は、同書に収められた、フーコーあてのマグリットの書簡（一九六六年五月二三日付）に、「私の絵《タブロー》いくつかの複製を同封します」とあり、そのうちの一枚だったようである。

フーコーの、このエッセイのオリジナルは、一九六八年に雑誌に発表され、一九七三年に単行本として出版された。ちなみに、マグリットが亡くなったのが一九六七年であり、それなりに親交のあった二人であるから、追悼の意味合いもあったかもしれない。

このデッサン画にタイトルが付いていたか否かについては、エッセイのテクストでは言及されていない。ただし、同書のフーコーの自註「これらの複製のうちに「これはパイプではない」があり、マグリットはその裏面にこう書いていた――「表題は絵と矛盾したことを言っているのではなく、別様に肯定しているのである」」（114頁）によるならば、二人とも「これはパイプではない」を、タイトルとみなしていた節がある。

フーコーが問題にしているのは、その絵の中に描かれた、パイプ（と見られるもの）の画像とその下に記された「Ceci n'est une pipe.」（これはパイプではない）という文字列が表わす一文との関係である。この絵は、『言葉と物』という著書を持つフーコーにとっては、お誂え向きの材料だったと思われる。

彼はこの絵を見て、次のように、「途方にくれ」た（ような振りをする）。

人を途方にくれさせるのは、文を画に関係づけ立ち戻らせることが不可避的である（指示詞と、パイプという語の意味と、

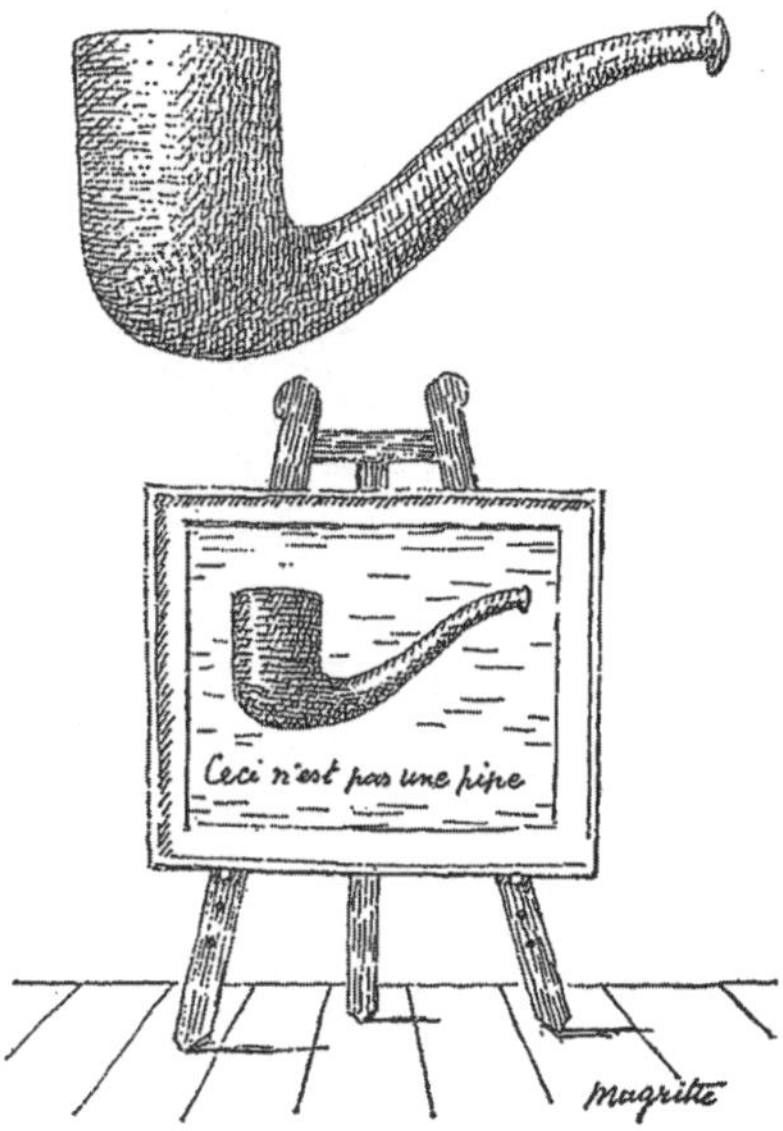

【図3】

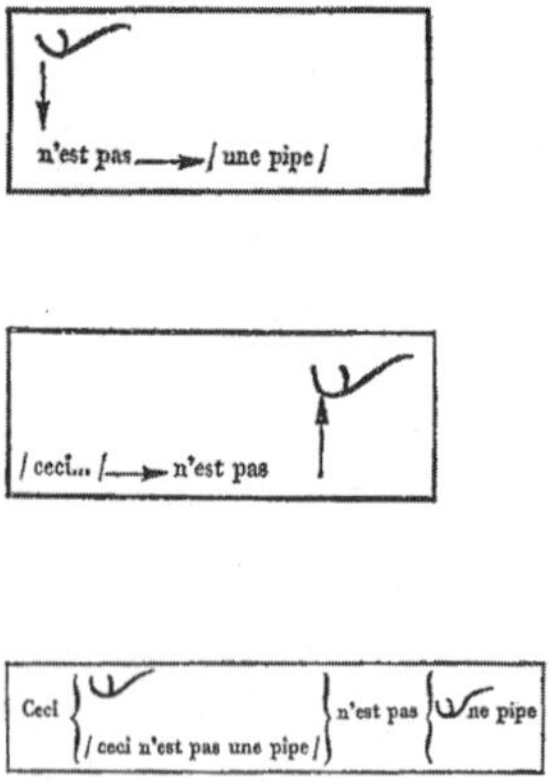

【図4】

図像の似ていることとがわれわれをそう仕向けるように）ということであり、しかもこの言明が真であるとか、偽であるとか、矛盾しているとか言うことを可能ならしめるような平面を定めることが不可能であるということなのである。

　悪企みがあるのは、結果の単純さのせいで目に見えなくなってはいるものの、それだけがこの結果の惹き起こすはっきり定まらない居心地の悪さを説明できる、そんな操作の中にである、という考えを私はふり払うことができない。その操作とは、マグリットによって密かに作られ、ついで注意深くこわされたカリグラムである。（19～20頁）

はたして「文を画に関係づけ立ち戻らせることが不可避的である」か否かはさておき、フーコーはいろいろと考えたあげく、「Ceci n'est pas une pipe.」という一文とパイプ像との関係の捉え方を、【図4】のように三通り示してみせる。

　そうして、それぞれの捉え方に即して、先生が教室で生徒たちにこの絵の説明する様子を、以下のように、いささか悪ノリ風に描写している。

（略）その声は「これはパイプです」と言うが早いか、たちまちしどろもどろになってこんな風に言い直さねばならなくなるからだ、「これはパイプではなく、パイプの画です」、「これはパイプではなく、それはパイプでないと述べる文です」、「《これはパイプではない》という文はパイプではない」、「《これはパイプではない》という文の中のこれというのはパイプではない、この黒板、この書かれた文、このパイプの画、こうしたものはみなパイプではないのです」。

否定はますます増えてゆき、声はもつれ、つまる。混乱した先生はのばした人さし指を下ろして黒板から向き直り、身をよじって笑い転げる生徒たちを眺めやるのだが、生徒たちがこんなにも大笑いしているのは、黒板の上、ぶつぶつと打ち消しの言葉を呟く先生の頭上に、湯気が立ち昇って徐々に形をなし、今や何ら疑問の余地のないほど実に正確に一つのパイプを描き出しているからだということに気づいていない。（42〜43頁）

3

……ここで改めて気になるのは、何をもってタイトルとみなすか、である。その前には、何をもって絵という作品とみなすかということも問われる。

内田樹『街場の文体論』（ミシマ社、二〇一二年）は、次のように述べる。

「額縁」は「この中に書かれているのは、絵ですよ。現実のものじゃありませんよ。壁の上にありますけど、壁の一部じゃありませんよ。間違えないでね」というメッセージを伝えます。額縁を見落とした人は「絵」を見ることができません。額縁の中にダ・ヴィンチの「モナリザ」があっても、額縁を見落とした人はそれを「壁の模様のようなもの」としか認識しない。それさえ正しくない。だって、壁の模様は絵がかかっているから見えていないはずだから。つまり、額縁を見落とした人は世界をまるごと見誤る可能性があるということです。だから、額縁と「額縁以外」を正しく見分けるというのは人間にとってきわめて緊急性の高い、生物的な課題なんです。（163頁）

このように、額縁が、内部としての絵と外部としての背景を区分する境界線であるとすれば、タイトルは外部として位置付けられるのが普通である。もとより、外部のどこでもよいというわけではなく、タイトルは、内部としての絵と空間的に近接した外部の場所（通常は、額縁のすぐ下か脇、あるいは額縁の一部）に位置し、小さなプレートに表示される。したがって、それが内部にあるのならば、タイトルではなく絵の一部とみなすべきである。つまり、タイトルは、作品のすぐ近くの外部にあることをもってタイトルとなる、これが第一条件である。

第二の条件は、タイトルは言語によって示されるということである。この点について、佐々木健一『タイトルの魔力』（中央公論新社、二〇〇一年）は、次のように言う。

（略）タイトルに言語以外の記号を用いてみても、その記号は分節が不明瞭であるために、更に言語的な翻訳を要求することになる。「〜について」語るというメタ言語的機能は、あらゆる記号のなかで、言語の特権的な能力なのである。（203頁）

この説明によれば、言語から成るという、タイトルの第二条件には、単にそれだけではなく、同時にその言語が当該の作品について「語る・説明する」という、第三の条件が伴うことになる。

件んの、マグリットのデッサン画に戻ると、「Ceci n'est pas une pipe.」という文字列はあきらかに、額縁の内部に記されている。その点において、二重の意味で、タイトルとしての第一条件に欠けている。一つは、デッサン画の中の絵のタイトルとして、もう一つは、デッサン画全体のタイトルとして。にもかかわらず、フーコーが、それがあたかもこのデッサン画のタイトルであるかのように捉えようとしたのは、言語であるという、タイトルの第二条件を優先し、自らの関心対象である「言葉と物」の関係という問題に引きずりこもうとしたからとしか考えようがない。フーコーは、次のように解説する。

マグリットにおいてかくも目に明らかな、文字表記と造形表現相互の外在性を象徴しているのは、絵とその表題とのあいだの無‐関係というか、いずれにせよいとも複雑でいとも偶発的な関係である。このかくも大きな距り――それは、人が同時にかつ一挙に読む者であり観る者であることを妨げている――こそ、言葉の水平な連なりの上方への画像の屹立的な出現を保証しているものである。「表題は、それが私の絵を、思考の自動的な働きが不安を免れるために必ずや作り出すであろう慣れ親しんだ領域に位置づけるのを邪魔するような具合に選ばれる。」マグリットが彼の絵画を名づけるのは、（パイプを「これはパイプではない」という言表によって指示した匿名の手にいささか似て）名称というものを遠ざけておくためなのだ。（57〜58頁）

このような捉え方には、自明の前提がある。それは、この絵を見る人が、①パイプがどんなものかを知っていること、②横向きに断続的に連なる曲線を文字列であると分かること、③②をフランス語の一文としての意味を理解できること、である。これらの前提を満たさないならば、そもそもフーコーの議論は成り立たない。まあ、①が欠ける場合は問題外としても、②や③が欠けることはありえよう。その場合、タイトル云々以前に、横一列の曲線の連続は単なる文様、でなければいたずら書きか汚れとしてしか目に映らないことになる。あえてこういう仮定をするのは、それが絵という内部に位置するからに他ならない。

4

言葉（文字）そのものをモティーフとした芸術作品がないわけではない。書あるいはカリグラフィーがそれである。書という視覚芸術のありようについては、以前に論じたことがある（「書宇宙と抽象―言葉という主題と造形―」『共同研究　文学・芸術の二〇世紀―その〈起源〉と〈変容〉―』共立女子大学総合文化研究所研究叢書一九、二〇〇一年）ので、そちらを参照されたい。ここで考えてみたいのは、書作品とそのタイトルとの関係である。

　現代書芸術は、伝統書と前衛書の二つに大分されるが、両者ではタイトルの傾向が大きく異なる。伝統書、中でも漢字書では、タイトル相当の「釈文」というのがあって、書の文字を楷書に改めたものが、漢詩文の出典とともに付される。

　その理由は、たいていの場合、書そのものが判読しにくい、できないという点にある。ただし、釈文によって文字が判読できたとしても、それだけのことであって、いわば単なる書体の変換であるから、タイトルの第一・第二条件は備えているものの、第三条件である、作品について語るということにはならない。にもかかわらず、書作品の鑑賞者の、それがどんな文字＝言葉を書いたのかを知りたがる習性に応えるように、釈文を示すのが慣行になっている。

　このような習性は、対象とする作品がそもそも漢字という文字をモティーフにしたものと了解しているところから発動する。言葉を記す文字が目前にあるのならば、それを読むこと・内容を理解することに向かわざるをえないからこその習性である。しかし、それが作品鑑賞の役に立つかと言えば、まったく別問題であって、釈文は、むしろ書そのものの鑑賞からは遠ざける働きをしているように思われる。つまり、どういう文字が書かれているかを知って満足するにすぎないからであり、その点では、すぐれた芸術作品であろうと、雑に書かれたメモであろうと、何ら変わりない。

　いっぽう、日本の前衛書は大きく、少字数書、近代詩文書、墨象の三系統に分けられ、それぞれでタイトルのありようが異なる。

少字数書は、書体の違いはあれ、書かれた文字自体はおしなべて判読しやすく、しかもそれがそのままタイトルにもなっているので、極端に言えば、タイトルが不要なほどである。同様に、近代詩文書は、日本の近代詩文をモティーフとして、原文の表記どおりに、非常に読みやすく書かれたものであり、タイトルには、出典としての詩文の作者および作品の名称が記されるのが一般的である（作品内にそれが添え書きされることもある）。このようなタイトルは、鑑賞のための参考知識を得るという点では有益かもしれない。

これらに対して、墨象は、前衛書の中では、もっとも抽象絵画に近く、もっとも文字から離れている、あるいは文字をモティーフとさえしない、まさに墨による表象そのものが作品を成り立たせている。そのため、タイトルは書体変換にはなりえず、何らかのイメージを言葉にしたものになっている。その言葉が作品について何を語っているかは、絵画の場合と同様であって、鑑賞者次第であろう。

いずれにしても、書作品のタイトルについては、それが文字をモティーフとするかぎりでは、その作品について語ることに欠けている。そもそも書の作家が自らの作品にタイトルらしいタイトルを付けることを意図しているかさえ、疑わしい。

ところで、F・マルクス『文字の言語学』（斎藤伸治訳、大修館書店、二〇一四年）には、意外なことに、書とマグリットの件んの作品を結び付けた（よく分からない）記述が見られる。いわく、書道を「仏教に感化された、もっとも価値ある崇高な芸術の一つ」とみなし、例として「無」という漢字書を取り上げて、「あらゆるものの不在を意味するこの文字の圧倒的な存在感は実に印象的で」、「少なくともルネ・マグリットの絵画「イメージの裏切り」と同程度に驚嘆すべきものがあ」り、「「無」という字は何もないということではなく、ただ「無」というものを意味している。この関係はちょうどパイプとパイプの絵との関係に似ている。記号の視覚的な性質が功を奏しているというわけだ。」(7〜8頁)。

5

言語を用いた芸術作品としては、もう一つ、文学がある。文学作品にも、もとよりタイトルが付けられているが、文学にかぎらず、文章一般においてもタイトルが付けられるのが普通である。中村明他編『日本語文章・文体・表現事典』(朝倉書店、二〇一一年)には、「文章・文体・表現の基礎知識」の一項目として「題名・副題・小見出しの付け方」(石黒圭執筆)がある。それによれば、「題名のつけ方は重要である。書籍であれば、書名でその本の売れ行きが決まり、新聞では、見出しでその記事が読まれるかどうかが決まる」のように、まずはタイトルが読者の興味を喚起するか否かという点から捉えられている。

文学作品のタイトルにも、そういう一面があることは否定できないものの、多くは作品のテーマを簡潔に抽象的にあるいは象徴的に表わしていると言えよう。それに対して、作品のテクストの方はそのテーマをある程度の長さで具体・個別的に表現したものであり、タイトルと作品とは、上位概念と下位概念の語相互の入れ替えという提喩の関係によって成り立っていることになる。

ただし、文学作品のテクストとタイトルは、同じく言語から成るので、タイトルに用いられた語・表現が作品のテクストの中にも出てくることがある。筆者が注目してきたのは、このテクストでのタイトルの現れ具合によって、タイトルとテクストの関係がどのように異なってくるかということであり、単純一律に提喩関係とは言いがたく、他の比喩関係が認められる場合も見られる。

たとえば、糸井通浩「三島由紀夫『金閣寺』構造試論」(『愛媛大学法文学部論集』九、一九七六年)でも、タイトルが「金閣寺」であるのに対して、テクスト内では「金閣寺」ではなく「金閣」が出てくることの理由を問い、「舞台としての場所の限定を意味する「金閣寺」は、主人公「私」と金閣との交渉の場所(場面)・環境を意味する。「金閣」をもって題名としない理由はここにみえてくる。つまり、場面としての「金閣寺」を題名とすることによって、そこに、人間と金閣のかかわりが描かれていることを示すことになる」(4頁)と説明する。「金閣寺」というタイトルが設定場面を表わすとするならば、作品のテーマそのものを示すということにはなりえない。

確認しておきたいのは、文学作品におけるテクストとタイトルは、他の芸術作品と違って、ともに言語という媒体を用いているという点において、どのようなつながりであれ、また程度の差はあれ、両者の関係が捉えやすいということである。同じく言葉(文字)を用いる書作品と異なるのは、テクストとタイトルにおける言葉の表す意味内容同士の関係を考えることができる点である。

というよりも、文学作品では、タイトルの表現の意味内容が、テクストの言葉全体の表わす内容とどのように関係するか、敷衍的に、あるいは遡及的に考えることを余儀なくされるのである。余儀なくされるのは、タイトルが単なる作品個々を弁別するラベルとしてではなく、作品がタイトルとの関係において何らかの意図を表わす、つまり「語る・説明する」と信じられているからである。

それでは、タイトルとテクストとが媒体を異にする、たとえば美術や音楽の作品の場合はどうなるか。

タイトルが言語である点では共通するものの、テクストの方は言語以外であるから、画像や楽音も視覚刺激・聴覚刺激それ自体ではなく、何らかの記号であると考えたとしても、その意味内容を明示的・分析的に示すことは非常に困難である。そのため、記号としての表現と意味との関係ではなく、タイトルの言葉が、そのようなテクスト（もの）を説明するという、一方的な関係として捉えられがちになるのである。ソシュールの「ARBOR」の場合のように。

6

マグリットの絵とタイトルに戻ろう。

A・M・ハマハー『世界の巨匠シリーズ　MAGRITTE』（高橋康也訳、美術出版社、一九七五年）の解説には、マグリットの絵とタイトルの関係までに至る歴史が記されている。絵というテクストにタイトルが作者によって自覚的に付けられるようになったのは一九世紀からであるとしたうえで、次のように述べる。

> 19世紀では、印象主義は題名に、絵を見ればすぐわかることを指し示すという機能を与えた（ありていにいえば、マグリットがのちに指摘するとおり、題名は余分なのだ）。（26頁）

そして、マグリットが生きた二〇世紀については、次のようにまとめる。

> 20世紀になると、ホィスラーとともにはじまった題名の変革、描かれた形象以外の領域を示す題名の創造は、二つの流れに受継がれた。カンディンスキーを代表とする抽象絵画は、「構成《コンポジション》」とか「即興《インプロヴァイゼイション》」などの用語を重宝がった。「コンポジション」はやがて「無題」という最終形態に行きつくのは必定であり、今日でも、「無題」と称して、イメージと言語との亀裂をそっくり受け容れることによって、人びとのなかに、言葉の仲介なしに事物をそのまま吸収する力を刺激しようと狙う画家は少なくない。さらに遅れて、ホィスラーが切りひらいたもうひとつの可能性がエルンスト、アルプ、ダリ、タンギー、マグリットらのシュルレアリストたちによって発展させられた。なかでもいちばん徹底していたのがマグリットで、彼ほど真剣にイメージのあとから発生する言語を発見し定義しようとしたものはいない。（26～27頁）

当初、おそらくは作品の個体識別という実用的な目的のみで付されていたタイトルが、二〇世紀の前衛美術になると、一方では言語の介入を拒否する「無題」という、タイトルを無化する方向、もう一方では言語と作品との指示以外の関係を志向するという、タイトルを変革する方向の二つに分かれ、マグリットはその後者に属する。

マグリット自身は、タイトルについてどう考えていたのか。Ch・グリューネンベルク、D・ファイ編『マグリット事典』（野崎武夫訳、創元社、二〇一五年）の「Language　言語」の項目では、彼の手紙をもとに「「自分が描いた作品に名前を与える」ことが気が進ま」ず、それは「批評と歴史による言語学的な冒険心（「安直なラベリング」をともなった）の全体のおそれから生じた」としている。また、先掲のA・M・ハマハーの解説によれば、マグリットは必ず作品を描く途中あるいは描き終わった後にタイトルを考え、「題名はときにマグリット自身の発明によることもあったが、また他人との会話をきっかけに生まれることも多かった」（23頁）という。

以上から、マグリットのタイトルに関して、おさえておきたいことが三点ある。第一に、彼の作品制作は、事前に描くべきテーマがあって、それを具現化するためではなかったということ、第二に、他者の評価はどうあれ、作品にタイトルを付けることを、必要不可欠とは考えていなかったということ、そして第三に、タイトルは描く立場からではなく、むしろ見る立場から、事後的に考案されたということである。

これらの点について、ジゼル・オランジェ＝ザンク「アイデアの栽培」（『マグリット展カタログ』宮澤政男訳、中日新聞社、二〇〇二年）は、マグリット自身の言葉を引いて、次のように述べる。

作品につけられ、作品の確認となる題名にマグリットが重きを置いていることは知られているが、題名は作品を解釈したり、定義したり説明したりするために使われてはならない。マグリットはいつも、愚かな解釈をする連中や、インテリすぎる人々、独自の烙印を押したがる人々をうまく避けた方がいいと言っている。「一番いい題名とは詩的な題名だと思う。別の言い方をすれば、私たちがタブローを見るときに感じるわりとはっきりとした感情と相性のいい題名である。そんな題名を見つけ出すにはインスピレーションが必要だ。（略）詩的な題名は何も教えてくれないが、それは私たちを驚かせ、喜ばせてくれるものでなくてはならない」。（24頁）

「題名は作品を解釈したり、定義したり説明したりするために使われてはならない」とは、タイトル一般の備えているはずの第三条件を明確に否定することであり、求めるのは「私たちがタブローを見るときに感じるわりとはっきりとした感情と相性のいい題名である」。それを、マグリットは作品から得られるインスピレーションによる「詩的な題名」と呼んだ。

たしかに、タイトルが「作品を解釈したり、定義したり説明したりするため」のものになっていなければ、真面目な鑑賞者を難解な謎の中に陥れるかもしれず、あるいは両者の取り合わせの意外性が単純に「驚かせ、喜ばせてくれる」かもしれない。いずれにしても、作品とタイトルの両者の存在を前提にする限り、作品が「主」でタイトルが「従」という関係ではありえず、両者は媒体を異にしながらも拮抗しあう関係となりつつ、一体化した形で作品として成り立つことになる。

そのようなタイトルであってもなお、タイトルとして作品と結び付きうる固有の有縁性があるとすれば、それは何か。マグリットは「タブローを見るときに感じるわりとはっきりとした感情と相性のいい」ことを、それとみなしている。留意したいのは「感情」という言葉である。絵が現前させる「もの」が有するものでもなければ、タイトルの言葉から導き出される概念でもない。それは、絵とタイトルに共通あるいは関連して、鑑賞者各自に喚起される、何らかの固有のイメージである。

7

固有名詞というものが、意味＝概念を持つことなく、対象を指示する働きを持つ言葉であるということは、冒頭に述べた。作品タイトルもまた固有名詞であるとすれば、タイトルに用いられた言葉自体がたとえ一般語であったとしても、それが作品を指示することにおいて、一般語として持つ意味＝概念そのものは直接、関与しない。じつは、タイトルを論じる際、この点に関しては、かのフーコーさえも、勘違いしているように思われる。

たとえば、「ドラえもん」という漫画がある。言うまでもなく、「ドラえもん」はその漫画作品のタイトルであり、かつ作者によって造語・命名された、主人公の猫型ロボットを指示する固有名詞である。この「ドラえもん」という語は、そもそも造語された固有名詞なのであるから、その意味なるものを詮索することはなく（想定される構成要素それぞれから帰納される意味は考えられるとしても）、それが当の漫画作品および主人公を指し示すことが了解されればよい。

これに対して、マグリットが描いたような、喫煙具のパイプの絵画作品に「パイプ」というタイトルが付けられていたとする。「パイプ」というタイトル語は一般名詞であり、／paipu／という形式に対応する、いわゆる意味＝概念を表わす。その意味＝概念が、絵画に描かれたモティーフにも外延の一つとして適用できる場合、「パイプ」という語はタイトルとして、当の絵画作品を説明する役割を果たす関係にあるとみなされる。

じつは、この捉え方自体が問題なのである。タイトルが固有名詞であるかぎり、何よりも対象作品を指示するという個別の関係が認知されさえすれば用が足りるのであって、タイトルが意味＝概念を持つ語であっても、そのことによって固有名詞の指示機能を果たすわけではない。

あらためて、一般的なタイトルの条件として挙げた三つを考えてみると、第一の「近接した外部にある」、第二の「言語による」という条件に加えられた、第三の「作品を説明する」という条件は、タイトルが一般語、つまりはその語が意味＝概念を有し、それが作品に適用されるという場合にのみ認められるのであって、たとえそれが世間では、言語中心的に通用してはいるとしても、固有名詞としてのタイトルには必須の条件たりえないのである。

それでは、第一および第二の条件が揃えば、タイトルと作品の指示関係が成り立つか。然り。それも命名行為の一つとして考えれば、書であれ文学であれ美術であれ、一般に成り立つのである。ソシュールの説いた、ラングとしての言語記号の成り立ちにおける「恣意性」とは本質的に異なり、パロールとしての言葉と「もの」との指示関係は、「話手の自由選択にまかされている」のである。ただし、その「自由選択」はデタラメということではなく、普通は、当該の話し手自身の、「いわれ」とか「あやかり」とか言われる意図に基づいて行われる。

パイプを描いた絵画作品に「パイプ」というタイトルが付けられていれば、タイトルとなった語の意味が作品を説明しているとみなすのは、作者のタイトル命名の意図をその語の意味と同一化してしまうからである。そして、一般の作者自身もまた、そういうつもりでタイトルを付けてきたのかもしれない。マグリットが狙ったのは、まさにそういう「つもり」に対する裏切りだった。

しかし、単に意図と意味の同一化を裏切るだけのことならば、まったくデタラメなタイトル命名でもよかったはずである。マグリットはそれをしきれなかった、あるいはできなかったところから、新たな意図のありよう、別に言えば、タイトルと作品の指示関係の新たな意図・根拠を提示する「詩的な題名」というものが考え出されたのではないかと思われる。その実質として想定されたのが、「絵とタイトルに共通あるいは関連して、鑑賞者各自に喚起される、何らかの固有のイメージ」であった。

絵の方は視覚刺激となり、感覚器官を通して脳内でしかるべき形象として構成される。その形象がなんらかの体験記憶と結び付くと、それに伴う特定のイメージが喚起される。一方、言語の方もまた、視覚刺激の場合、それが文字列＝語（あるいは文）として認知されると、その表わす意味＝概念だけではなく、その語に付随するなんらかのイメージも喚起される（この点について詳しくは、半沢幹一『言語表現喩像論』〈おうふう、二〇一六年〉を参照されたい）。

マグリットが言うのは、この両者のイメージの相性の良さである。しかし、パイプの絵がパイプという「もの」の形であること、「パイプ」という語がパイプという意味を表わすことは、共通に認識されるとしても、それぞれのイメージ自体は名状しがたく、しかも共通するとは限らない。イメージそのものが知識とも概念とも異なってカテゴリー化しにくいものであり、しかも視覚記憶であれ言語感覚であれ、人それぞれの内部において微妙に異なるからである。

繰り返すが、「パイプ」という語が、描かれたパイプのタイトルとなりうるのは、タイトルの第一・第二条件に適う場合であって、その点では、タイトルと作品を結び付けるのが意味であろうとイメージであろうと、構わない。その上での、ことばとものに関する共通認識は、意味と意図の同一化を図ろうとする、ごくありきたりの関係付けであるのに対して、ことばとものそれぞれからの任意のイメージ喚起は、意味と意図の差別化あるいは意味と意図との混乱をねらう、挑発的な関係付けであると言える。

マグリットはあえて後者を目論んだのであり、それを実現するために、タイトルが作品に対して、事後的に、見る立場から付けられたのも、ある種の必然である。その理由は二つある。

一つは、彼の作品がシュルレアリスムという、リアル（写実的）でありながらもリアル（現実的）でない描きようだからである。そのため、鑑賞者はその説明を求めようとしがちであり、それに応えるには、彼自身も客体的に同じ立場に立った方が適しているのである。もう一つは、さまざまな視覚刺激から成る作品よりも、言語による短いタイトルの方がイメージの集約化がしやすく、その分、作品とタイトルとの共通化・関連付けが逆の場合に比べ、はるかにしやすいからである。

8

フーコーが取り上げたマグリットのデッサン画は、同じ一九六六年に全く同一の構図で、次頁の【図5】のような油絵としても描かれた（実物は有彩色。また、デッサン画との先後関係は定かではない）。デッサン画と異なるのは、油絵の方には「ふたつのミステリー（The Two Misteries）」という、れっきとしたタイトルが付けられていることである。フーコーはそれを目にしていなかったからか、この疑問の余地のないタイトルについては一言も触れていない。さらに言えば、マグリットが以前に描いた、一連のパ

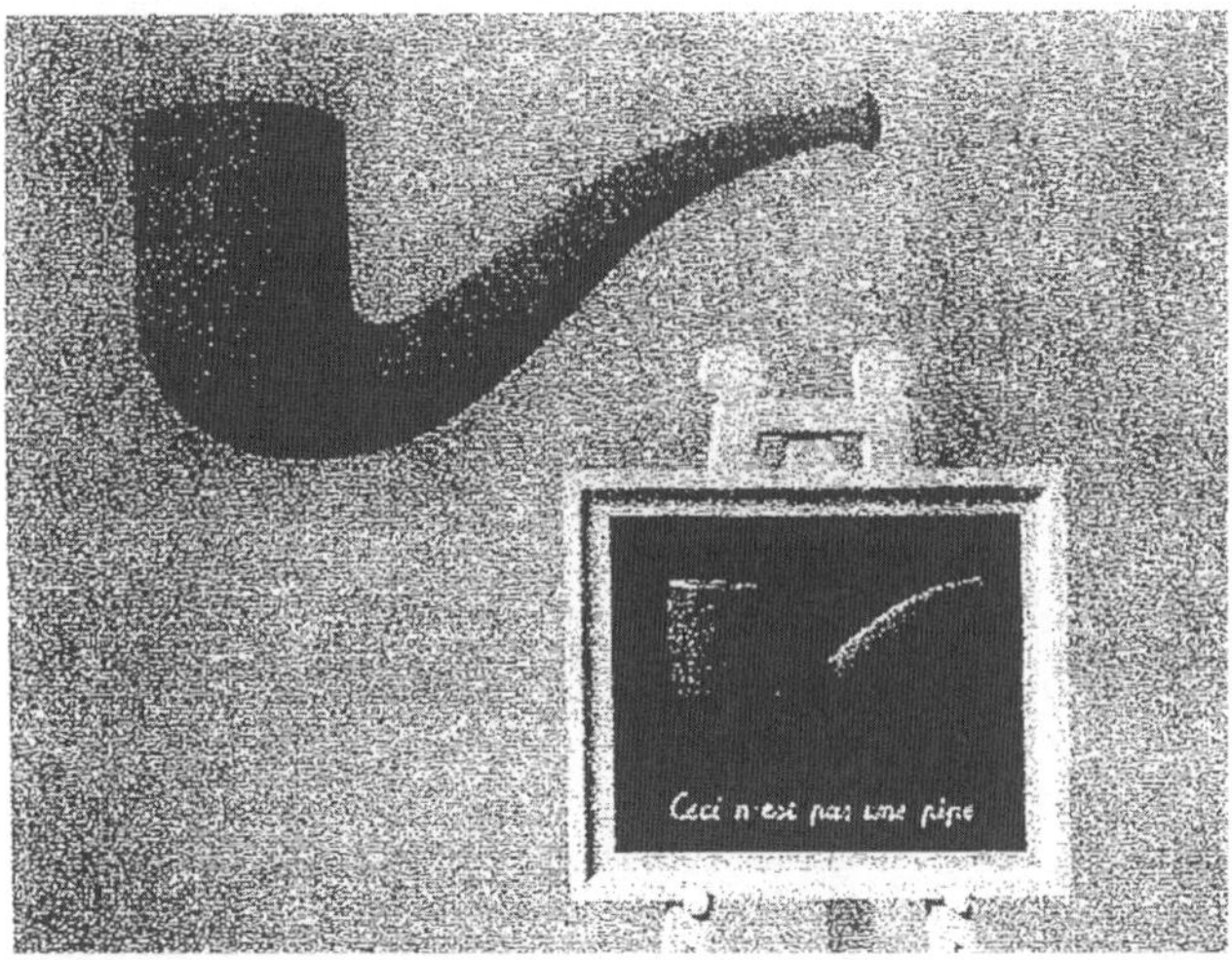

【図５】

イプの絵のタイトルについても、一切触れていない。憶測を逞しくすれば、フーコーは「Ceci n'est pas une pipe.」という表現そのものに心惹かれてしまったのではないだろうか。だから、「Ceci n'est pas une pipe.」がそもそもタイトルなのか否かについて、とくに意を用いようとしなかった、というよりはタイトルと思い込んでいたのではないかと思われる。

マグリットにとって、パイプは好んで用いるモティーフの一つであり、さまざまに描かれているが、その作品とタイトルとの関係が最初に問題にされたのは、次頁の【図６】の「イメージは欺く（The Treachery of Images)」（一九三五年）と題された作品だった。

先掲の『マグリット事典』の「Titles　作品名」の項目では、この作品を次のように位置付けている。

（略）『イメージは欺く』は、モダニズムによって伝統的に引き継がれた叙述的な作品名に対

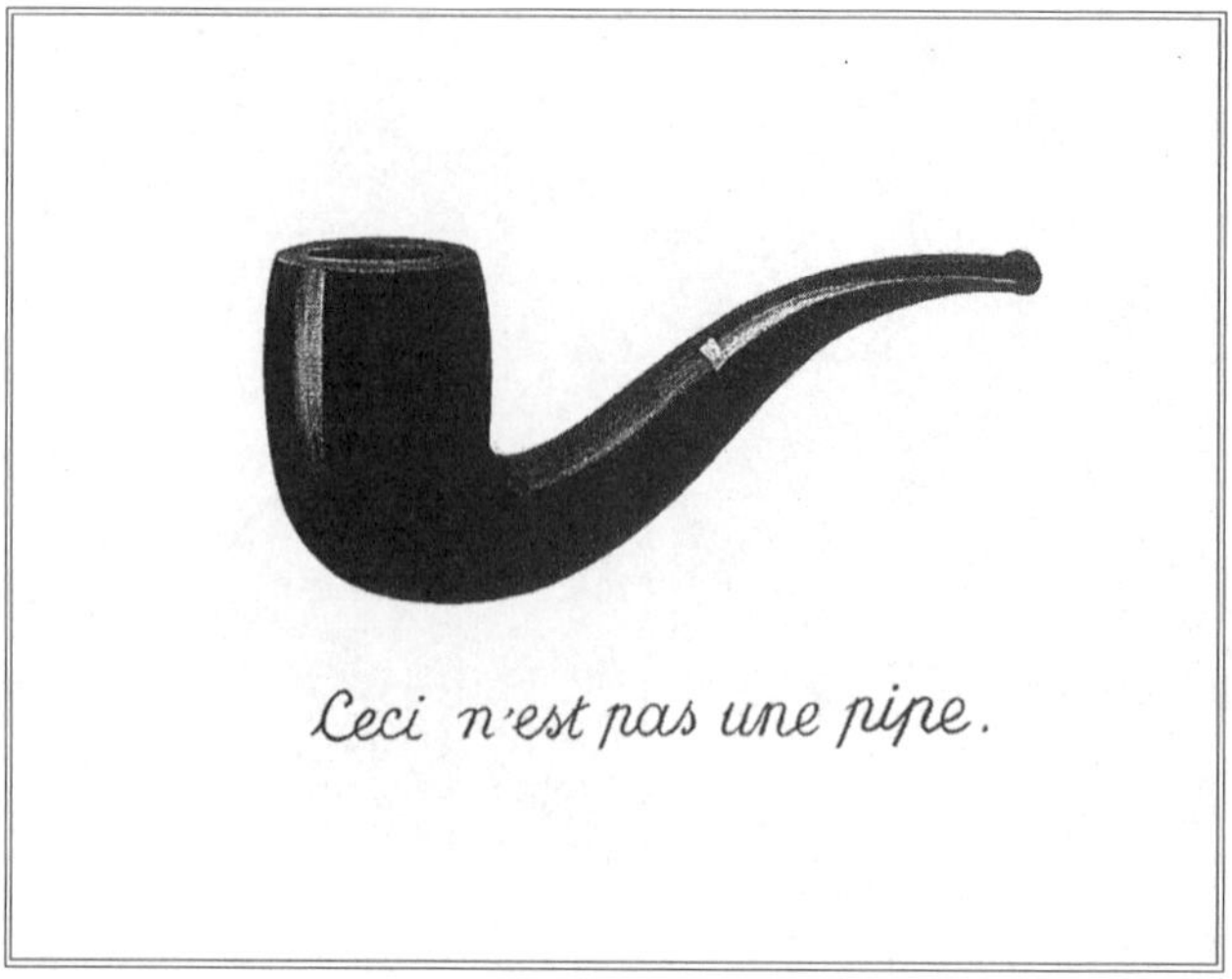

【図6】

する終着点でもあり、また出発点にもなっている。「表現」としての状態、しかも現実から切り離された表現であると主張する作品を受け入れるという点においては、「詩的な」ものを差し挟むことによって、明示的に分類するということが破壊され、それが記号論的な階層化を導入することへとつながっている。描かれたイメージはいま記号としての位置にある。しかし結果的には、それは描かれているという境界を越えることなく、作品名という献辞を通じた制度化された記号であり、視覚的なものと、テキスト的なものとが混在した作品になるのである。言葉によって描かれたイメージを撤回するということは、見ているものに対して声明を発することであり、また描かれたイメージを受け入れたり、理解することを多様化する努力でもあった。マグリットが自作のうえで展開したこのような分離は、広範囲にわたって混乱を引き起こすきっかけを与えた。

何度読み返しても分かりにくい説明なのであるが、タイトル込みで、この作品が「伝統的に引き継がれた叙述的な作品名に対する終着点でもあり、また出発点にもなってい」て、「広範囲にわたって混乱を引き起こすきっかけを与えた」というのだけは理解できる。

ただ、気になるのは、「言葉によって描かれたイメージを撤回する」という箇所があるように、問題としていることが、ともに絵の中に描かれているパイプの絵と「Ceci n'est pas une pipe.」という一文との関係であって、「イメージは欺く」というタイトルとの関係ではないということである。

タイトルどおり、イメージが何を欺くかと言えば、一般に考えられている、パイプのイメージとしての絵と実物との間の関係であり、その絵のイメージと「Ceci n'est pas une pipe.」のイメージとの間の関係であり、そしてこのような絵と鑑賞者との間の関係である。もし、こんなふうに説明できてしまうとしたら、じつは、「イメージは欺く」というタイトルは、マグリットの意に反して？この作品を適切に叙述していることになるのであるが…。

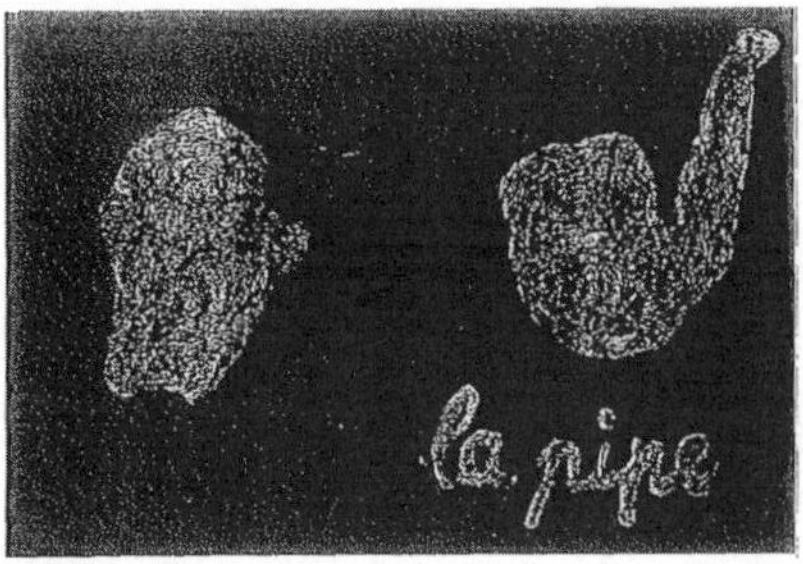

【図7】

マグリットのパイプシリーズの中で、「イメージは欺く」よりも原初的と見られる、【図7】の「言葉をもった有機的形態（パイプ）（Biomorphs with Words (The Pipe)」（一九二八年）というタイトルの作品についてもまた、絵の中に記された「la pipe」という語が、そのすぐ上に描かれた、茫洋とした形象を定義付け、さらにタイトルがこの両者の関係をそのまま説明するものになっている。

9

ところが、三〇年ほど経過すると、タイトルの様相に変化が見られるようになる。【図8】は、「空気と歌」（一九六四年）と題された作品である。

絵の中に、さらに額縁に入れられたパイプの絵と「Ceci n'est pas une pipe.」という文がある点では、フーコーの取り上げたデッサン画と共通している。「空気と歌」という並列表現のタイトルは、「空気」がパイプの絵と、「歌」が「Ceci n'est pas une pipe.」という一文と、換喩的に、つまりパイプを使うには空気が必要であり、文は歌うことができるという関係として、結び付けうる。この結び付けは、タイトルが絵を説明するという役割ではなく、絵の中のそれぞれから喚起・連想されるイメージをことばにしたものとみなすことによる。その意味では、タイトルは絵と対等というよりは、文を含めた絵を主とした従の位置付けにある。

【図8】

そして、問題の「ふたつのミステリー」（【図5】373頁）である。このタイトルにおける「ふたつ」は、

「Ceci n'est pas une pipe.」と書き込まれている、額縁絵のパイプと、その上の大きな、グリザイユのようなパイプの画像を指していると考えられる。両者が「ミステリー」となる理由は、前者はその絵と文との関係、後者は空中に浮かんでいることであろう。かりにそのように捉えることができるとしたら、このタイトルも分かりやすい。

となると、少なくともマグリットのパイプ絵に関して問題になるのは、タイトルよりも、パイプの画像とともに描かれた「Ceci n'est pas une pipe.」という文のほうになる。このようなパイプ絵に導かれたのか、マグリットは、【図9】のような、「これはリンゴではない」という、絵の中と同じ一文がタイトルになった絵（一九五九年？）も描いた。これは、「イメージは欺く」という絵以後、取沙汰されたのが、文字通りのタイトルと絵との関係ではなく、画中のモティーフと文字列との関係であったことに対する、マグリットなりの、「それはタイトルなのか否か」という、そらとぼけた「欺き」、でなければ痛烈な批判だったのではないだろうか。

そのように考えると、先に示した、フーコーに送ったデッサン画の裏に記された「表題は絵と矛盾したことを言っているのではなく、別様に肯定しているのである」

【図9】

というマグリットの言は、あくまでもフーコーの捉え方に即した上での反論であって、マグリット自身が画中の一文を絵全体の正当なタイトル（表題）として認めていたわけではないと見られる。

かりに「Ceci n'est pas une pipe.」を作品タイトルとみなすならば、タイトルの言語表現としての特異性を三点、挙げることができる。第一に、語句単位ではなく一文であること、第二に、指示語を含んでいること、第三に、否定になっていること、である。この、どれもが絵画のタイトルとしては意表を突くため、マグリットの提唱した「詩的な題名」というものと結び付けられやすかったのであろう。

一文であるということは、意味だけでなく表現者の意図をも表わす。この文の意図とは、意味内容に関する断言に他ならない。指示語は、固有名詞と同様、特定の意味概念を持たずに、対象を指示する機能を持つ語彙であり、「ceci」という指示語も現場指示の近称という条件はあるものの、その対象は特定されない（フーコーがまずツッコミを入れたのは、まさにその点であった）。そして否定しているのは、「ceci」の指示対象と「une pipe」の意味概念との同定であり、この否定が鑑賞者を混乱させることになった。

ソシュールが示した指示関係の図とまったく同じく、絵画作品の場合も、タイトルは単語で表現され、それが「une pipe」を指示していると同定・理解するのが一般的である。「Ceci n'est pas une pipe.」という一文は、このような、見る側の同定という行為そのものを、メタ・レベルで示し、かつそれをきっぱりと否定するのである。と、どうなるか？　見る側は、なまじリアルに描かれたモティーフがパイプでないとしたら、はたして何なのかという宙吊り状態に置かれてしまう。言語は、言語以外の記号が現前のものしか示さないのに対して、言語は現前のみならず、非現前をも表示するが、否定表現は、当の現前するもの以外でありさえすればよく、すべての非現前を表わすのであり、その表現だけでは対象を特定しえない。

マグリットは、「私の絵のなかのパイプで喫煙することができる人がいますか？　だれもいません。とすれば、それはパイプではないのです。」（先掲『マグリット事典』「Artifice　狡猾」の項による）と、まことに人を食ったコメントを残しているようであるが、だからと言って、それでは何を描いたのかと問われて、「パイプの絵」という、身も蓋もない答えではなく、おそらくは「それぞれお好きなように」と言い放つにちがいない。

ついでに言えば、あくまでも推測であるが、パイプを描いた絵の中に記す文字列が、「une pipe」という単語だけから、「Ceci n'est pas une pipe.」という一文に至るまでの過程には、「Ceci est une pipe.」という、同定行為を示す肯定文の試みもあったと思われる。

それにしても、くどいようであるけれども、ここで忘れてはならないのは、その一文はけっしてタイトルではなく、絵のモティーフの一部にすぎないという点である（絵の隅に記された「Magritte」という署名までをもモティーフとは言わないが…）。

しかし、マグリットがことばを純粋に絵のモティーフにしようとしたとは考えにくい。事実、ことばのみを描いた作品は見られない。マグリットの作品において、つねに、ことばは形象とともにあり、しかもバランス的には形象の方がメインなのであって、その両者の関係があたかもソシュールの図のように、あるいは作品とタイトルの関係のように受け止められるのを想定したうえで、さらにその作品全体に対して、ことばによるタイトルが付けられたのである。

そこには、あきらかに画像と言語との関係のレベル差が認められる。別に言えば、「もの」と画像との、そして「もの」と「ことば」との結び付きのズレが絡み合っている。それこそが、まさにシュルレアリスムなのだ、とマグリットは言うかしらん。

10

美術展に行くと、どちらが先はともかく、絵のタイトルに関心をまったく持たない鑑賞者を見ることは、ほとんどない。自分もまた例外ではなく、気にかかる絵が目に入ると、絵だけでは気が済まずに、なぜかタイトルを確認したくなってしまう。しかし、あまりに熱心にいちいち絵とタイトルを見比べている人々を見ると、タイトルはいったい何のためにあるのかと思わざるをえない。

たとえば、印象派のモネの睡蓮の絵のタイトルが「睡蓮」であることが分かって、感動したり納得したりすることがありえるだろうか。あるいは、抽象絵画に付される、限りなく抽象的なタイトルを知って、絵を見ることに何か役立つことがあるだろうか。

作品タイトルの究極の機能は、固有名詞として、その作品の個体識別をすることにある。そう割り切るならば、その機能は必ずしも言語のみに求めるには及ばない。しかし一般には、タイトルがことばであるからこそ、その作品を説明する機能が期待されてしまう。この期待は、作品自体が分かりやすいものか、そうではないかに関係しない。

マグリットも、作品タイトルを付けること、タイトルにことばを用いることを止めることはなかった。そのうえで、にもかかわらず作品の説明に堕さないタイトルがありえるかというのが、マグリットの陥ったジレンマであった。しかもそのジレンマは、画中にことばを取り入れることによって自らが招いたジレンマでもあった。

「それはタイトルでない／ある」という宙吊りは、誰よりもマグリット自身のダブル・バインド状態だったのである。

休題―あとがきにかえて

1

いつ頃から、タイトルに興味を持つようになったのか。少なくとも言えるのは、物心付いた頃から、自分の作文にタイトルを付ける時にただ漫然と付けるということはなかったということである。もちろん、タイトルあるいはタイトルとテクストの関係がどのようなものかまで考えが及ぶはずはなかった。

その問題をはっきりと自覚したのは、M・フーコーの『これはパイプではない』の翻訳書を読んだ時である。たしか、一九八六年に出版されてすぐだった。そして、いつかこういうものを自分も書いてみたいと思ったが、何を糸口にすればよいのか見当が付かず、そのままになってしまっていた。

その間、いっぽうでは比喩に関する研究をし、またいっぽうでは古代和歌に関する調査を続けていた。両者は一見何の関係もないことと、自分自身さえ思っていた。それらが結び付くかもしれないと予感させてくれたのが、佐々木健一『タイトルの魔力』（中央公論新社、二〇〇一年）だった。この本には、タイトルをレトリックという観点から捉えようとする試みが示されていた。

そうして、やっと初めてタイトルを論じたのが、二〇〇七年の「タイトル／テクスト／メタファー」という論文だった。向田邦子の『思い出トランプ』の短編小説のタイトルをテクストとの関係で論じたものである。それをきっかけとして、タイトルがらみの論文を継続的に、しかもさまざまなジャンルにわたり書くことを心がけた。フーコーをまねた論文も、二〇一七年に「それはタイトルでない／である―ソシュール、フーコー、マグリット―」という形でまとめることができた。やれやれ、じつに三〇年を要したわけである。

古代和歌の調査がタイトルと関係すると気付いたのは、対象としてきた資料が『新撰万葉集』や『大江千里集』であり、そのすべての和歌が題との関係を持つものであったからである。『新撰万葉集』は、和歌を題として七言絶句の漢詩が付され、『大江千里集』は漢詩一句を題として和歌が詠まれている。注釈にあたっては、その両者の関係をどう捉えるかが中心的な課題になった。前者については、『対釈新撰万葉集』（津田潔と共著、勉誠出版、二〇一五年）として公けにしたが、後者については、現在継続中であり、本書にはその端緒となる論文を掲載した。

これまで、タイトル関係の論文が出るたびに、その抜刷を方々に送ってきたけれども、とくにはかばかしい反応もなく、あっても単なる道楽と思われてきた節がある。まあ、それはそれとして、自分の中では、タイトルに対する関心が、形としてはさまざまであるものの、どれもつながっていて、それが言語表現を考えるうえで重要な問題であるという確信が、今はある。

2

面白いもので、一旦自分の興味に気付くと、知らないうちに、いろいろな資料や情報が集まったり、目に入ったりするものである。

たとえば、知り合いだった作家・稲垣瑞雄氏の遺稿短編連作集『一文字の詩歌』（豊川堂、二〇一七年）をいただいた時、まず目次を見たら、そのタイトルは、「樋・鴉・蟬・竈・蘜・轍・蟻・竿・傘・箒・庇・鶸・柩・鯖・鼬・烟・柃・柊・檜・串・箸・鮒・楡・猫・波・椿・榎・楸・鬠・槭・梅・嫁・岸・櫛・拳・痕・糸・音・机・杭・坑」のように、全部、具体物を表す漢字一字で統一されている。そのタイトルの統一意図は書名からしてきわめて明らかであり、タイトルそのものに強烈な美意識が感じられる。

いっぽうで、田中小実昌『題名はいらない』（幻戯書房、二〇一六年）というエッセイ集も目に入った。その書名は、中の一編「ぼくは題名はいらない」から採ったのであろうが、次のようなエピソードが書かれている。『自動巻時計の一日』という小説を本にする時、「題名をないままにしてほしい」と何度も編集者に頼んだのだそうである。雑誌に短編を載せる時も、題名も原稿料のうちと編集者に言われるにもかかわらず、しばしば付けないで出していたらしい。田中はその理由を、こう記す。「ある一日のことをただ書いているんだから題名はいらない、とぼくは思っていた。なにかストーリイをつくり、あるいはテーマをきめて書くのではない。ただ書いている。」（339頁）。

つまり田中は、「題名」というのは、しかるべきストーリイなりテーマなりが事前に決まっている場合に、それに応じて付けられるものと考えていたのである。ここには、「題名」の「題」ということばに対するひっかかりがある。じつは、本書の書名を、前著『表現の喩楽』にならって、『題名の喩楽』とし、各章名にも「題」という語を当てていながら、本文中にはもっぱら「タイトル」という外来語を用いているのも、同じひっかかりを感じていたからである。本論で示してきたように、実際、各作品における題名には、事前も事後もあり、ストーリイでもテーマでもないものもある。「タイトル」の原義は肩書きという意にあるようであるから、肩書き、つまり「としての」という意ならば、全体をカバーできると考えた。「標題文芸」という研究ジャンルがあることを知ったのも、そう古いことではない。相田満「研究の沿革」（『標題文芸（参）』国文学資料館、二〇〇五年）によれば、「事物を名称と概念間の関係で統御するべく生み出され続けてきた「標題」（Title、Label）自体にも、「文芸」的現象が認められないだろうか」（2頁）という仮説のもとに、構想されたようである。文芸研究の一つとして位置付けられ、主として、日本の古典文学の書名（表題）と目次標題の分類から研究が始まったようであるが、その後どのように展開しているのか、寡聞にして知らない。

インターネットの普及にともない、そこに配信されるニュース記事の見出しに注目する研究も見られるようになった。湯浅千映子の「ネットのニュース記事における見出しの機能」（『早稲田日本語研究』第二三号、早稲田大学日本語学会、二〇一四年）をはじめとする一連の研究である。新聞という紙媒体にはない、「トップページ」でのトピックの示し方が取り上げられている。

このように、ごくわずかの紹介ではあるが、タイトルに関する関心は、けっして無いとは言えない。とはいえ、一般には、作品にタイトルがあるのは当然という意識のレベルにとどまり、タイトルがなぜ、どのように付けられるのかまでに至ることが少ないため、その研究に目が向けられにくいというのが現状であろう。

3

タイトルというのは、言うまでもなくことばから成るものであり、タイトルを問うことは、意味関係という言語そのものと、命名関係という言語活動の双方に関わる。

ことばは形式と内容との関係から成るものであるから、どのようなタイトルであれ、ことばである限りは、その表現形式と、それと恣意的に結び付く意味内容との関係が前提となる。とくにそれが、タイトルとしてはありがちな、新造語あるいは比喩語である場合は、その意味関係自体のありようが問われることになる。また、タイトルという結果条件からは、一つの言語分野を構成しうるものであり、その分野的な特徴・傾向も想定される。

言語活動の一つとしての命名は森羅万象に及ぶが、人間の創作物としての作品を対象とする場合は、タイトルとして、他作品との識別という便宜だけではなく、主体の個別の意図、具体的にはその対象作品との関わり方という問題が含まれる。その関わり方も、文学のような言語作品と、絵画や音楽などの、媒体を異にする芸術作品とでは違いがある。言語自体における意味関係と命名による指示関係とが、言い換えれば、恣意的な関係と必然的な関係とが、タイトルにおいて、どのようにリンクするかも、それぞれで相違する。

じつは、筆者が、長年、身を置いてきた表現学会という学会あるいは言語表現学という学問分野は、まさにこの言語と言語活動の関係の解明を目的とするものである。その点から言えば、タイトルは格好の研究対象となるはずであるが、これまでまともに取り上げられることは一度もなかった。かく言う筆者自身もまた、そういう認識を得るまでに、ずいぶんと遠回りをしてきたのではあるけれど。

本書では文学作品のタイトルを主として扱っているが、金田一春彦ほか編『日本語百科大事典』（大修館書店、一九八八年）には、「命名の諸相」（玉村文郎編）という項目があり、その一つとして「小説名」が取り上げられ、「小説の命名は、三つの要素の組み合わせによって行われ」、「第一要素が内容・材料で、①テーマ、②主人公、③世界（地域的、時期的）、の3つに分けられ、第二要素が象徴度で、①ストレートな表現か、②何かに見立てるなど、象徴的な表現か、の2つに分けられ、第三要素が言葉使いのテクニックで、その選択の中に、表現構成のほかに、「俗語・方言・英語・新造語」が含まれる」としている。

この三つの要素のうち、言語自体として問題に出来るのは第三だけであり、第一・第二は作品テクストの内容がどのようなものかが分からなければ、認定しようのない要素である。ということは、あることばについて、その意味は知っていたとしても、「これはある文学作品のタイトルである」と説明されるだけでは、何の価値もないということである。せいぜい、文学史における作品名として暗記するのが、受験に役立つ程度であろうか。

つまり、ことばがタイトルたりうるのは、そのことばによって指示される作品テクストがあり、かつタイトルとテクストとの意味・内容関係が了解されてこそである。とりわけ文学作品のように、タイトルもテクストも、同じことばから成る場合には、ことば同士であるがゆえに、両者の関係が白明視されがちなきらいがある。本書で、その関係にしつこいくらいにこだわったゆえんである。

4

各章の初出は以下のとおりである。前著同様、ほとんどが読者のきわめて少ない学内誌に載せたものである。一書にするにあたり、タイトルは統一的に変更し、本文については、それぞれの発表後の補足をし体裁を整える以外は、最小限の手直しにとどめた。

巡題―村上春樹長編小説：書き下ろし。

先題―村上春樹短編小説1：「村上春樹『中国行きのスロウ・ボート』はタイトルに始まり…」（『KYORITSU REVIEW』第三七号、共立女子大学大学院文芸学研究科、二〇〇九年二月）

続題―村上春樹短編小説2：「村上春樹『神の子どもたちはみな踊る』はタイトルも踊る?」（『文學藝術』第三四号、共立女子大学、二〇一一年二月）

型題―三島由紀夫短編小説：「三島由紀夫短編小説題名法試論」（『文學藝術』第四〇号、共立女子大学、二〇一六年七月）

凝題―向田邦子短編小説：「タイトル／テクスト／メタファー」（楠見孝編『メタファー研究の最前線』ひつじ書房、二〇〇七年〈後に、『向田邦子の比喩トランプ』新典社、二〇一一年にも収録〉）および『向田邦子の思い込みトランプ』（新典社、二〇一六年）

緩題―向田邦子エッセイ：「『父の詫び状』のタイトル考」（向田邦子研究会編『向田邦子愛』いそっぷ社、二〇〇八年）

魅題―宮澤賢治童話：「賢治童話のタイトルのことならおもしろい。」（『共立女子大学文芸学部紀要』第六四集、共立女子大学、二〇一八年三月）
神題―八木重吉詩：「素朴か巧緻か―八木重吉詩のタイトルとテクスト―」（『文學藝術』第四一号、共立女子大学、二〇一七年七月）
私題―さだまさし歌詞：「さだまさしのタイトル宣言」（『KYORITSU REVIEW』第四六号、共立女子大学、二〇一八年二月）
即題―新聞投稿：「新聞投稿文のタイトルはいかに付けられているか?」（『KYORITSU REVIEW』第四三号、共立女子大学、二〇一五年二月）
対題―大江千里集：「大江千里『句題和歌』における和歌―その評価の見直しのために―」（日本文芸研究会編『伝統と変容』ぺりかん社、二〇〇〇年）
非題―マグリット絵画：「それはタイトルでない／である―ソシュール、フーコー、マグリット―」（『KYORITSU REVIEW』第四五号、共立女子大学大学院文芸学研究科、二〇一七年二月）

本書も、明治書院の編集者・久保奈苗さんのお世話になった。前著に引き続き、体裁のもろもろについての我が儘を聞いていただき、丁寧に仕上げていただいた。感謝に堪えない。

久保さんの好きな音楽バンドの「MAN WITH A MISSION」という名前にちなんで、もし自分にも何らかの研究使命が与えられているとすれば、本書で取り上げた題名に関する課題の究明もその一つとして、今後ともささやかにでも全うしていきたいと念じるばかりである。「休題」などとのんきなことを言っている暇は、たぶんもうない。

なお、出版にあたり、共立女子大学総合文化研究所の平成三〇年度出版助成を受けることができた。認めてくださった関係各位に感謝もうしあげたい。

【著者紹介】

はんざわかんいち（半沢幹一）

一九五四年、岩手県久慈市生まれ。東北大学大学院文学研究科博士課程前期修了。現在、共立女子大学文芸学部教授。表現学会理事。専門は日本語表現学。おもな編著書に、『表現の喩楽』（明治書院、二〇一五年）、『向田邦子の比喩トランプ』（新典社、二〇一一年）、『あそんで身に付く日本語表現力』（全四巻、監修、偕成社、二〇一〇年）、『日本語表現学を学ぶ人のために』（共編、世界思想社、二〇〇九年）、『ケーススタディ日本語の表現』（共編、おうふう、二〇〇五年）、『テキスト日本語表現　ワークブック付』（共編、明治書院、二〇〇三年）など。

題名《だいめい》の喩楽《ゆらく》

平成30年 9 月10日　初版発行

著　者　はんざわかんいち
発行者　株式会社 明治書院
　　　　代表者　三樹　蘭
印刷者　精文堂印刷株式会社
　　　　代表者　西村文孝
製本者　精文堂印刷株式会社
　　　　代表者　西村文孝

発行所　株式会社 明治書院
〒169-0072　東京都新宿区大久保1-1-7
TEL 03-5292-0117　FAX 03-5292-6182
振替 00130-7-4991

Printed in Japan　ISBN978-4-625-65420-6

装丁　後藤葉子（森デザイン室）
装画　若林哲博